# EINE ROSE FÜR PUTIN

# EINE ROSE FÜR PUTIN

oder
die unvollendeten
Aufzeichnungen
des Johann Stadt

Herausgegeben
von Thomas Wendrich

BERLIN VERLAG

*Für meine Tochter*
*Für meinen Sohn*

## Blatt 1

Traumhaft schön ist der Ort. Ruhig. Einfach und sehr praktisch. Die Vermieterin wünscht am Telefon einen produktiven Aufenthalt. Sie hat uns einen Strauß Forsythien auf den Tisch gestellt. Die Sonne wirft seinen verzweigten Schatten an die Wand, neben meinen. Ihre Wärme dringt mir ins Gesicht. Während ich mich strecke, treiben die grindigen Zweige erste Blüten. Entfalten sich lautlos. Gelb. Wie Wassertropfen blähen sie sich, bis sie zerreißen und ihren goldenen Stern nach dem Licht ausrichten.

Nimm mal das Gemüse vom Tisch!

M., mein Chef, bringt sich in Stimmung. Ich tue ihm den Gefallen.

Die ersten Tage in Schlehdorf sind in wohltuender Ruhe und Gleichförmigkeit verlaufen. Die Arbeit ist konzentriert, und nach einem schleppenden halben Jahr spürt M., wie er sagt, wieder diese kreative Kraft. Wir lauern gemeinsam auf den Anstoß, der den Stein ins Rollen bringt. So lange der ausbleibt, verhalten wir uns oft wie zwei Blinde, die sich um ein Fernglas streiten. Ich krame die *Sächsische Zeitung* vom 17. Juli 1985 aus dem Hefter *PUTIN* und beginne einen rot umrahmten Artikel laut zu lesen.

Damit fing alles an, sage ich:

**Görlitz. (dpa) Gefundenes Mädchen nicht die kleine Rose W.** Die Volkspolizei bittet die Bevölkerung um ihre Mithilfe. Bei dem am späten Samstagnachmittag in einer als Viehtränke genutzten Badewanne (Foto) lebend gefundenen Kleinkind weiblichen Geschlechts handelt es sich doch nicht um das seit einer Woche an der Landeskrone vermisste Mädchen. Dies ergaben die Untersuchungen des Findelkinds. Das kleine Mädchen wurde am Samstag von einem Bauern in Neusorge entdeckt. Es trug eine blaugestreifte Jacke und eine Sonnenmütze mit gelber Plastikblende. Desweiteren wurde bei ihm ein roter Beißring (Foto) gefunden sowie ausreichend Nahrung in Reichweite des Kindes. Das Mädchen weist folgende Merkmale auf:

- circa ein Jahr (12 Monate) alt
- 73 Zentimeter groß
- Augenfarbe grün/blau
- Haarfarbe hellbraun
- Gewicht 9600 Gramm

Als weitere Besonderheit sei erwähnt, daß das Kind keinerlei Impfungen bekommen hat. Wer kann Angaben zum Auffindeort *Großlanger Wiesch* machen? Wer hat am Samstag, den 13. Juli 1985 Fahrzeuge auf der Umgehungsstraße hinter Neusorge bemerkt? Wer hat im Zeitraum der letzten 6 Monate dieses Mädchen (Foto) gesehen? Wir bitten, alle Hinweise den örtlich zuständigen Dienststellen der Volkspolizei zu übermitteln.

Die Badewannen sind auch nicht mehr das, was sie mal waren!

M. stand lange in einem Winkel des Landhauses, der eine kilometerweite Aussicht über Hecken, Felder und Wald bot. Nur dass er den Kopf nicht hob, um hinauszusehen. Er stierte auf seine Handrücken. Die ganze Zeit. Diesen Menschen stillstehen zu sehen ist ein seltener Anblick. Lange stand M. so da, und nun kehrt er mit der Feststellung, dass ihm die heutigen Badewannen zu klein seien, an seinen Computer zurück. Er klappt den Laptop auf und beginnt, wie es seine Art ist, im Netz nach Musik zu forschen.

Die Badewannen waren früher alle viel größer, murmelt er noch einmal, und ich denke darüber nach. Ja, ja. Er hat recht, ich erinnere mich. Es ist eine angenehme Erinnerung. Eine Erinnerung an die Kindheit. Eine Zeit also, in der einem alle Badewannen naturgemäß sehr viel größer und weiter vorgekommen sein mussten, als dies im Erwachsenenalter der Fall ist. Dass die Badewannen heute tatsächlich kleiner sind, so denke ich, ist dem verordneten Trend geschuldet, Energie zu sparen, wo es nur geht. Und Wasser. Ein überlebenswichtiger Ressourcenschutz. Leider nimmt dieser Trend einem beträchtlichen Teil der Menschheit die Möglichkeit, einmal in ihrem Leben vollkommen ausgestreckt und ohne anzustoßen knapp unter der Wasseroberfläche eines wohltemperierten Vollbads zu schweben. Die Nase als Leuchtturm, die Ohren in der Brandung. Ein Zustand des Müßiggangs, in dem mir schon oft die entscheidenden Lösungen für hartnäckige Probleme zugeflogen sind. Und Probleme haben wir gerade genug.

Ächzend richtet M. sich auf. Er dreht an den Reglern seiner Boxen, und leise weinend macht sich Travis in der großen Landhausküche breit. Warum regnet es immer nur auf mich? M.s Schulter schmerzt, aber ein Dreieckstuch als Armstütze findet er unmännlich. Er hat sich mit vier jungen Türken eingelassen, die ihm nachts in einer dunklen Kreuzberger Ecke entgegenkamen. Hand am Sack, Basecaps auf halb acht, allesamt ein bis zwei Köpfe kleiner als er. Warum regnet es immer nur auf mich? M. gab den von ihnen geforderten Laufweg nicht frei und krachte nach einem kurzen Rempler mit anschließendem Handgemenge ungebremst auf die Schulter. Er trug dabei eine Schallplatte unterm Arm, die er seiner Freundin zum Geschenk machen wollte, und rettete sie sogar, indem er sich drehte, um das Vinyl zu schützen. 300 Pfund Lebendgewicht fielen auf die Seite. Die Schulterpfanne stöhnte auf. Nichts zerbrach, aber es war auch nichts mehr ganz. Warum regnet es immer nur auf mich? Ich sehe M. beim Musikhören zu. Es ist seine große Leidenschaft. Am schlimmsten waren die Schritte der Wegrennenden. Er hörte sie noch kurz, dann lag er ohnmächtig und mit sich allein im Dreck. Ein Hüne von einem Menschen. Ein Stier, ein Eber, ein Pfau. Mit Verstand und Herz. Das ist der M. – und lag dennoch am Boden, die Schulter im Arsch und im Hirn das kochende Blut, vergebens.

## Blatt 2

Johann, fragt M., bin ich ein Manipulator?

Der große Regisseur M. dreht sich am heutigen Tag zum ersten Mal ganz offen in meine Richtung. Ich schaue ihn an und weiß: Äußerste Vorsicht ist geboten. Will ich nicht den ganzen schönen Arbeitstag aufs Spiel setzen, muss ich eine Antwort finden, die nicht nur richtig, sondern auch genehm ist. Er scheint gut drauf zu sein. Und wir haben eine Menge vor. Darum sucht er Streit, das ist zu merken. Streit als Ausgangspunkt unserer heutigen Arbeit. Temperatur. Emotionale Aufladung für die Schreibsklaverei. Klar schwingt in seiner Frage Hoffnung mit. Er wäre so gern ein ganz großer Manipulator. Er wäre so gern alles, was toll und perfekt ist. Aber er ist genau das Gegenteil davon. Denn dafür fehlen ihm die Voraussetzungen. Er ist zu ehrlich. Zu einfach. Zu gradlinig. Seine Stärke ist das Argument. Die Überzeugung. Die Klarheit. Und natürlich das unbedingte Rechthaben. Er versucht nicht selten zu manipulieren, merkt aber meist schon im Versuchen, dass es ein lächerliches und zum Scheitern verurteiltes Unterfangen ist. Außerdem ist er viel zu ungeduldig. Mit Manipulationen sät man, denke ich, was man Tage, Wochen, Jahre später ernten will. M. liebt die Ergebnisse, aber direkt, und zwingt die Zeit regelmäßig unters Joch, nur um noch schneller recht zu haben.

Wenn überhaupt, dann bist du ein Verführer, gestehe ich ihm zu. Falls seine Überzeugungsarbeit mal nicht fruchtet.

Tatsachen schaffst du, und deshalb sind wir hier! Und dann sage ich: Nenne mir einen einzigen vernünftigen Grund, warum eine Mutter ihr Kind verlässt oder, auf gut Deutsch, wegschmeißt. Unsere Geschichte handelt davon. Also lass es uns herausfinden. Denn es ist geschehen und wir wollen wissen. Wer weiß, der kann, sagt der schwarze Müller.

Das sind die Fakten vom 7. Juli 1985: Es war warm an diesem Tag. Ein Sommertag vom Feinsten. Die wunderbare Landschaft des Neißetals hielt die Vögel zum Singen und die Winde zum Verweilen an. Die Tiere staunten. Alles so schön. Alles so langsam. Alles so einmalig. Ein junger Handwerker nahm trotz allem einen Auftrag an. Schwarz wie üblich, als Zubrot für die kleine Familie. Der Wärmetauscher im Restaurant auf der Landeskrone war defekt. Sein Bruder arbeitete da als Kellner und gab ihm den Tipp. Die Ersatzteile zweigte der noch unerfahrene Installateur in seinem Betrieb ab und das Werkzeug trug er ohnehin immer am Mann. Es gab einen Friedrich Engels auf die Hand. Fünfzig Mark. Die konnte der junge Vater gut gebrauchen. Nur, die Tochter musste mit. Rose hatte keine Betreuung. Denn die Mutter war bei ihrer Mutter. Aber es sollte kein Problem sein, sie kurz beim Küchenpersonal abzugeben. Es war früher Nachmittag, und Rose schliefe sicher noch mal ein.

Die Sonne stand hoch, als er losfuhr. Rose brabbelte auf der Rückbank, angeschnallt im ausgebauten Kinderwagen. Die Tauben flatterten ihre nachmittäglichen Runden über Görlitz, der Stadt am Fuße des Kegelbergs. Wildtauben waren es. Sie hatten ihre Nester in den Büschen um die Landeskrone. Von Weitem sah der Hügel aus wie künstlich angelegt. Stand man direkt davor, war die Landeskrone einfach ein natürlicher Hang mit Bäumen. Buchen vor allem. Gerade gewachsen und schön.

Der Trabant schnarrte. Das Zweitaktöl verbrannte. Die Straße hinter dem Wagen hüllte sich in blauen Nebel, es ging bergauf. Rose lachte. Sie fasste sich an die Zehen. Der Motor stotterte. Es rächte sich, dass er nicht noch tanken war. Der Sprit stand schräg und fand den Weg nicht in den Hubraum. Der junge Vater bückte sich während der Fahrt zum Beifahrersitz und tastete nach dem Reservehebel. Er legte ihn um, der Motor fing sich wieder. Zu Rose, die er im Rückspiegel sah, sagte er, dass er den Benzinkanister umfüllen müsse. Sie lachte ihn an.

Der kaum befestigte Rastplatz unterhalb des Gipfellokals war über und über mit Fahrzeugen zugestellt. So was hatte er noch nie erlebt. Da war absolut kein Durchkommen. Staunend hielt der junge Mann am Straßenrand und machte den Motor aus. Es wurde ruhig. Die Autos schienen verlassen. Nur um die Motorhaube eines blauen Ladas scharten sich die Leute. Männer vor allem. Der junge Vater stieg aus. Angezogen vom Kommentar eines aufgeregten Berichterstatters, ging er zu der Menschentraube. Die Männer verfolgten auf einem Kofferfernseher, der mit der Wagenbatterie des Ladas betrieben wurde, das Wimbledonfinale von Boris Becker gegen Kevin Curren. Westfernsehen! Der Kommentator überschlug sich förmlich. Eine Sensation lag in der Luft. Unter den Zuschauern befanden sich auch die Besatzungen eines Pritschenwagens sportbegeisterter Sowjetsoldaten sowie eines Begleitfahrzeugs der sowjetischen Militärpolizei, eines UAZ. Lachend und rauchend verfolgten die Rotarmisten ebenfalls das Spiel. Der neugierige Installateur stellte sich auf die Zehenspitzen und schaute interessiert auf den kleinen Bildschirm.

Wennde ausm Dal raus bist, hasde richtsch guddn Empfang. Der Zuschauer strahlte, ein anderer mahnte zischend zur Ruhe.

Da der junge Vater (wie so viele Einwohner im Görlitzer Neißetal) keinen Westsender empfangen konnte, fieberte auch er gespannt dem Sieg von Becker entgegen und vergaß dabei, dass er eigentlich nur Benzin hatte umfüllen wollen.

Dann war es vollbracht. Der Jubel war kurz. Die Menschen zerstreuten sich. Geschäftig knatterte und quietschte es. Der Qualm verzog sich langsam. Der Vater öffnete den Kofferraum und hievte einen Zwanzig-Liter-Kanister heraus. Er wuchtete ihn zur Motorhaube und lächelte Rose an. Doch aus dem Lächeln wurde ein stummer Schreck. Er beugte sich ganz bis an die Scheibe und beschirmte mit den Händen seinen suchenden Blick: Rose war verschwunden.

Und ist es bis heute.

Blatt 3

Görlitz ist doch auch scheiße. M. kratzt sich am Kopf. Er starrt auf den PC.

Nie weiß ich, was er gerade denkt. Er ist unentschlossen, scheint mir. Die Begebenheit auf der Landeskrone ist der perfekte Beginn einer entsetzlichen Tragödie, aber irgendetwas scheint ihn zu stören. Unsere Geschichte liegt schon eine Weile als Drehbuch in der zweiten Fassung vor. Man kann die Mängel, vor allem aber auch die Vorzüge deutlich als solche erkennen. Vieles ist richtig, aber manches einfach noch nicht gut genug. Es gab unterschiedliche Einschätzungen von ersten Lesern. Die meisten schienen begeistert, einige verwirrt, ein guter Freund von M. war bestürzt. Zu düster, zu gefährlich, zu grausam, hatte er geurteilt.

Am interessantesten aber war die Haltung der federführenden Redakteurin. Sie las das Buch und lud uns feierlich zu einem Italiener ein. M. lehnte das ab. Er wolle nicht bestochen werden, er wolle Fakten. Also trafen wir uns bei ihm. Sie zeigte sich detailversessen (Interessant, dass die Fahrzeuge des KGB im Geburtsort Lenins gebaut wurden) und klagte über die Welt, in der wir leben (Ein Glück, dass es uns trotz allem so gut geht). Sie lobte und kritisierte zugleich. Dies tat sie auf so gewählte Weise, dass wir am Ende nicht wussten, was sie tatsächlich über unser Drehbuch dachte. Wenn ihr mich fragt, ist die Sache auf einem sehr guten Weg. Kurz und knapp benannte sie das Für und Wider. Gerade so, dass sie sich, falls der fertige Film von den Zuschauern gemocht und also ein Erfolg werden würde, klar sagen könnte: Seht ihr, der Film ist großartig! Ihre einschätzenden Worte waren aber genauso gut geeignet, im Fall eines Misserfolgs hart mit uns ins Gericht zu gehen und zu sagen: Ich habe es euch doch von Anfang an erklärt, wie es hätte besser gehen können, aber ihr habt ja nicht auf mich hören wollen! Die damals getroffene Aussage würde ihr am Ende also gleich beide Reaktionen ermöglichen. Das imponiere mir wirklich sehr, gestand ich. Das sei Politik, resümierte M. gelassen.

Vielleicht sollten wir über eine gegenwärtigere Handlung nachdenken?

Ich hatte das schon eine Weile vor. Es ließe einen direkteren Zugriff auf die heutige Lebenswelt zu und würde eine Menge Kosten sparen, da alles Historische wegfiele. Die Haltung unserer Redakteurin scheint mir ein idealer Kern für die charakterliche Neuausrichtung unserer Hauptfigur. Nicht so ein sympathischer Handwerkerbursche mit Hang zur Melancholie, sondern ein junger, aufstrebender Politiker, gerissen und zielorientiert, liberal und im Parlament der Stadt vertreten. Ein Mann unserer Zeit mit Familie und Wünschen, einem gesunden Menschenverstand und gründlichem Vernichtungswillen gegenüber allem, was sich ihm in den Weg stellt.

M. horcht auf. Es scheint ihm zu gefallen, doch rechnet er natürlich sofort den schreibtechnischen Arbeitsaufwand vor, den diese neue Ausrichtung mit sich bringt.

Dass er Görlitz als Handlungsort nicht mag, war mir schon aufgefallen, aber er hatte es nur noch nie so deutlich kundgetan. Seine Abneigung scheint der Unkenntnis geschuldet. Er hatte es immerhin bis Dresden und Prag geschafft. Aber Görlitz?

Da kann ich ja gleich in Polen drehen!

Es ist ihm ein Gräuel. Eigentlich ein neugieriger und aufgeschlossener Mensch, pflegt M. dennoch seine Vorurteile.

Aber wie meinst du das, Johann? Gegenwart?

Das Zentrum dieser Geschichte wäre eine schrecklich normale Familie. Vielleicht ist sie schrecklicher normal als andere Familien. Ihr Erscheinungsbild ist es aber nicht: Mutter, Vater, Sohn und Tochter. Wir sehen sie auf dem gemeinsamen Weg zu einem Wochenendvergnügen. Eventuell zum Spieleparadies im Elbepark Dresden. Für den Sohn der Familie, den kleinen Jonas, ein ständiger Wunsch. Vier Jahre alt ist er und darf den Kinderwagen schieben. Marie, seine Schwester, ist noch zu klein. Sie liegt im Wagen und staunt über ihren unverglasten Ausblick auf die Welt.

Auf dem Weg begegnen sie einem Hundehalter, der sein Tier übel verdrischt. Einen Dobermann, der in der Stadt im wahrsten Wortsinn nicht haltbar ist, immer überall hinrennen muss und eigentlich den Auslauf eines Rennpferdes braucht. Der Hundehalter hat einen Knoten in die Leine gebunden und schlägt dem Hund fluchend auf Rücken und Kopf. M. meint, dass ihm die Menschen, die ihre Hunde misshandeln, immer noch lieber seien als diejenigen, die sich vollständig von ihren Haustieren domestizieren lassen. Menschen, die mit ihren Hunden in einem Bett schlafen (es sind doch Rudeltiere) oder lieber verhungern, als der Katze nichts zu fressen zu geben. In seiner Anmerkung liegt eine gewisse Ironie. Die Natur macht sich mittels schlauer Haustiere (Hunde, Katzen, Kleinstschweine) den Menschen untertan.

Ich erinnere mich an eine unschöne Szene, unlängst im Park erlebt, und schlage sie ihm vor: Ein Kind erschrickt vor einem freilaufenden Hund. Der Hund ist nicht böse, aber eben freilaufend. Von mir aus ein Schäferhundmischling, selbst noch klein und tapsig. Er wedelt mit dem Schwanz, und je schneller das Kind zu seinen Eltern rennt, desto höher springt er neben ihm her und wirft seine Schnauze an dessen Seite. Ein Mann schreitet ein und hebt das Kind schließlich hoch. Wütend wendet er sich an den Hundebesitzer, er solle seinen Köter gefälligst an die Leine nehmen. Nicht, dass der auch nur ansatzweise reagieren würde. Lapidar pfeift er seinen Jungspund zurück und rät dem Mann, doch selber mal einen Tag an der Leine zu laufen. Dann wisse er, wie sich ein Tier fühle.

Besser, ruft M. und: Schreib auf!

Blatt 4

Innen. / Außen. / Tag. Die Familie erreicht das Spieleparadies. Am Eingang ist abzusehen, dass es sehr voll werden wird. Noch sind die vier ganz guter Dinge. Der Vater erklärt dem Sohn, dass eine Kastanie nicht nur der Kopf für ein Kastanienmännlein ist, sondern auch der Samen für Tausende neue Kastanien. Die Bäume schlagen gerade aus. Das Frühjahr steht in frischgrüner Montur hinter den Häusern. Jonas muss sich mit den Kastanien noch gedulden.

Langsam schreiten sie in der Reihe voran. Opa! Jonas schert aus und rennt den Weg zur Straße zurück, denn er hat den Großvater entdeckt. Der hatte versprochen, die Familie zu begleiten. Gemeinsam stürmen die zwei nun an der Warteschlange vorbei und entern das Spieleparadies. Es ist laut, die Erwachsenen müssen beinahe schreien, um sich zu verständigen. Sie ergattern einen Vierertisch im Café.

Innen. / Tag. Jonas ist schon weg. Ins Maikäferland. Dort ist alles so groß, dass sich die Kinder fühlen wie Käfer im Wald. Der Großvater bestellt Kaffee. Er scheint von der Woche geschafft. Seine Schwiegertochter fragt nach. Er winkt ab und stöhnt: Die Firma! Sein Sohn lächelt. Jonas kommt angerannt.

Durst!

Vergessen!, erwidert der Großvater und bestellt mit ihm

zusammen eine Apfelschorle. Wieder rennt Jonas los, während seine Schwester im Wagen erstaunlich ruhig schläft.

Das Maikäferland nimmt vorübergehend niemanden mehr auf. Zu viele Besucher. Jonas wechselt in die Kinderstadt. Ein Straßenzug mit Häusern in seiner Größe. Bunt und spießig wie die Welt seiner Eltern. Er schaut aus einem Fenster im zweiten Stock und beobachtet ein Mädchen, das sich gestoßen hat. Der Schmerz anderer fasziniert Jonas. Er ist selber extrem empfindlich. Mit offenem Mund sieht er das Loch in der wollenen Strumpfhose des Mädchens und die beschwichtigende Handbewegung der Mutter.

Der Großvater referiert über Anstrengungen und Erfolge der letzten Wochen. Eine Pose, die er pflegt. Als Atomphysiker im ehemaligen Forschungsreaktor von Rossendorf hatte er sich nach dem Fall der Mauer und dem absehbaren Ausschlachten seiner Forschung relativ schnell mit einer eigenen Firma selbständig gemacht. Ein als Start-up getarntes Unternehmen, das eigentlich ein Spin-off gewesen ist, wie der Großvater heute stolz hervorzuheben pflegt. Er patentierte Forschungsergebnisse, löste geschickt einige immobile Tranchen aus der Verwaltung durch die Treuhand und band vor allem qualifizierte Kollegen ein. So wuchs seine Firma recht bald zu einem unverzichtbaren Baustein im Spiel international kooperierender Forschungszentren. Derzeit arbeitet er an der Entwicklung einer Methode zur Alzheimer-Früherkennung. Er hat einen indischen Investor aufgetan und testet seit achtzehn Monaten mihilfe eines Partners in Rostow die Wirkung. Die ersten Ergebnisse seien vielversprechend und, wie er immer wieder erklärt, zukunftsweisend. Dennoch zieht sich das Prozedere der Patentierung hin. Es gab Rückschläge. Vor einem Vierteljahr war ein Proband gestorben. Das wäre er so oder so, wegen eines angeborenen

Herzfehlers, wie sich bei der Obduktion herausgestellt hatte. Nur dass es ausgerechnet während der klinischen Erprobung im Institut seines russischen Partners geschah, wirft ein ungünstiges Licht auf die gesamte Arbeit der letzten sechs Jahre. Das kurz vor der Zulassung stehende Konzept, das auf der Anwendung atomarer Substanzen im absoluten Nanobereich basiert, steht auf dem Spiel und damit eine Menge Geld. Geld, das er seinen Kindern vererben will, denn allein für sie, so hört er nicht auf zu versichern, arbeitet er.

Bis zu jenem Abend, als sich M. ... (Es folgt ein langer unleserlicher Absatz, der die gesamte Rückseite von Blatt 4 ausfüllt. – Anmerkung des Herausgebers)

Blatt 5

Ich bin wie immer nach einem harten Tag im Ringen um die Geschichte, die Worte, die Charaktere in mein kleines Landhausschlafzimmer gewankt. Es ist ermüdend und großartig zugleich, denke ich. Die Beweggründe der Figuren gestalten sich. Gott sei Dank! Schritt für Schritt stellt sich die Spannung ein, die im Begreifen der unfassbaren Tat liegt. M. sitzt vor dem Laptop und hört Musik. Er hat mir gesagt, dass wir morgen weitermachen. Die Schlagzahl erhöhen, ist neuerdings sein Motto.

Ich falle in einen Dämmerschlaf und sehe augenblicklich eine Szene vor mir: Ein Mann kommt zu seinem nur mal eben kurz vor dem Milchladen abgestellten Kinderwagen zurück. Er sieht schon durch die Glastür, dass das als Deckbett genutzte Kopfkissen zurückgeschlagen ist. Das Kind hat gestrampelt, denkt er. Hat sich befreit von der Last des Erwachsenenkissens. Er erreicht den Wagen und will das Kissen wieder auflegen (zu kalt ist der Dezember), aber das Kind ist weg. Es ist weg! Liegt nicht mehr, wo er es gebettet hat. Er steht still. Atemlos. Dreht sich um. Sieht er was? Hört er was? Riecht er was? Wonach muss er eigentlich Ausschau halten? Nach einem davoneilenden Menschen, der ein kleines Kind trägt? Nach einer Reisetasche auf einem Fahrradgepäckträger? Nach einem anderen Kinderwagen?

Ich wache auf. Leise höre ich Musik aus der Küche. Wenn

M. nicht bald ins Bett geht, wird es morgen nichts vor Mittag. Flaschen klirren. Die Denkroutine lähmt unsere Kreativität, denke ich. Das ganze Schreiben ein einziger Automatismus. Der Alkohol ruft die Dämonen wenigstens herbei, aber dann machen sie auch, was sie wollen. M. hört noch Musik. Stimulanz ist Teil der Gleichung. Ich schlafe wieder ein. Träume.

Der Kinderwagen steht einsam und schwarz-weiß auf dem Bürgersteig. Das Kind ist weg, aber es wächst weiter. Eigentlich sollte es doch so alt bleiben wie bei seinem Verschwinden. Aber die Vorstellung lässt es heranwachsen, größer werden. Ein junger Mann wird aus dem Kleinen, ein Mann mit Haaren und ersten Narben. Ein Mann, der Russisch spricht, in seinem nunmehr zur neuen Gewohnheit gewordenen und von Gott (dem Kinderdieb/der neuen Mutter/dem verzweifelten Menschen) gegebenen Leben. Der junge Mann tritt vor einen Spiegel, und kurz bevor ich mich selber sehe, träume ich, das ist doch unser Bad hier!

Ich zucke zusammen. Frierend finde ich mich auf dem Bett. Die Decke ist verrutscht, das Kissen herausgefallen, aber mehr noch: Vom Türschlitz her zieht es. M. muss aus dem Haus gegangen sein. Es ist finster und sicher nach drei Uhr am Morgen. Geräusche sind zu hören. Ich kenne sie noch nicht. Man gewöhnt sich schnell an einen Ort, wenn man lauscht. Schon in der zweiten Nacht registriert man Ungewohntes, vorher noch nicht Gehörtes. Wir sind seit drei Tagen hier. Irgendwas ist anders, da draußen. Im Schlüsselloch sehe ich einen matten Schimmer. Ich ziehe mir die Unterhosen zurecht. Schon mal wachgeworden, kann ich auch gleich pinkeln gehen. Die Tür schwingt auf. Einfach und geräuschlos. Das Landhaus ist gut in Schuss, denke ich.

Barfuß komme ich an der Küche vorbei. Licht brennt. Der Laptop ventiliert. M. ist nicht da. Drei Weinpullen zähle ich.

Da höre ich ihn rufen. Er scheint vor dem Haus zu sein. In seiner Stimme eine ungekannte Erregung. Haben wir Besuch? Mitten in der Nacht? Ein Motor heult auf. Ein Auto? M. schlägt dumpf an ein Fahrzeug. Schreit auf. Es ist ein Schmerzensschrei. Was macht er da? Ist er besoffen? Oder gestürzt? Gespannt wende ich mich zur Vorderseite des Landhauses. Die Eingangstür ist angelehnt. Sie führt über einen wunderschönen kleinen Holzverhau und Stufen hinab in den Vorgarten. Das weiß ich, ohne aus dem Haus zu treten. Und von dort höre ich Stimmen. Fremde Stimmen. Russische Stimmen.

Ein Schuss fällt.

Nach einer Sekunde kalten Erschreckens, in der ich mich weder rühren noch dem Drang meiner Blase Einhalt gebieten kann, in dem ich nichts fühle außer einer immensen Bedrohung, mache ich einen Schritt nach hinten und leite damit meinen schnellen, beinahe lautlosen Abgang ein. Die klare Architektur uckermärkischer Gutshäuser ermöglicht einen direkten Durchmarsch vom vorderen Eingangsbereich bis nach hinten in den Garten.

In unserem Fall handelt es sich um ein zweihundert Jahre altes Gebäude, das in einem Pool mit vielen anderen Immobilien in ganz Europa zur Miete angeboten wird. Brittas Landhäuser sind das Nonplusultra für den Stadtflüchtling, der sich nach spätestens zwei Wochen reuig in das Gewühl der Großstädte zurücksehnt. Ob in Schottland, Dänemark, Spanien oder Italien. Hier hat man Ruhe und wird in Ruhe gelassen. Dachten auch wir – bis jetzt.

Bei meinen kleinen Spaziergängen rund um das Gebäude war mir aufgefallen, dass man von keinem Winkel des Hauses aus ein anderes Haus in der näheren Umgebung, dessen Dach oder auch nur dessen Schornstein sehen kann. Das

Landhaus liegt völlig abgeschieden da, nach hinten raus umfangen von einem wunderschönen, alten Obstgarten, dessen Baumbestand knorrig in den klaren Himmel ragt und unter dessen Ästen sich eine moosig weiche Wiese ausbreitet. Beschirmt an zwei Seiten von einem Wald, ist er zur dritten hin offen, so dass der Blick frei schweifen kann über ein zerfurchtes Feld.

## Blatt 6

Die Zufahrtstraße endet am Vordereingang, von dem man direkt auf einen weitläufigen, sumpfigen Tümpel schaut. Wahrscheinlich der einzige Nachteil dieses Ortes, denn er muss in den Sommermonaten ein Eldorado für Mücken sein.

Ich war in das Feld hineinspaziert und durch den Wald hindurch. Ich sah Kraniche tanzen und hörte Füchse maunzen. Nur Menschen sah ich nie. Weder am Morgen noch am Mittag oder Abend. Der Spruch, wer einmal den Boden der Uckermark berührt, den lässt sie nie wieder los, schien durchaus seine Berechtigung zu haben. Sowohl in Hinblick auf die Tiefe des feuchten Bodens beim Durchwandern als auch in Bezug auf meine seelische Verfassung.

Als ich jetzt auf der Flucht die Hintertürklinke berühre, bemerke ich meinen Fehler sofort, doch es ist zu spät. Die blecherne Unruhe über der Zarge scheppert in die Stille der Nacht. Eigentlich soll sie von der Ankunft gebetener Gäste künden. Ich lasse die Tür hinter mir und stürze in die von Insekten durchbrummte Dunkelheit. Es ist frisch, aber nicht kalt. Würde ich Kleidung tragen, wäre es erträglich. Die Schritte setze ich blind. Ich muss einen schmerzhaften Bogen um eine alte Robinie mit ihren nadeligen Laubresten machen. Die Furcht will mich zum Schreien zwingen, aber ich bleibe still, beiße mir auf die Innenseiten der Wangen und spüre die Kraft meiner Kiefer. Das lenkt mich ab von den scharfen Stichen an den Füßen.

Dann spüre ich wieder weich vermoosten Rasen unter meinen Füßen. Im Gestrüpp der Knallerbsenhecke, die den Garten vom Mischwald trennt, finde ich Zuflucht, während ich im Haus und vor allem in meinem Zimmer Licht angehen sehe. Sie suchen nach mir, denke ich. Ein Mann lehnt sich aus dem Fenster, und plötzlich trifft der helle Schein einer Taschenlampe meinen Oberkörper, der blass und weithin sichtbar im Gebüsch erstrahlt. Ich sehe nur den hellen Fleck der Lampe, der mir Sterne in die Augen wirft, und renne weiter. Ich presche durchs Gebüsch des nahen Waldsaums. Als ich mich umdrehe, sehe ich zwei Autoscheinwerfer sich neben dem Haus einen Weg in den Garten und den angrenzenden Wald bahnen. Gleich werden die Strahler mich erfassen. Doch dann höre ich durchdrehende Reifen und ein zorniges Fluchen. In der feuchten Senke neben dem Nordgiebel fährt der Wagen sich fest. Autotüren schlagen, Kommandos werden gerufen. Fragend wird geantwortet und schallend das Kommando erneuert. Ich renne, verletze mich an Ästen. Ich weiß, dass der Wald in dieser Richtung an die hundert Meter breit ist und an seinem Ende ebenfalls an weite Felder grenzt. Ich strauchle durch den Drainagegraben auf festen, schwarzen Ackerboden. Übers Feld geht es schwerer als durchs Unterholz. Ich stoße mich an Steinen, trete Pflanzen nieder. Der fette Mutterboden bleibt schmatzend an meinen Füßen kleben. Bis zu den Knien versinke ich in Furchenpfützen. Nur mühsam kann ich die Füße bewegen und schließlich auf allen vieren hinter mir herzerren. Bis auch das nicht mehr geht. Ich werfe mich in eine tiefe Schneise, die, von einer schweren Landmaschine ins Feld geschründet, mir komplette Deckung bietet.

Meine Füße bluten. Erschöpft bleibe ich liegen, beschirmt von kniehohem, als Gründünger gepflanztem Ackersenf. Ich versuche zu denken, während ich dampfe und keuche. Lange Zeit traue ich mich nicht, mich zu bewegen. Beständig laufen mir Schauer über den Körper. Wie Ameisen wimmelt es an meinem Rücken. Ich lausche den Tönen der Nacht, beinahe erstarrt. Von meinen Verfolgern ist nichts zu hören.

Wie ist das eigentlich, wenn eine Angst auf einmal begründet ist? Diese Frage bleibt als Erinnerung von meinem Traum. Die Sonne weckt mich. Ich richte mich auf und sitze in der allerschönsten Natur, geprägt von satten Feldern, Waldsäumen und Feldrainen. Vögel zwitschern, Graureiher staksen in den feuchten Senken. Meine Füße tun mir weh. Ich begreife nur langsam und denke an einen Zwischenfall mit Alkohol. Wohin ich auch schaue: Felder und Wald. Wälder und Feld. Ich stehe auf und spüre die angetrocknete Erde an den Waden, die Schnittwunden an meinen Seiten. Es ist niemand zu sehen, niemand zu hören. Zum einen bin ich froh, zum anderen beunruhigt. Ein wenig schäme ich mich, da ich fürchte, mich danebenbenommen zu haben. Die Sonne wärmt. Könnte ich mich erkältet haben? Das würde M. mir nicht verzeihen.

Der Weg zurück fällt schwer. Er erscheint mir länger, ist aber, getrieben von der Angst, krank zu werden, erstaunlich schnell geschafft. Vom Waldrand aus wage ich einen Blick durch die Bäume. Ich ducke mich und spähe in Richtung des Hauses. Es ist noch nicht zu sehen. Ich gehe weiter und erblicke endlich den Dachfirst. Ich verharre, lausche. Alles ist ruhig. Ein Dachs erschreckt mich. Er schleckt sich ein Insekt von der Nase und hat mich nicht bemerkt. Unter ihm knackt ein Ast. Als ich mich ihm zuwende, sprintet er davon. Das arme Tier muss sich wahnsinnig erschrocken haben. Es gibt keinen Laut von sich, und ich frage mich, wie ein Dachs klingt, wenn er schreit.

Ich schleiche weiter, höre das Klimpern über der Tür, sehe den Wind sie sachte bewegen. Langsam trete ich hinter der Hecke hervor und gehe schließlich Schritt für Schritt über die Wiese. Mit dem Kirschbaum als Sichtschutz wage ich mich bis auf zehn Meter an das alte Gemäuer heran. Hier verharre ich wieder. Nichts deutet darauf hin, dass jemand im Haus ist. Ich bin unsicher, was ich tun soll. Mich fröstelt, und ich beschließe hineinzugehen.

Auf dem Teppich im Vorraum bleibe ich stehen. Die Sonne hat den Raum aufgeheizt, was ich als große Erlösung empfinde. Staub wirbelt in den Strahlen. Ich höre nichts und öffne die Tür zum Flur. Sie quietscht entsetzlich. Ich bin bereit, sofort kehrtzumachen. Doch sonst bleibt es ruhig. Dann wage ich mich weiter vor und rufe endlich:

Hallo? Nichts rührt sich. Etwas entspannter gehe ich tiefer hinein und rufe erneut. Hallo?

Es ist keiner im Haus. Schließlich stehe ich im Vordereingang und schaue in die Veranda. M. ist nicht da. Ich beeile mich, die Tür zu verriegeln, und blicke nochmals prüfend aus dem Fenster. Niemand da. Zurück zur Hintertür, sperre ich auch sie ab.

In meinem Zimmer schließe ich sofort das Fenster. Erst jetzt sehe ich die erdigen Spuren, die ich überall im Haus hinterlassen habe. Ich überlege kurz, dann entscheide ich mich, zu duschen.

## Blatt 7

Schwarz gurgelt Brandenburgs Mutterboden an meinem Körper herab und drängt schäumend in den Abfluss der barocken Badewanne. Mir fällt auf, dass sie keineswegs zu klein ist für mich. Im Gegenteil. Das heiße Wasser tut gut. Ich besehe meine Schrammen und habe außer bei einem etwas tieferen Schnitt an der Wade keine Bedenken. Ich trockne mich ab, mache einen kurzen Abstecher in die Küche, um mir einen Kaffee aufzusetzen, und begebe mich in mein Zimmer. Schnell habe ich die Sachen gepackt. Laptop, Jacke, Wanderschuhe. Vor dem Bett stehend sehe ich den kleinen Fischer auf dem Ölgemälde, der über ein weites Meer blickt. In frischen Klamotten betrete ich die Küche.

M. schüttelt gerade Semmeln aus einem Beutel in den Brotkorb und schaut mich missbilligend an.

Kaffee für eine Person! Typisch! Ich kümmere mich um Brötchen, und der feine Herr Autor denkt wieder nur an sich.

Ich bin zu überrascht, um etwas zu erwidern, und kann gerade noch unbemerkt die Tasche fallen lassen.

Ich habe nachgedacht, verkündet er. Die Idee der Gegenwart gefällt mir. So machen wir's!

Mein Autopilot nickt. Noch immer aufgewühlt von den Ereignissen der Nacht, reagiere ich zustimmend.

Der Konflikt wird dadurch universeller, freut sich M. Er freut sich diebisch.

Nicken.

Die Geschichte bekommt eine Dimension fern des Historischen und der ohnehin mehr behaupteten als reinen Wahrheit.

Nicken.

M. ist in Arbeitslaune. Selten um diese Zeit ist er so aufgeräumt, ja geradezu aufgeschlossen. Mich verblüfft immer, wie schnell bei ihm aus frischen Fakten besseres Wissen wird. Ungewöhnlich heiter lobt er die neue Ausrichtung unserer Geschichte.

Es ist nicht viel zu ändern, da das Verschwinden eines Kindes der Story den nötigen Halt gibt. Die Gegenwart steigert die Glaubwürdigkeit und überträgt die Spannung in die sozialpolitische Realität unseres Landes.

Ich kaue – und nicke.

Das einzige Problem, sagt er, ist das Russische. Die Gefahr, die von der dunklen Macht ausgeht, die unsere Familie (das Kind) bedroht, ist wohl nicht mehr annähernd dieselbe. Uns fehlt der Eiserne Vorhang, die Mauer, eine unüberwindbare Grenze. Oder doch nicht?

Was meinst du, Johann?

Wir sollten abwarten, brumme ich. Man muss kein Prophet sein, um zu wissen, wo das Diktatorische des Systems Putin hinführt. Gerade heute, in der Gegenwart! Das Dunkle bleibt ja trotzdem erhalten. Die Gefahr ist plausibel, sobald der Name Putin fällt. Wir brauchen nur einen Grund, der in der heutigen Zeit glaubhaft ist. Gut ist, dass wir weniger erklären müssen. Interessant ist, dass sich unsere Hauptfigur (der Vater) weniger entwickeln muss. Er kann einfach das Arschloch sein, das er ist, und es bleiben, auch wenn sich die Welt um ihn herum gravierend verändert. Oder gerade deshalb. Er muss sich nicht entwickeln. Das ist interessanter. Denn in der Realität entwickelt sich ohnehin niemand weiter. Schon gleich gar nicht die Arschlöcher.

M. misstraut dem. Ihm ist der Gedanke an eine eindimensionale Figur, die sich nicht ob ihrer emotionalen Flexibilität und sozialen Kompetenz weiterentwickelt, immer schon suspekt gewesen. Das interessiert keine Sau, meint er.

Doch, sage ich, mich! Ich hätte meine Freude an diesem Experiment, denke ich, wenn ich nicht diese Nacht in den Knochen trüge. Aber es reizt mich, M. zu reizen. Selbst Hitchcock, stichle ich weiter, hat einen großen Traum von einem viel härteren Film gehabt. Härter, als er je einen gemacht hat. Die widerlichsten Täterbiografien hat er ausgeschlachtet und sich dabei auf die sadistischsten Fälle konzentriert, derer er habhaft werden konnte. Im Zentrum ein Unsympath vor dem Herrn: ein schwuler Serienkiller, der in einem verschwitzten englischen Kaff sein Unwesen treibt. Am Ende war Hitchcock selber etwas überrascht, was für eine unheimliche Chose seine Geschichte wurde. Dazu hat er alles so richtig modern mit Handkamera und einer radikalen Abkehr von seinem bisherigen Stil als Spannungsunterhalter der Extraklasse drehen wollen. Er hat *sich* entwickeln wollen und nicht seine Hauptfigur.

M. rümpft die Nase.

Ist ja dann nichts daraus geworden, sagt er abfällig.

Und M. hat durchaus recht. Die Studios fanden Hitchcocks Protagonisten schlichtweg ekelhaft und lehnten das Buch und damit eine Neuausrichtung seines Schaffens ab.

Das muss man sich mal vorstellen, sage ich und seufze. Hitchcock wurde ausgebremst! Alfred Hitchcock! Es hat ihn sein Leben lang gewurmt, dass ihn der Mut verließ und die Besserwisser gewonnen hatten.

M. kocht bereits vor Wut. Er fühlt sich herausgefordert,

an der Ehre gepackt. Jetzt müsste ich ihn nur noch auffordern: Sei doch mal ein bisschen mutiger! Er würde mir den Kopf abreißen.

Das können wir alles später klären, sage ich stattdessen. Ich wollte nur darauf hinweisen, dass eine eindimensionale Hauptfigur (siehe *Falling down*) kein Sündenfall ist. Und ob der Vater am Ende die Hauptfigur wird, steht auch nicht fest. Zurzeit wissen wir einfach noch zu wenig über ihn. Außer: Er ist ein liberaler Politiker, er hat eine Familie, er hat Geld. Für ihn ist die Welt in Ordnung und die letzte Sprosse der Leiter noch lange nicht erreicht. Er agiert planvoll, geht aber auch Umwege, um zum Ziel zu kommen. Er ist ehrgeizig, bis zum sprichwörtlichen Über-Leichen-Gehen. Sein Markenzeichen ist ein gewinnendes Lächeln und eine grausam effiziente Personalpolitik im Büro. Angst und Schrecken, gepaart mit Lob an unerwarteter Stelle. Für seine Kinder würde er weit weniger riskieren als für sich selbst. Er ist mir ein Gräuel, aber er ist der Standard in unserer Gesellschaft. Ein Prototyp des Gewinners in dieser Menschengemeinschaft.

M. lacht und bittet mich, dies alles zu notieren.

Schon geschehen, sage ich und tippe an meine Schläfe. Hier drinnen.

Du siehst blass aus, merkt er an.

Das täuscht, erwidere ich. Die alte Geschichte vom Park ohne Ende, denke ich.

Aber M.s Bedenken sind schon richtig, weiß ich: Was sich nicht entwickelt, rührt uns nicht. Diese normale Familie steht im Hier und Jetzt. Sie ist den überehrgeizigen Projekten und tumben Gesetzen einer trotz ihrer relativen Jugend schon unglaublich greisen Familienministerin ausgesetzt und sucht ihr Heil in der Zerstreuung durch städtische Vergnügungstempel.

Blatt 8

Innen. / Tag. Spieleparadies, Elbepark. Als Mitglied des Stadtparlaments grüßt der Vater von Jonas beim Betrachten der überfüllten Räumlichkeiten hin und wieder einen aufmerksamen Bürger oder wird einfach hinter vorgehaltener Hand staunend erkannt. Seine Frau genießt seine Popularität, glaubt er.

Jonas rauscht noch einmal an, trinkt seine Apfelschorle aus und ringt den Eltern das Versprechen ab, die Ergebnisse seiner Kochkünste zu probieren, bevor er wieder in die Einbauküche seiner Kinderstadtwohnung abdüst. Die kleine Marie hat sich nicht gerührt, selbst als der immer geschäftige Großvater einen unüberhörbaren Anruf bekommt und sich darauf achselzuckend (Arbeit geht vor) verabschiedet. Der Vater fragt ihn, ob in Rostow alles gut sei, und der Großvater winkt ab. Das werde schon geregelt und gehe alles seinen sozialistischen Gang.

Die Eltern sind für einen Moment allein im Gewimmel. Sie fassen sich bei den Händen und laufen zur Kinderstadt. Jonas winkt schon von Weitem. Die Mutter schaut sich noch mal kurz um und sieht den Großvater eilig an den Tisch zurückkehren. Er hat seine Lederhandschuhe vergessen. Er lächelt, greift nach ihnen, hält sie zum Abschied in die Höhe, bevor er aufrechten Gangs zum Ausgang schreitet. Geschäftstüchtig ist der Alte, denkt die Mutter, und unmusisch.

Geduckt kriechen die beiden in einen Küchennachbau, der den Kindern das Gefühl gibt, die Welt eins zu eins in ihrem Maßstab beherrschen zu können. Größenwahnsinnig macht sie das, denkt der Vater. Die Illusion ist perfekt. Er muss lachen, weil seine Partei die Pläne des Baus seinerzeit unterstützt hat. Wenn man alles, was man befürworten oder ablehnen muss, schon im Voraus nur mal so zum Test unter die Lupe nehmen könnte, fielen die meisten Entscheidungen wohl gänzlich anders aus. Hierfür allerdings, so glaubt er, hätte er immer gestimmt.

Jonas reicht ihnen Suppe und Braten, Kompott und Wein. Er wählt das passende Besteck und faltet Taschentücher als Servietten. Er ist glücklich. Die Eltern teilen sein Glück und mehren es, indem sie alles bis zum Letzten kosten. Sie loben und preisen, lassen sich Salz und Pfeffer rüberreichen und spielen das ewige Spiel der vorgetäuschten Behauptung auf hohem Niveau. Selig entlässt sie Jonas und verbittet sich jegliche Hilfe beim Abwasch. Eine erste Durchsage fordert die Gäste der Kinderstadt zum baldigen Verlassen auf. Es ist 17 Uhr.

Die Mutter robbt rückwärts die Treppen aus dem ersten Stock auf die Nullebene des Spieleparadieses zurück. Schon als sie unten ankommt, sieht sie, dass sich der Kinderwagen von Marie nicht mehr dort befindet, wo sie ihn zurückgelassen hat. Hochbeinig altmodisch, aber das allerneuste Modell, steht er nun einen Meter vom Tisch entfernt.

Was ist eigentlich mit Marie?, fragt sie und eilt los.

Der Vater hat nicht wirklich gehört, was sie gesagt hat, denn er gibt auf halber Treppe noch Anweisungen zum Aufbruch an Jonas weiter. Locker springt er die letzten Stufen hinunter und schlendert seiner Frau hinterher. Die hat sich über den Wagen gebeugt, das Deckbett hochgenommen und sieht sich nun zu ihm um. Ihr Blick trifft ihn hart. Er kennt Dagmar jetzt seit elf Jahren. Er kennt sie gut und glaubt zu wissen, wie sie tickt. Viele ihrer Blicke hat er schon gesehen, manchen zu oft, manchen zu selten, aber diesen hier noch nie. Die nackte Panik.

Wo ist Marie?

Er hebt die Hände und schaut sich um. Beide laufen in unterschiedlicher Richtung zehn, zwölf Schritte, bleiben stehen, halten Ausschau, kehren zurück.

Siehst du sie, Holger?

Nein!

Das kann doch nicht sein!

Wieder stieben sie auseinander. Hektisch, fahrig, unsicher. Der Vater rennt zum Ausgang. Die Mutter zum Büfett. Nirgends ist die Kleine zu finden. Sie reden auf das Personal ein.

Hier kommt nichts weg! Schauen Sie mal bei den Wagen!

Haben wir schon.

Wo haben Sie Ihren abgestellt?

Im Café.

Haben Sie ihn allein gelassen?

Nur kurz.

Im Café sind Wagen verboten!

Das haben wir nicht gewusst.

Wie heißt denn die Kleine?

Marie.

Ich ruf mal unsern Wachschutz. Wie alt, sagen Sie, ist das Mädchen?

Zwölf Monate.

Dann macht eine Durchsage wenig Sinn.

Der Ansturm an diesem Tag war enorm, die Massen unübersichtlich. Obwohl alle Besucher fotografiert werden, gehen im Tumult am Eingang doch immer auch einige Personen durch die Lappen. Jonas kommt langsam und neugierig zu seiner Mutter.

Was ist denn los?

Marie ist verschwunden.

Warum denn?

Das wissen wir noch nicht, sagt die Mutter, während sie ihm die Jacke anzieht.

Der Vater möchte den Geschäftsführer sprechen und macht eins der dicksten Fässer auf, die er draufhat. Noch spult er sich hoch, als sei die Lösung eine Frage der Zeit. Das Personal hat ihn als den Liberalen aus dem Rathaus erkannt. Sie können ihn nicht leiden, das merkt man sofort. Sie fangen an, auf stur zu stellen, tun aber so, als würden sie alle Hebel in Bewegung setzen. Jonas sieht, dass seine Mutter weint. Das treibt ihm ebenfalls Tränen in die Augen. Und das rührt die Leiterin des Cafés. Sie streicht ihm über den Kopf. Jonas zieht ihn weg.

Der diensthabende Manager eilt herbei. Er lässt sich ins Bild setzen und leitet Maßnahmen ein. Aufgescheucht und fahrig schickt er seine Leute auf die Suche im gesamten Gebäude. Er checkt die Kameras vom Café und weist das Personal am Ausgang an, genau in die Kinderwagen zu schauen. Jeder, der das Spieleparadies betritt, werde fotografiert. Das sei so üblich. Die Kinder bekämen Namensbuttons, denn Sicherheit würde bei ihnen großgeschrieben.

Als Marie nach weiteren fünfzehn Minuten nicht gefunden ist, verständigen sie die Polizei.

Das wird auch langsam Zeit, ereifert sich der Vater. Ich kann nicht verstehen, warum hier immer noch Leute rausgelassen werden.

Hinter seinem Rücken hört er eine Frau.

Hätten Se aufgepasst, wär die Kleene nich weg!

Der Vater wendet sich ihr zu.

Bitte?

Sie behauptet nunmehr, nichts gesagt zu haben.

Holger! Die Mutter zieht ihren streitsüchtigen Mann weg. Schaut ihn an. Was ist hier los?

Jonas greift nach der Hand seines Vaters. Der zuckt mit den Schultern.

Vielleicht ist Marie mit Opa unterwegs, sagt der Kleine.

Die Eltern schauen ihn an. Schnell wird der Großvater angerufen, doch er geht nicht ans Telefon.

Die Polizei trifft ein. Der Vater marschiert sofort auf sie zu. Im Besorgerschritt. Knapp gibt er die Informationen weiter und unterstreicht die Dringlichkeit der Lage. Ein Beamter macht Notizen. Ein zweiter lässt sich den Kinderwagen zeigen. Wieder wird der Großvater angerufen. Die Mutter spricht auf seine Mailbox. Der Beamte glaubt, dass das die Lösung sei. Neunundneunzig Prozent der verschwundenen Kinder fänden sich innerhalb der ersten Stunde wieder an. Die Mutter lächelt gequält. Das sähe ihrem Schwiegervater aber gar nicht ähnlich, und ohne den Kinderwagen würde er sowieso nicht losgehen.

Die Leitung der Sicherheitskoordination untersucht die erfassten Daten der Familie. Dabei bemerken sie, dass der Großvater zwar registriert wurde, sich allerdings nicht abgemeldet hat. Vielleicht ist Marie tatsächlich bei ihm? Er ist weiterhin nicht erreichbar. Die Familie wartet. Da auch die Polizei glaubt, die Tochter sei beim Großvater, entweicht die Anspannung spürbar, was dem Vater überhaupt nicht gefällt. Er wirbelt weiter, hält die Belegschaft auf Trab und telefoniert permanent seinem Vater hinterher. Seiner Frau ist es etwas peinlich, aber die Sorge um Marie schnürt ihr fast den Atem ab.

Blatt 9

Innen. / Abend. Die letzten Gäste haben das Spieleparadies verlassen. Leer wirkt es viel größer. Anziehend, aber auch unheimlich. Hin und wieder knackt es im Funkgerät der Polizisten. Jonas geht ein paar Schritte auf die finstere Kinderstadt zu, fürchtet sich aber und kehrt gleich wieder an die Hand der Mutter zurück. Die erste Sichtung der Kameraaufzeichnungen bringt keinen Erfolg.

Langsam verliert der Vater Nerven und Anstand. Die Mutter schlägt vor, dass sie mit Jonas schon mal losmacht. Sie will nach Hause. Auch wenn ihr das schwerfällt ohne Marie, denkt sie pragmatisch vor allem an den Jungen, der gähnend an ihrer Hand hängt. Da klopft es plötzlich wild ans Glas des Haupteingangs. Der Großvater winkt bittend um Einlass. Er ist aufgeregt und erklärt, natürlich *nicht* mit Marie aufgebrochen zu sein, das habe er doch gesagt, und wie es denn überhaupt passieren könne, dass hier ein Kind verschwindet?

Stille tritt ein.

Marie wird zur Fahndung ausgeschrieben. Der Ermittler bittet um eine Beschreibung der Kleinen und versucht die Eltern zu beruhigen. Man werde alles tun, um sie zu finden. (Und tatsächlich wird eine der größten polizeilichen Suchaktionen der Nachwendezeit eingeleitet.) Doch dazu wären noch einige Informationen wichtig: zum Beispiel, welche

Kleidung sie trug, des Weiteren ihre Augen- und Haarfarbe und ob sie schon was sagen kann.

Reagiert sie denn schon auf ihren Namen?

Nein, nicht wirklich!

Der Vater scrollt ein Foto in seinem iPhone, das er am Nachmittag von Marie gemacht hatte, und sendet es auf das Diensthandy des Ermittlers. Der leitet es weiter und erläutert der Familie die nächsten Schritte. Selbstverständlich würde man sie nach Hause begleiten. Noch mehr Polizei trifft ein. Das gesamte Spieleparadies wird buchstäblich auseinandergenommen.

Die Mutter entnimmt ihrem Rucksack eine Trinkflasche mit warmer Milch.

Jetzt ist Maries Zeit, sagt sie. Sie hat sicher Hunger.

Der Beamte schaut, als müsse er auch gleich heulen. Der Vater ist ganz ruhig geworden. Als hätte man ihm die Luft abgelassen. Der Großvater hievt Jonas auf den Arm. Der Junge legt den Kopf auf seine Schulter. Er wirkt abwesend. Die Pupillen seiner großen Augen drehen sich unter die Lider. Ein sicheres Zeichen, dass er gleich einschlafen wird. Schweren Herzens begibt sich die Familie nach Hause.

Todmüde lasse ich mich überreden, noch etwas essen zu fahren. M. echauffiert sich darüber, dass ich so viel Schlaf brauche, um arbeiten zu können. Er versucht, mich auf ein Steak nach Angermünde zu locken. Ich beschreibe ihm einen Imbiss in Templin.

Supermampf = 3 Euro!, heißt es dort und: Schlemmen wie bei Muttern.

M. zeigt sich erwartungsgemäß angewidert.

Neben dem Imbiss befindet sich ein Puff, führe ich weiter aus, der mit demselben Slogan wirbt.

Das wiederum will M. sich unbedingt anschauen.

Die Reklame habe ich vor zwei Tagen entdeckt, als ich in einer Schreibpause mit dem Mietwagen aus dem Funkloch geflohen bin, um ein paar Telefonate zu erledigen. Die kleine Stadt machte einen geleckten Eindruck. Nach der Regel saniert und funktional aufgerüstet, schien sie ihren Bewohnern viel vorauszuhaben. Sie war gefüllt mit Touristen, die sich an der Stadtmauer und im Zentrum aufhielten. Einwohner sah man eigentlich nur am Supermarkt (Rentner) oder auf den Bänken (Penner) und eben an jenem Assiklappe genannten Imbiss (Rentner und Penner). Da nach 18 Uhr so gut wie niemand mehr auf den Straßen zu sehen war, gehe ich davon aus, dass die Mehrzahl der Leute in der Umgebung wohnt. Wobei in der Gegend generell nicht von einer Mehrzahl gesprochen werden kann.

An diesem Tag erfuhr ich, dass sich meine Mutter bei einem Sturz den kleinen Zeh gebrochen hatte. Ich nutzte das vorhandene Funknetz, um mit ihr zu telefonieren. Da sie zuerst nicht so recht mit der Sprache herausrückte, musste ich mich ferndiagnostisch vorkämpfen. Es ist weiter nichts, pflegt meine Mutter zu allem zu sagen, was nicht direkt zum Tod führt. Selbst wenn man ihr den Zeh bis zur Hüfte amputiert hätte, würde sie abwinkend das Thema wechseln. Sie war so erzogen, sich nicht in den Mittelpunkt zu stellen. Ich ließ mir die Verletzung beschreiben und hörte sie herumdrucksen. Schließlich sagte sie:

Wenn der Fuß im Schuh ist, kann der Zeh nicht mehr abstehen.

Er steht also ab?, fragte ich, und sie antwortete selbstbewusst:

Ja.

Daraufhin schickte ich sie sofort zum Arzt und überwachte sie mit halbstündigen Kontrollanrufen. In der Zwischenzeit lief ich durch Templin und erhielt in Abständen Auskunft über ihre Odyssee durch die Kassenpatientenmedizin. Grundsätzlich halte ich mich für geduldiger als meine Mutter, aber hier verhinderte nur meine räumliche Entfernung, dass ich nicht tätlich wurde. Diesmal war sie es, die ruhig blieb. Sie erklärte mir gelassen, dass es ihr nichts ausmachte, zu warten. Es gäbe andere, wirklichere (sic!) Notfälle und das Zeitschriftenangebot im Wartezimmer sei gar nicht mal so übel.

Nachdem ich die Stadtmauer zweimal umrundet hatte, beschloss ich, auf die mittelalterliche Wehranlage zu steigen. Hier erfuhr ich von meiner Mutter, dass das Personal fürs Röntgen in der Mittagspause sei. Sie würde sich noch eine Stunde gedulden müssen, bevor überhaupt etwas geschehe. Medizin, murmelte ich. Medizin! Vielleicht war dies unser Auslösendes Moment! Medizin. Ich dachte darüber nach.

Wie immer, wenn eine Idee mich streift, aber noch nicht zu fassen ist, blieb ich stehen, um sie zu fangen. Wie verzweifelt kann ein Mensch werden, wenn ihm nicht geholfen wird, bzw. nicht geholfen werden kann? Ob aus Geldnot, Unwissenheit, aus einem Versorgungsengpass oder Fahrlässigkeit. Das Unglück wird unabwendbar geschehen, es sei denn, man hat vorgebaut. Oder beides. Es war ein Unglück geschehen, und damit es sich nicht wiederhole, greift man ins Rad des Lebens und spielt Schicksal, um es abzuwenden. Ich schrieb.

Sätze. Worte. Zahlen.

## Blatt 10

Am 17. März 2001 verstarb die Tochter von Sveta N. an den Folgen einer schweren Leukämie in der Minsker Kinderklinik Barawljany. Es gab keinen Zweifel daran, dass dies auf den Kontakt Svetas als junges Mädchen mit radioaktiv verseuchter Luft in ihrem Geburtsort in der Nähe des Rayon Tschernobyl zurückzuführen war. Es gab auch keine zwei Meinungen darüber, dass man ihrer Tochter andernorts besser hätte helfen können.

Allein die Unmöglichkeit einer Verschickung ihrer Kleinen aus Kostengründen hinterließ die Mutter in schier ohnmächtiger Verzweiflung ob dieser himmelschreienden Ungerechtigkeit. Hinzu kam eine zunächst unklare, dem schnellen Verlauf geschuldete diagnostische Fehleinschätzung über das Ausmaß der Krankheit. Gestern hatten sie kein Glück und heute nur Pech. Sie sei nicht die einzige Frau mit diesem Problem und sie sei noch jung, was sie anderen voraushabe, sagten die Ärzte durchaus mitfühlend und entließen die verzweifelte Mutter nach Hause.

Sveta bewohnte mit ihrem Mann seit Mitte der neunziger Jahre eine zu Sowjetzeiten als Gartenlaube genutzte Datsche, in der sie weder Strom noch fließend Wasser hatten. Dennoch bezeichneten sie die vier Wände stolz als ihr eigenes Reich und waren dankbar, nicht auf der Straße zu sitzen. Ihr Mann hatte eine Arbeit bei der Minsker Metro auf der Autasawodskaja-Linie und schob Schichten, wo er nur konnte. Da die achtzig Kilometer zum Wohnort ohne Auto einer Tagesreise gleichkamen, schlief er zwischen den Diensten oft im Aufenthaltsraum neben den Umkleidekabinen der Belegschaft.

Sveta hatte den Rasen rund um die Datsche in einen herrlichen Gemüsegarten verwandelt und verkaufte die Produkte, die sie erntete, in den Vororten von Minsk. Blumen, Beeren, Kohl. Sie stand in einer langen Reihe von Rentnern und Erwerbslosen, die alles, was sie entbehren konnten, den Passanten, die auf dem Weg von oder zur Metro an ihnen vorbeieilten, feilboten. Das Geschäft brachte gerade so viel ein, dass sie sich das Nötigste davon kaufen konnte. Zusammen mit dem Einkommen ihres Mannes genügte es zum Leben.

Manche Politiker im Land nannten die kleinen Händler eine unverzichtbare Stütze bei der Versorgung des weißrussischen Volkes und bezeichneten den Erwerb ihrer Produkte als einen Akt nationaler Verantwortung. In Wahrheit war es der Ersatz für fehlende Sozialleistungen wie Renten oder Mindestlöhne. Aber es funktionierte fabelhaft. Es hatte sich so weit entwickelt, dass so mancher Minsker Bürger lieber bei einem Mütterchen kaufte, als Äpfel aus Israel oder Tomaten aus Holland zu erwerben. Unfreiwillig war so ein florierender Biomarkt entstanden, als Folge reiner Mangelwirtschaft.

Ihre Tochter war ein absolutes Wunschkind und der frühe Tod des kleinen Mädchens eine große Tragödie, die sowohl ihren Mann als auch sie als ein schwerer Schlag traf. Nachdem sie sich halbwegs wiederhergerichtet und vergeblich um Entschädigung bemüht hatten, setzten sie sich 2006 nach dem Vorbild der Orangenen Revolution im Nachbarland für politische Veränderungen ein. Sie gingen auf Kundgebungen, protestierten gegen Wahlbetrug und engagierten sich auf einem Kongress für die Einhaltung der Menschenrechte.

Angetrieben von der tiefen Überzeugung, gegen das ihnen widerfahrene Unrecht aufzubegehren, marschierte Sveta als einfache Bürgerin in vorderster Front, knüpfte Jeanswimpel an die Bäume und wurde insgesamt dreimal verhaftet. Ihr Mann kam mit, wenn es seine Arbeitszeit erlaubte. Sveta war immer da. Sie kochte für die Oppositionellen, die sich in einer ehemaligen Textilfabrik eingenistet hatten. Sveta kochte so lange, bis die Mitstreiter in einen Hungerstreik traten. Ihren Mann sah sie selten in dieser Zeit. Als die Hungernden in einer Nacht-und-Nebel-Aktion verhaftet wurden, war sie gerade mit einem kleinen Trupp Öl für die Radiatoren besorgen. Sie beschlossen, unterzutauchen.

Sveta floh in ihre Datsche, wo sie sich versteckt hielt. Das war ihr Glück, denn die Hungerstreikenden gingen alle für viele Monate hinter Gitter. Enttäuscht stellte sie als anerkanntes Opfer der Reaktorkatastrophe von 1986 im Jahr darauf nochmals ganz offiziell einen Antrag auf Entschädigung. Sie ließ vielerlei Untersuchungen an sich vornehmen, die zwar einen beträchtlichen Teil ihres hart ersparten Geldes aufbrauchten, aber zu keinerlei positivem Ergebnis führten. Hinzu kam, dass es seit Jahren nicht klappte, ein weiteres Kind zu zeugen. Nach dem Tod ihrer Tochter war Sveta zwar noch zweimal schwanger geworden, hatte aber beide Babys innerhalb der ersten sechs Schwangerschaftswochen verloren.

Durch eine umfassende Neustrukturierung des Minsker Umlandes und die Anbindung der Landeshauptstadt an überregionale Verkehrswege geriet ihre kleine Siedlung in den Fokus optimistischer Straßenbauplaner. Eine zaghafte Bürgerinitiative versuchte zu protestieren, was damit endete, dass dem Kopf der Gruppierung in einem Wäldchen aufgelauert und zur Warnung an alle Mitstreiter die Zunge herausgeschnitten wurde. Er verstarb Monate später, ohne dass je geklärt wurde, wer dafür verantwortlich war.

2008 gab es die ersten Baumaßnahmen, die zwar noch nicht zur Vernichtung der Wohnsiedlung führten, sie aber komplett vom städtischen Nahverkehr in Richtung Minsk abschnitten. Sveta pflegte weiterhin ihren Garten, konnte die Produkte jedoch immer schlechter verkaufen und sah ihren Mann so gut wie gar nicht mehr.

Mittlerweile war sie fünfunddreißig Jahre und begann sich mit dem Gedanken anzufreunden, eventuell nie mehr ein Kind zu haben, zumal ihr Mann zunehmend resignierte und viel lieber mit Freunden seiner Belegschaft Schach spielte, als zu ihr nach Hause zu kommen. Ohnehin vermutete sie, dass es beim Spielen nicht blieb, so dass es auch ihr sehr viel lieber war, allein zu schlafen, als den besoffenen Gatten durch die Kraterlandschaft der Zubringerbaustelle zu schleppen.

## Blatt 11

Ende Februar 2009, Sveta hatte die dunkelsten Tage im Jahr gerade mit Ach und Krach überstanden, stattete ihr Mann dem kleinen Häuschen und seiner Frau einen letzten Besuch ab. Er hatte sich den Winter über nicht blicken lassen und kam mit dem Auto eines Freundes und in Begleitung desselben. Sveta freute sich sehr, ihn zu sehen, doch als sie das Anliegen der Herren erfuhr, verbarrikadierte sie sich geistesgegenwärtig in der Datsche. Ihr Mann versuchte sie zu überreden, aufzusperren. Er flehte sie an, sie müsse ihn verstehen. Spielschulden seien Ehrenschulden, und was sei denn schon groß dabei, Herrgott noch mal! Sveta merkte, dass die beiden zu allem entschlossen waren, und begann zu verhandeln. Sie öffnete schließlich die Tür, und sowohl ihr Mann als auch sein Freund machten sich über sie her. Da sie sich nicht wehrte, glaubten die Männer, es gefiele ihr, von ihnen, wie sie sagten, beglückt zu werden.

Rauchend saßen sie hinterher neben der Hütte und kommentierten scherzend das eben Erlebte, als Sveta aus dem Haus trat. Richtig rote Wangen habe sie bekommen, und man wisse ja, dass die Einsamkeit eine Frau verderbe. Der Freund fragte, ob sie noch einen Nachschlag möge. Doch sie ging bloß zu ihrem Frühbeet hin und grub es um. Die Erde war zwar noch gefroren, aber sie ließ sich nichts anmerken. Und als sie zurückblickte waren die Herren verschwunden. Sie sah sie nie wieder.

Leider konnte Sveta die Ernte in diesem Jahr nicht mehr einbringen. An einem Morgen im Mai wurde sie von einem Bulldozer geweckt. Der schob in einer ersten Bahn den gesamten Garten zur Seite. Als der Fahrer im Glaskasten der Baumaschine sah, dass sich im Haus noch eine Bewohnerin befand, willigte er ein, dass Sveta innerhalb einer Zigarettenlänge ihr Hab und Gut herausnehmen könne. Und da sie ihm gefiel, rauchte er gleich zwei. Als er dann das Haus vor ihren Augen zusammenfaltete, wurde ihr übel. Ihr war so unwohl, dass sie sich zu einem zwei Stunden entfernten Waisenhaus begab, in dem sie einen Kinderarzt wusste.

An den Stufen des Hauses angekommen, musste sie sich setzen. Als sie merkte, dass sie niemand vertrieb, fing sie an zu weinen. Durch die vom Heulen verquollenen Augen sah sie, dass sich eine Schar Kinder im Halbkreis um sie versammelt hatte und sie neugierig betrachtete.

Hast du dir wehgetan?

Nein.

Bist du meine Mama?

Nein.

Ist dir nicht gut?

Ja.

Was haben Sie denn?, fragte dann eine männliche Stimme hinter ihr. Der junge Arzt, eigentlich auf dem Heimweg, trat aus dem Waisenhaus und blieb interessiert stehen.

Ich bin schwanger, gestand Sveta leise.

Gebrochen sei der Zeh, beichtete meine Mutter am Telefon. Das hätte ich ihr doch gesagt, erwiderte ich. Es sei aber nicht der Rede wert, so der Arzt. Sie habe einen Verband bekommen, Zinkleim oder so was, und wackle jetzt nach Hause.

Pass auf dich auf, Mama!, riet ich ihr.

Wird schon werden, antwortete sie und fragte, ob wir vorankämen.

Da ich über die Frage einen Moment nachdenken musste, fuhr sie fort.

Lass dich nicht wieder ausnutzen, Johann! Am Ende sitzt du ohne nichts da.

Nein, nein. Mach dir mal keine Sorgen, ich habe einen Vertrag. Und außerdem bedeute *ohne nichts* in etwa *mit viel.* Und wenn ich mich nicht vollkommen dämlich anstellte, würde es genau so sein.

Dein Wort in Gottes Gehörgang!

Wir waren beide ruhig. Ich lehnte an einer hüfthohen Mauer und ging langsam in die Knie, um vor dem Wind geschützter zu sein. Auf dem First eines roten Backsteinhauses landete ein Storch.

Es ist wieder passiert, flüsterte meine Mutter. Ihre Stimme klang ehrlich bekümmert.

Was? Was ist wieder passiert?, wollte ich wissen.

Hast du's denn nicht gehört?

Was denn?

Man hat schon wieder ein Kind entführt.

Wann?

Ja lest ihr denn keine Zeitung?

Ach, Mama! Wir sind in der Uckermark, fuhr ich sie an. Das Internet funktioniert hier nicht, und zum Telefonieren muss ich in die Stadt fahren.

Der Storch bog den Hals nach hinten und klapperte lästig in unser Gespräch.

Zwei, drei Tage ist es her.

Wo?

Aus dem Spieledings, diesem Kinderland im Elbepark.

Wirklich?

Ja, ähnlich wie damals. Einfach weg. Vom Erdboden verschluckt. Kurz mal nicht hingeguckt – verschwunden! Die sensationslüsterne Stimme meiner Mutter störte mich. Es gibt Momente, in denen ich sie mundtot machen möchte.

Weiß man schon Genaueres?

Nee. Der Typ, dem das Kind geklaut wurde, also der Vater, das ist so ne Flachzange von der FDP, der einem vorkommt wie ne Flachzange von der FDJ.

Tatsächlich? Aber dafür kann das Kind ja nichts, sagte ich.

Meine Mutter stöhnte auf.

Was ist?, fragte ich erschrocken.

Bin nur mit dem Zeh angestoßen, die Spritze lässt nach.

Dann geh jetzt mal schön nach Hause.

Ja, das werd ich. Johann?

Was?

Danke, mein Junge!

Wir beendeten das Gespräch, und ich dachte darüber nach, wie ich M. meine längere Abwesenheit erklären konnte. Wahrscheinlich sprang er schon im Quadrat. Es hätte was passieren können. Und er kein Auto etc. Ich parkte den Wagen nach meiner Extratour direkt vor dem Landhaus und schlich mich in die Küche.

M. empfing mich euphorisch mit dem Wort *Malum* und schwenkte ein Buch über dem Kopf. Er schaute über den Rand seiner Lesebrille und begann zu berichten. In meiner Abwesenheit hatte er in der großartigen Hausbibliothek, die ausnahmslos aus Koch- und Küchenbüchern bestand, einen Band über die Entwicklung des Kernobstanbaus mit dem Hauptaugenmerk auf den Apfel (lat. malum) herausgefischt. Da ich nicht gleich verstand, sagte er:

Apfel, du Pflaume! Frucht aus der Familie der Rosengewächse. Klingelt's? Es gibt allein über fünfzig verschiedene

Arten dieser Gattung, die sich dann untereinander nochmals in so mannigfaltiger Weise unterscheiden, dass es zu Hochzeiten des Apfels weit mehr als tausend verschiedene Sorten gab.

Wehmütig las er mir eine halbe Stunde die klingenden Namen der verschiedenen Apfelsorten vor und beklagte sich bitterlich, dass unser freiheitlich-demokratisches, hochentwickeltes, globalisiertes, technisch fortgeschrittenes Zeitalter dazu geführt habe, dass wir im Supermarkt nur mehr noch zwischen zweien wählen könnten. Rot oder Grün. Selbst in seiner Jugend habe es noch an die dreißig verschiedene gegeben. Und auch die hatte M. in seinem phänomenalen Gedächtnis parat und betete sie mir her. Als er endete, biss ich in einen Apfel aus Templin. Der hieß Granny Smith, und M. klatschte zur Bestätigung seines Grolls in die Hände.

Siehst du!

Ich schaute ihn entschuldigend an.

Schmeckt aber super, sagte ich. Saftig und schön knackig.

Das war vor zwei Tagen.

Blatt 12

M. sitzt neben mir am Steuer auf dem Weg nach Templin zum Abendessen. Er rauscht wie ein Henker über die Landstraßen. Er bremse nicht mehr für Memmen, sagt er. In der untergehenden Sonne wirkt die Landschaft wie ein nicht enden wollendes Märchen. Die Schatten sind lang, die Kontraste beweglich. Plötzlich stoppt M. den Wagen und rasselt auf den Seitenstreifen. Er steigt aus, stellt sich breitbeinig vor das Feld und zückt sein iPhone. Er macht ein Foto und versendet es.

Kurz darauf klingelt sein Telefon.

Wenn du wüsstest, wie schön es hier ist, höre ich ihn sagen. Ja, wir kommen gut voran. M. schaut zu mir, verdreht die Augen und hält zwei Finger in die Höhe. Zwei Minuten! Er formt es lautlos mit den Lippen. Johann lässt schön grüßen, sagt er und lacht. Wir hätten die Schlagzahl erhöht, aber essen müsse der Mensch ja auch. In Templin gibt es nur Nazis und Touristen, sagt er und geht ein Stück weiter, um besseren Empfang zu haben.

Ich kann ihn nicht mehr verstehen, sinke etwas tiefer in den Sitz und betrachte die Klarheit eines gepflügten Feldes. Es wirkt gekämmt. Die Welt hinter der Seitenscheibe ist wunderschön.

Innen. / Nacht. Sie kommen also zu Hause an. Von der Polizei eskortiert, doch ohne ihre Tochter Marie. Der Vater, Holger, checkt fahrig seine Mails, die Mutter, Dagmar, bringt Jonas ins Bett. Nichts ist, wie es war. Der Großvater geht stumm zum Fernseher, schaltet ihn an und pflanzt sich davor. Er lässt sich von Holger die Taste für den Videotext zeigen.

Oft hat sich die Mutter gewünscht, der Großvater würde Jonas mal für eine Nacht zu sich nehmen. Sie hätten Marie zu Bett gebracht und bei einem Video, einem Gespräch oder zu zweit im Bett entspannen können. *Ein* Kind ist *kein* Kind, denkt sie. Aber der Herr Schwiegervater hat fast nie Zeit und das spüren Kinder. Jonas sowieso. Er wollte dann lieber doch nicht mit und dachte sich Bauchschmerzen aus, um im elterlichen Schutzraum zu bleiben. Als sie das Licht ausmachen will, lächelt Jonas. Sie weiß, dass er sie damit trösten möchte. Vor Rührung muss sie gleich wieder heulen. Sie zieht die Tür hinter sich zu.

Die Stille des Flurs macht ihr Angst. Meine kleine Marie, denkt sie. Es zerreißt ihr fast die Brust. Wo sie jetzt wohl ist? Holger kommt in den Flur und erschrickt heftig.

Was machst du denn hier?

Dagmar wischt die Tränen weg und zuckt mit den Achseln. Sie weiß es nicht. Das Telefon klingelt.

Beide fahren zusammen und stürzen zum Hörer. Es ist die FDP. Ein Parteifreund hat die Sache gerade über den Ticker erfahren und will wissen, was los ist. Holger erklärt ihm die Lage. Sie verabreden, dass er mit dem Pressesprecher den Information-flow bespricht und eine Mitteilung für Morgen 10 Uhr vorbereitet. Sie hoffen, dass sich bis dahin alles aufgeklärt hat. Auf keinen Fall darf es eine Vorlage für den politischen Gegner werden. Es ist eine Privatsache, die schlimm genug ist und als solche behandelt werden soll. Holger verabschiedet sich, um die Leitung nicht weiter zu blockieren.

Ich habe Hunger, sagt Dagmar.

Ich auch, sagt M. Er sitzt jetzt wieder neben mir und zieht die Autotür ran.

Was?

Er startet den Motor und rollt vom Seitenstreifen zurück auf die Landstraße. Irritiert schaut er mich an und erklärt, dass ich eben gesagt habe, dass ich Hunger hätte!

Ach so. Ich nicke lächelnd.

Bist du sauer? Er versucht meine Stimmung zu erraten.

Warum?

Weil ich so lange telefoniert habe.

Nein, erwidere ich. Ich habe mich die ganze Zeit gefragt, was ein nachvollziehbares Verbrechen von einem absolut sinnlosen unterscheidet.

M. erreicht in null Komma nichts seine gewohnte Höchstgeschwindigkeit, die uns ohne Zweifel in Sekundenschnelle zu Tode brächte, falls er sich nur eine kleine Unaufmerksamkeit leistete. Nun bezieht er meine generelle Frage nach einem sinnlosen Verbrechen mal wieder auf sich und drosselt den Wagen.

Willst du meinen Fahrstil als Verbrechen bezeichnen?

Bis jetzt noch nicht, erwidere ich.

Wir lachen und beginnen die Kreuze am Straßenrand zu zählen. Bis Templin werden es siebzehn sein.

Ich habe damit doch nicht dich gemeint, erkläre ich, sondern beispielsweise einen zum Gelegenheitsdieb gewordenen Trinker. Wenn der sich mit einer unbeaufsichtigten Flasche Schnaps aus dem Kiosk stiehlt, ist das in meinen Augen kein Diebstahl, obwohl es den juristischen Tatbestand erfüllt. Es ist eigentlich nichts weiter als eine erklärliche Beschaffungsmaßnahme. Da wundert es mich eher, dass nicht viel mehr Menschen zu Dieben werden.

M. schüttelt den Kopf.

Darüber zerbrichst du dir also den Kopf, wenn man dich mal eine halbe Stunde allein im Auto sitzen lässt?

Ja. Stell dir doch mal vor, fahre ich fort, du wirst als leitender Ermittler zu einem Fall hinzugezogen, dessen Tat nicht nachvollziehbar ist, da sie absolut keinen Nutzen für den Täter erkennen lässt. Und da man den Nutzen (das Motiv) noch nicht mal ansatzweise ermittelt hat, kann man auch nicht auf ein Profil des Täters schließen. Die Tat lohnt sich schlichtweg nicht. Der Nutzen liegt jenseits unserer Vorstellungskraft, da er ins Krankhafte ragt. Aber innerhalb des Täterlebens gibt es ganz sicher einen Nutzen. Muss es geben. Befriedigung von Rachegelüsten, Entladung aufgestauter Gewaltphantasien, die ganze Palette halt.

Das ist uninteressant, wirft M. ein.

Ja, das finde ich auch, und deshalb brauchen wir einen plausiblen Grund, warum sich niemand nach dem Verschwinden des Kindes mit Lösegeldforderungen oder Erpressungsversuchen an unseren feinen Liberalen oder dessen Vater wendet. Die Tat ergibt einfach keinen Sinn, obwohl natürlich jeder sofort den Pädophilen von nebenan als Höllenengel an die Wand malt. Für einen Moment darf man das sogar glauben, aber es muss ein Grund her, der recht bald davon ablenkt!

M. blickt vom vorbeischwebenden Ortseingangsschild weiter zu mir.

Sie sind der Autor, Herr Stadt!

## Blatt 13

Das Bild flimmerte. Unsicher betrat ein altes Ehepaar das Fernsehstudio am Stadtrand von Moskau. Es hatte sie Überwindung gekostet, hierherzukommen. Nach Russland. In die ehemalige Sowjetunion. Die beiden Deutschen wollten über ihr Schicksal berichten und verbeugten sich feierlich vor den Studiogästen. Sie waren es nicht gewohnt, vor so vielen Menschen zu stehen. Niemals hätten sie es für möglich gehalten, eines Tages tatsächlich vor einem Millionenpublikum der beliebten Sendung *Wo bist du?* über das ihr ganzes Leben bestimmende Ereignis reden zu dürfen.

Den Mitschnitt der Livesendung führte ich M. an einem der ersten Tage in Schlehdorf vor. Er pflanzte sich breit vor den Fernseher und wurde langsam vom Schicksal der Familie in den Bann geschlagen. Am Anfang habe einfach nur der unfassbare Fakt gestanden, sagte die Mutter mit tränenerstickter Stimme, dass ihnen das Kind gestohlen wurde. Rose, ein Mädchen. Auf dem Weg zur Arbeit ihres Mannes, aus ihrem Trabant, einfach so. Sie las aus einer Akte vor. Eine Dolmetscherin übertrug es sachgerecht ins Russische. Und ich übersetzte es zurück ins Deutsche, damit M. auch die Details mitbekam.

Es habe einen Verdacht gegeben, den die Indizien erhärteten: Wahrscheinlich sei ihre kleine Tochter vor nunmehr dreißig Jahren nach Russland entführt worden. Von einem

Mitglied der in Ostdeutschland stationierten sowjetischen Streitkräfte. Damals habe man viele Menschen befragt, Spuren verfolgt, Wege nachgezeichnet. Alle führten letztlich in eine Kaserne der *Freunde*, und damit zum Militärischen Geheimdienst nach Dresden. Kein Geringerer als der derzeitige Präsident der Russischen Föderation, Herr Wladimir Wladimirowitsch Putin, sei damals der Leiter dieses Hauses gewesen. Ein Raunen ging durch die Reihen. Aber je mehr die ostdeutschen Behörden mit ausgestrecktem Finger auf die Sowjets zeigten, desto stärker sei deren Abwehrreflex geworden. Ein Sowjetsoldat tue so etwas nicht, sei zu hören gewesen. (Ironische Lacher einzelner Zuschauer.) Es habe gewaltig nach einer Verschwörung gerochen.

Die DVD sprang ein wenig. Ich hatte den Mitschnitt nicht genügend finalisiert, womit ich mir einen Vortrag über die Technik des Aufzeichnens zum einen und den mangelnden Sachverstand aller Autoren in Computerfragen zum anderen einhandelte. M. konnte gnadenlos sein. Zum Glück lief die Aufzeichnung von selbst weiter.

Die ostdeutschen Polizisten und der verantwortliche Staatsanwalt hätten einen Maulkorb bekommen, und sie beide seien von diesem Zeitpunkt an mit ihrem Unglück allein gewesen. Mit jedem seitdem verstrichenen Tag habe die Hoffnung, ihre geliebte Tochter wiederzusehen, abgenommen. Bilder der Familie wurden eingeblendet. Mit leichtem Zoom wirkten sie äußerst lebendig. Eine aufwendige Computeranimation ließ die kleine Rose virtuell zur jungen Frau heranwachsen. So, sagte die Moderatorin, so könnte die Frau heute aussehen.

M. machte sich lustig über die vorsintflutliche Technik. Ich fand die Animation gar nicht so schlecht. Die Studiogäste schauten betroffen auf das ergraute und leicht gebeugte

Ehepaar. Sie durften nun Fragen stellen. Nein, sie hätten keine weiteren Kinder bekommen. Ja, sie vermissten Rose sehr, auch nach so langer Zeit. Nein, sie wollten sie gar nicht unbedingt zurück, sie würden nur wissen wollen, dass es ihr gut geht. Warum sie denn glaubten, dass ihr Kind noch am Leben sei? Die beiden Befragten verstummten und schauten einander unsicher an.

Die Moderatorin nahm die Pause zum Anlass für die Überleitung zu einem weiteren Fall, der sich nur kurze Zeit später ebenfalls in der Grenzstadt Görlitz ereignet habe: Ein kleines Mädchen war in einer als Viehtränke benutzten Badewanne (eingeblendetes Foto) ausgesetzt worden. Dort lag es in eine Decke gehüllt und wurde, gut verstaut in einer Reisetasche (nächstes eingeblendetes Foto), gefunden. Die Art des Wickelns lasse auf einen osteuropäisch-asiatischen Hintergrund des Täters schließen. Es habe lebhaft auf russische Laute reagiert. Niemand habe sich um das Kind gesorgt. Keiner vermisse es (bis heute), was nahelege, dass beide Verbrechen in einem Zusammenhang stehen. Wurden die Kinder getauscht?

Feierlich bat die Moderatorin das Publikum, nun mit ihr gemeinsam diese junge Frau zu begrüßen. Ein Tusch wurde eingespielt. Eine Tür öffnete sich, und herein kam eine etwa dreißigjährige Frau. So selbstbewusst wie möglich schritt sie in den Saal und blieb wie auf ein Zeichen abrupt stehen. Mit ihr hatte ganz offensichtlich niemand gerechnet. Am allerwenigsten die Eheleute. Der Vater stand sogar kurz auf vor Schreck, setzte sich aber gleich wieder, weil ihn ein Kameramann anzischte. Die Mutter zog ihre Handtasche an den Bauch. Die junge Frau sah ungepflegt und verlebt aus, obwohl man sie für die Sendung herausgeputzt hatte. Sie wirkte vollkommen deplatziert. Verloren stand sie dort in der Bühnenmitte, bis die Moderatorin sie zu dem Ehepaar führte, wo sie sich artig, aber fremd die Hände reichten.

Missbilligend schüttelte M. den Kopf. Er stoppte die Aufzeichnung. Rücksichtslos überfahren habe man die armen Alten. Es sei obszön, wie da mal wieder auf dem Rücken dieser Unglücksmenschen Quote gemacht werde. Aber die seien ja auch selber schuld, war er sicher. Das Ehepaar erinnere ihn an diesen berühmten Fallada-Roman, wo jeder für sich allein sterbe.

Mich interessiert die junge Frau, sagte ich. Die hat das Leben nicht immer auf ihrer Seite gehabt und sieht aus wie zwanzig Jahre Lidl-Kasse. Denkst du, die bekommen diesen Auftritt gut bezahlt?

Davon gehe ich aus, meinte M., und das ist auch noch das Beste an der Sache. Er ließ die Aufzeichnung weiterlaufen.

Die Frau, Grit H., berichtete nun mit relativ einfachen Worten (von der russischen Dolmetscherin etwas geschönt übersetzt), dass man sie vor knapp dreißig Jahren in der DDR ausgesetzt hatte. Damals fand man bei ihr einen roten Beißring (eingeblendetes Foto), der eigentlich dem kleinen Mädchen, Rose, gehört habe, das in der Woche zuvor aus dem Trabant der Eheleute entführt worden war. So habe die Polizei immer angenommen, die beiden Fälle gehörten zusammen. Sie habe keine Erinnerung an ihr Leben davor. Sie habe vor zehn Jahren geheiratet und sei mit sechzehn zum ersten Mal schwanger gewesen (dabei lachte sie). Ihr Sohn habe vorgestern seinen dreizehnten Geburtstag gefeiert. Dann stockte sie und überlegte, was es noch Wichtiges zu sagen gab. Ach ja. Sie wolle ihren Adoptiveltern danken und sagen, wie sehr sie diese möge. Der Papa sei schon gestorben, die Mama aber lebe noch.

## Blatt 14

Die Moderatorin stellte nun beide Fälle nebeneinander und fragte das Ehepaar, was sie dem Entführer oder der Entführerin sagen wollten. Der gramgebeugte Vater riss sich zusammen. Er wolle *denen* nichts sagen, nur seiner vermissten Tochter etwas mitteilen. Er richtete sich auf, suchte nach der Kamera und wandte sich dann direkt an die Fernsehzuschauer:

Liebe Rose! Du kennst uns nicht. Wir sind deine Eltern und suchen nach dir schon seit über dreißig Jahren. Vielleicht hast du in deiner Kindheit Merkwürdigkeiten entdeckt? Zum Beispiel, dass es keine Fotos von dir aus deinem ersten Lebensjahr gibt. Frage deine Eltern danach! Frage sie auch nach deinen Großeltern! Vielleicht haben dich deine Eltern sehr lieb, und du kannst dir nicht vorstellen, dass es nicht deine leiblichen Eltern sind.

Der Mann musste sich schnäuzen. Seine Frau reichte ihm ein Taschentuch. Man hörte es Schluchzen aus dem Zuschauerraum. Die Kamera schwenkte hektisch auf eine weinende Frau. Dann hatte sich der Mann wieder im Griff. Flehend wandte er sich erneut an die Zuschauer:

Bitte überprüfe, ob dein Vater, deine Mutter oder vielleicht auch beide Mitte der achtziger Jahre in der DDR gelebt haben. Als Mitglied der sowjetischen Streitkräfte oder im diplomatischen Dienst. Bitte überprüfe auf deiner Geburtsurkunde, wann genau und wo genau du geboren wurdest. Bitte überprüfe, ob es im Umfeld deiner Familie Andeutungen gab auf deine Herkunft. Wenn du einen Verdacht hast, sprich mit jemandem, dem du vertraust, oder wende dich direkt an uns. Ein Freund hat uns eine Internetseite eingerichtet (die Webadresse wurde eingeblendet). Wir lesen jeden Tag die Post. Wende dich aber bitte nicht an deine Eltern, die, wie wir vermuten müssen, bis zum heutigen Tag ihr Geheimnis nicht lüften wollen oder können!

Der Mann stockte und wandte sich der jungen Frau, Grit H., zu. Das wären ja dann wohl Ihre Eltern, stammelte er. Mit rotem Kopf nickte die Angesprochene. Seine Ehefrau flüsterte ihm leise etwas zu. Der Mann schaute wieder in die Kamera, als habe er noch was vergessen.

Und falls deine Eltern Wind von der Sache bekommen sollten, dann versichere ihnen, dass ihre Tat strafrechtlich verjährt ist, sie also keine Konsequenzen mehr fürchten müssen!

Die Moderatorin war langsam an den Mann herangetreten, nahm ihn in den Arm und drückte ihn fest. Um einen mitfühlenden Tonfall bemüht, sprach sie zu den Studiogästen und den vielen, vielen Zuschauern an den Bildschirmen daheim:

Bevor wir uns nun das Schicksal von Grit aus Meißen, die wir dankenswerterweise für einen Auftritt in unserer Sendung *Wo bist du?* gewinnen konnten, genauer anhören, machen wir eine kleine Pause, für nur einen Werbespot. Versprochen! Bleiben Sie dran!

Die Aufzeichnung brach ab.

Es will mir einfach nicht in den Kopf, sagte M., dass in der Zone, wo doch wirklich alles überwacht wurde, einfach so ein Kind ausgetauscht werden konnte.

Ja, pflichtete ich ihm bei, das ist schwer vorstellbar. Die Behörden haben sich an den Russen die Zähne ausgebissen. Am Tag, an dem das Kind ausgesetzt wurde, fuhr ein Zug (vermutlich mit Rose und ihren Entführern an Bord) von Görlitz nach Dresden und von dort weiter gen Moskau. Die Passagierliste dieser Fahrt ist seit dreißig Jahren verschwunden. Noch am selben Abend hat sie der Militärische Geheimdienst mit einer fadenscheinigen Begründung beschlagnahmt.

Das stinkt doch zum Himmel, rief M. Aber bei den Sowjets wundert mich gar nichts! Vor allem der feine Herr Putin, dieser Teufel! Karelien ist auch verloren, ereiferte er sich, und der Sowjetisch-Finnische Krieg war einer der furchtbarsten aller Zeiten!

Man könnte es im Geiste tun, sagt Puntila, sagte ich.

Aber das nutzt der Krim jetzt auch nichts, stichelte M. weiter. Die ist heim ins Reich. Ist dir eigentlich schon mal aufgefallen, dass der Russe der effizienteste Annektierer auf unsrer ganzen schönen Erde ist?

Господ болше нет!, antwortete ich ruhig.

M. pflegt in Situationen, in denen er einen unfassbaren politischen Skandal quasi mit Händen greifen kann, flehentlich seufzend zu fragen, wo nur die RAF sei, wenn man sie mal braucht.

Wo ist nur die RAF, wenn man sie mal braucht?, seufzte M. jetzt flehentlich.

Die Eltern hätten nie aufgegeben, erzählte ich ungerührt weiter, und sich in einem letzten verzweifelten Schritt an unseren Bundeskanzler gewandt. Aber der wollte sich das lupenreine Verhältnis zu seinem russischen Freund nicht madig machen lassen. Zumal er ja – wie als Wiedergutmachung (so behaupten böse Zungen jedenfalls) – seine Familie mit einem russischen Kind vergrößerte. Bei Frau Merkel hatten sie es dann ebenfalls probiert. Das Ergebnis war immerhin dieser Auftritt der Familie im russischen Staatsfernsehen vor einem halben Jahr. Passiert sei seitdem gar nichts, außer dass die junge Frau, Grit H., nicht mehr unter den Lebenden weile.

M. schaute mich verwundert an.

Ein S-Bahn-Zug hat sie erfasst, ergänzte ich. Der Schubser war stark alkoholisiert und sitzt nun in Tegel. Allerdings hat sich dessen Mutter kurz darauf eine Eigentumswohnung im Neuköllner Schillerkiez gekauft.

Nein!

Doch! Stand sogar in der Zeitung.

Das stinkt ja höher zum Himmel als die Angermünder Schweinemast, echauffierte sich M., da bekommt man es doch langsam mit der Angst zu tun! Was, wenn man mich wegen dieses Filmvorhabens umbringen will?

Na ja. Nichts Genaues weiß man nicht, erklärte ich.

Auf jeden Fall, sagte M., ist es die richtige Entscheidung, in die Gegenwart zu gehen. An die Arbeit!

Innen. / Außen. / Tag. Dagmar hat heute zum ersten Mal seit Maries Verschwinden Jonas in die Kita gebracht. Vorher war immer auch Marie dabei. Sie weiß nicht, ob sich herumgesprochen hat, was ihnen passiert ist. Tapfer geht sie in den Umkleideraum und fordert Jonas auf, sich auszuziehen. An der unsicheren Umarmung einer anderen Mutter (Begrüßung? Mitleid?) merkt sie schnell, dass alle Bescheid wissen.

Auch wie sich Jonas' Betreuerin Uta an ihn richtet, scheint ihr verräterisch.

Da ist ja der Jonas wieder. Will der Jonas mit uns spielen? Hat denn der Jonas heute schon die Toilette besucht?

Dagmar überlässt ihn seinem Schicksal. Sie braucht ein

paar Stunden für sich. Der Arzt hat ihr geraten, mehr an sich zu denken. Sicher, Jonas ist in einer ebenso schwierigen Lage, aber er braucht ein stabiles Zuhause und diese Stabilität solle Dagmar sich durch Ruhephasen erarbeiten.

Sie ist schon innerhalb der ersten Tage nach Maries Verschwinden ergraut, so scheint es ihr. Ihre braunen Locken wirken weicher, irgendwie dünner. Beim Kämmen ist die Bürste voll von ihren dunkelsten Haaren. Der Hausarzt nennt das ein ganz normales Phänomen. Die Haarwurzelzellen versorgen das Haar mit Pigmenten. Stress kann diese Zufuhr unterbrechen. Das sei ein Relikt aus Zeiten, als unsere Urahnen noch in Höhlen lebten. Wenn sie fluchtartig ihre Leben in Sicherheit bringen mussten, bevorzugte der Organismus die Versorgung von Lunge und Muskeln, um schneller vom Fleck zu kommen. Dabei vernachlässigte er dann die Haarwurzelzellen. *Alopecia areata diffusa* besorge den Rest: Die Haare lichteten sich, und man verliere dabei leider vor allem die gesunden. Das Ergebnis sehe sie nun an sich. Dagmar schaute ihn verzweifelt an. Er entschuldigte sich für seine Geschwätzigkeit. Sie solle sich jedenfalls nicht ängstigen.

Innen. / Tag. (Rückblende.) Beim Gespräch mit einer Frau von der Staatsanwaltschaft, das nach Dagmars Empfinden zum Verhör ausartet, spürt sie den Vorwurf ganz deutlich, nicht genügend auf Marie aufgepasst zu haben. Mehr noch. Dagmar fühlt sich verdächtigt. Die Fragen beziehen sich auf ihr Umfeld, auf ihre Familie, auf alles, was in irgendeiner Weise darauf hindeutet, jemand könne ihnen und insbesondere Marie etwas Schlechtes wollen. Dagmar empfindet die Fragen anfangs noch als angebracht und antwortet nach bestem Wissen. Doch dann bekommt das Gespräch zusehends eine Richtung, die sie tief verletzt.

Hat Marie viel geweint?

Nein.

Seit wann schläft sie durch?

Immer schon.

Schreien Sie ihre Kinder manchmal an?

Nein.

Stillen Sie noch?

Nein.

Würden Sie es gern?

Nein!

Wollen sie noch mehr Kinder?

Wissen wir nicht.

War Marie oft krank?

Nein.

Können Sie sich vorstellen, ihr Kind zu schlagen?

Dagmar bat zitternd um ein Glas Wasser.

Die angehende Staatsanwältin hat genug gehört. Sie begleitet sie höflich zum Getränkeautomaten und weist ihr den Weg zum Ausgang.

Blatt 15

Außen. / Früher Nachmittag. Dagmar läuft über die Augustusbrücke und wechselt auf die Altstadtseite. Immer wieder erscheinen ihr die Bilder ihrer Unachtsamkeit im Elbepark. Sie hört das Kreischen der vielen Kinder, sieht wie in Zeitlupe ihren letzten Blick zurück auf den Kinderwagen, wie er gut geschützt an der Trennwand des Cafés neben ihrem Tisch steht. Sie hat doch nichts falsch gemacht, denkt sie. Aber Marie ist nun mal weg, und sie und Holger hatten die Aufsicht und also ist es auch ihre Schuld. Verdammt! Alle denken das, glaubt sie.

Selbst ihr Schwiegervater hat sie gefragt, warum sie denn *beide* zu Jonas hatten gehen müssen, warum nicht einer beim Wagen geblieben war. Sie hasst ihren Schwiegervater dafür. Es offenbart seinen Charakter so sehr, dass ihr schlecht wird. So oft schon hat sie gedacht, zum Glück ist der nicht mein Feind. In letzter Zeit glaubt sie Züge von ihm auch in Holger wiederzuentdecken. Dabei hatte Dagmar ihren Schwiegervater zu Anfang wirklich verehrt. Er war keiner von diesen beigefarbenen Rentnern, die von der untergegangenen DDR als eine meckernde Herde zurückgelassen worden waren und die das ganze Jahr über nichts weiter taten, als schimpfend Sonderangebote zu vergleichen. Nein! Er packte die Dinge an. War weitsichtig. Und er konnte witzig sein. Doch mit der Zeit gingen ihr seine rabiaten Späße, seine unorthodoxen Entscheidungen, die er so oft auf Kosten anderer fällte, gründlich auf die Nerven.

Vor der Wende hatte er sich einen sogenannten Karl-Marx-Bart stehen lassen. Als Zeichen seiner Unangepasstheit und geistigen Überlegenheit dem System gegenüber. Seriöse Anarchie nannte er sein Auftreten. Wie unangenehm. Und wenn dann obendrein noch die gebogene Pfeife aus seinem Brotloch ragte, sah er aus wie ein Norddeutscher Großbürger, der, geradewegs aus einem Cordhosenkapitel eines Johannes-Mario-Simmel-Romans entsprungen, in ihr Leben trat.

Ihr Schwiegervater fühlte sich zu all seinen Lebzeiten als etwas Besseres. Und was man beständig darzustellen versucht, glaubt man irgendwann auch tatsächlich zu sein. Vor drei Jahren schnitt er sich dann über Nacht den Bart ab. Und von diesem Tag an durchschaute Dagmar seine Verstellung. Es ging ihr mit ihm wie mit dem Weihnachtsmann: Mit zunehmendem Alter glaubte man einfach nicht mehr an ihn. Sein kahles Kinn war für Dagmar nur das Zeichen gewesen, es endlich zu begreifen.

Außen. / Früher Nachmittag. (Etwas später.) Holger ist gut getroffen auf dem Foto. Mehrere Zeitungen gleichzeitig haben es für ihre Berichterstattung über das mysteriöse Verschwinden des Kindes eines Stadtparlamentariers gewählt. Anfangs hatte die Pressestelle noch gehofft, die ganze Sache nicht zu sehr aufbauschen zu müssen, um die Familie zu schützen. Aber schon am Montagmorgen gab es Fragen und Vermutungen, die in eine genehmere Richtung gelenkt gehörten, wie der Pressesprecher meinte. Also ging man in die Offensive.

Traurig schaut Holger auf diesem Foto aus seinem Bürofenster hinunter auf die Elbe. Traurig, aber visuell wohlkalkuliert. Der Fluss – Zeichen des Fortlaufs der Dinge. Das

Büro – Ort seiner harten Arbeit für das Wohl der Bürgerinnen und Bürger. Und schließlich das Fenster – hoffnungsvoller Ausblick des Familienvaters zwischen Ungewissheit und Verzweiflung.

Dagmar liest unaufmerksam ein paar Zeilen, bis sie auf ein hundsgemeines Fazit stößt. Einer dieser linken Tintenkleckser kommt zu dem Schluss, es sei bei einem Kandidaten wie Holger Friebe nicht auszuschließen, dass es sich um eine Inszenierung handle, auf deren Ausgang man gespannt sein dürfe. Nicht, dass das Kind nicht wirklich weg und in Not sein könnte. Aber dem Vater würde man weder echte Bestürzung noch tiefe Trauer abnehmen, geschweige denn Mitgefühl entgegenbringen, und so halte sich auch die Empathie in Grenzen, welche die Pressemitteilung auszulösen versuche.

Marie! Dagmar ist fassungslos. Marie! Innerhalb von nur drei Tagen ist ihr Fall zu einem provinzpolitischen Ränkespiel halbgebildeter Meinungsmacher verkommen. Frechheit, schreit sie und feuert die Zeitung zurück auf den Ständer. Man schaut sich nach ihr um, als sie mit ringenden Fingern weiterläuft.

Innen. / Tag. Holger ist längst wieder in die Tagespolitik eingestiegen, auch wenn er sich dabei der ständigen Kontrolle durch die öffentliche Meinung als gewählter Volksvertreter ausgesetzt sieht. Er hofft natürlich, dass der Spuk bald ein Ende hat, da der Vorfall ihn weit mehr belastet, als ihm lieb ist. Aber er spürt insgeheim natürlich auch die zusätzliche Aufmerksamkeit, die seiner Person zuteilwird. In die richtigen Bahnen gelenkt, könnte sie ein Segen sein. Er schämt sich für diesen Gedanken, kommt aber auch nicht gegen ihn an.

Alarmiert hat er auf einem Online-Portal die Vermutung gelesen, Maries Entführung könne mit der seinerzeit etwas anrüchigen Ausschreibung zum Bau des Spieleparadieses in Verbindung stehen. Dem Betreiber einer Minigolfanlage war damals der angemietete Boden unter seiner Minigolfanlage von der Stadt quasi unter dem Hintern wegverkauft worden. Er hatte sich mit großem Tamtam (kalte Enteignung, Vetternwirtschaft, David vs. Goliath etc.) bis zum Europäischen Gerichtshof für Menschenrechte durchgeklagt und war doch letztinstanzlich abgewiesen worden. Dieser Minigolf-Kohlhaas hatte sich unmittelbar nach der Urteilsverkündung das Leben nehmen wollen, war aber rechtzeitig in seiner Badewanne gefunden worden. Dass die Opposition diese Sache bei nächster Gelegenheit wieder hochkochen würde, war zu erwarten gewesen. Zum Glück kam vonseiten des Stadtkämmerers noch in der Spätausgabe der Nachrichten ein donnerndes Dementi. Man habe seinerzeit aus rein haushaltspolitischen Erwägungen entschieden. Der Kämmerer war immerhin parteilos und hätte das nicht prompt erklären müssen.

Holger betet sein Mantra. Er hat es sich auf einem Forum der Wirtschaftsjunioren angeeignet. Es hat ihn weit gebracht und wird ihn immer weiterbringen, davon ist er überzeugt. Grundregel Nummer eins: Niemals einen Vorwurf, der gegen mich erhoben wird, selber wiederholen. Niemals! Grundregel Nummer zwei: Fehler gibt es nicht. Es gibt nur fehlendes Wissen. Und schließlich die dritte Grundregel: You only live once!

Er sieht sich in der Spiegelung des Digitalkameradisplays. Comprende? Es vergeht einfach zu viel Zeit mit Nörgelei, denkt er und macht ein Foto von sich. Er reibt sich die Hände vor Aufregung, als das Telefon klingelt. Er ist auf eine Telefonkonferenz mit den Fraktionsführern der Koalitionsparteien vorbereitet und glaubt, dass er letzte Instruktionen von einem Vertrauten des Koalitionspartners bekommt.

Blatt 16

(Ebenda.) Doch es ist die Polizei. Ruhig, beinahe leblos, nimmt Holger zur Kenntnis, dass Marie gefunden wurde. Er hält den Atem an. Sein Name wird fragend gerufen.

Herr Friebe?

Er holt tief Luft.

Lebt sie?

Ja, sie lebt.

Holger staunt.

Ist sie ganz ... gesund?

Das könne man nicht mit Gewissheit sagen. Auf ihn habe sie aber sehr gesund gewirkt. Marie sei zur Untersuchung ins St.-Joseph-Stift gebracht worden, hört Holger. In zwei Minuten seien die Kollegen vor seinem Büro, um ihn abzuholen.

Weiß es meine Frau schon?, will er wissen.

Nein, man habe Frau Friebe bis jetzt nicht erreichen können. Holger sieht Dagmar über den Platz vor seinem Fenster laufen. Er teilt es dem Ermittler mit und bestätigt ihr gemeinsames Kommen.

Dagmar sieht ihn hinter der Scheibe. Sie bleibt stehen. Überlegt, schaut zu Boden und wieder zu Holger. Sie scheint verwirrt, schüttelt den Kopf, als hätte sie sich in der Richtung geirrt. Sie kehrt um. Er reißt das Fenster auf und schreit, dass Marie gefunden wurde.

Sie ist wieder da.

Dagmar bleibt stehen. Sie führt die Hand zum Mund, ein Bein knickt ihr ein, doch sie stolpert nur. Ein Passant bietet seine Hilfe an. Freudestrahlend kommt Holgers Sekretärin (die alte Frau Behner weint!) herein.

Wirklich?

Holger nickt bedeutsam. Er lässt sich von ihr in die Jacke helfen und eilt zu seiner Frau.

Innen. / Tag. Die Tür zur Kinderstation öffnet selbsttätig. Holger führt Dagmar am Arm. Sie sind euphorisch und verzweifelt zugleich. Den Mann auf dem Flur erkennen sie sogar von hinten wieder. Er war als einer der letzten Beamten zum Spieleparadies gekommen und ist der Chefermittler. Als er sich ihnen zuwendet, entfährt Dagmar ein tierischer Laut des Entzückens. Hoch und schrill. In seinen Händen hält er Maries Jäckchen. Die Freude über seinen Fahndungserfolg steht ihm stolz ins Gesicht geschrieben. Dagmar stürzt zu ihm, grüßt heiter und möchte Maries Jacke in die Hand nehmen, aber der Mann bittet um Verständnis. Mit der Auffindung der Kleinen sei der Fall noch nicht beendet. Er müsse die Kleidung noch auf Spuren untersuchen lassen, sagt er und verpackt das Jäckchen in Zellophan.

Wo ist sie? Dagmar sieht die vielen geschlossenen Türen auf dem Gang. Planlos geht sie weiter.

Der Ermittler bittet um etwas Geduld. Marie gehe es gut. Sie sei munter und aufgeregt, habe mit großem Appetit gegessen und danach ein kleines Nickerchen gemacht. Jetzt werde sie untersucht, um sicherzugehen. Es mache ganz den Eindruck, als habe man sich in den letzten Tagen liebevoll um sie gekümmert. Holger versucht bei aller Gefühlsduselei seiner Frau so sachlich wie möglich zu bleiben.

Wo haben Sie Marie denn gefunden?

Der Chefermittler bittet die beiden, Platz zu nehmen. Sie setzen sich gemeinsam in die ehemalige Raucherecke des Klinikums. Marie sei in einem Spielzeugladen in der Innenstadt gefunden worden, in der Nähe des ehemaligen Centrum Warenhauses.

Kenne ich, ruft Dagmar.

Leider wisse man nicht, wer sie dahin gebracht habe. Die Ermittlung laufe. Der Besitzer des Ladens habe wie immer um 9.30 Uhr sein Geschäft geöffnet. Es sei nicht krachend voll gewesen heute, aber wohl sehr gut besucht. Als der Besitzer um 13 Uhr für die Mittagspause schließen wollte, habe ein kleines Mädchen vor einem seiner Videobildschirme gesessen und einen der Trickfilme geschaut, die während der Öffnungszeiten auf Endlosschleife liefen. Er habe sofort im ganzen Laden nach ihren Eltern geforscht, die Garderoben gecheckt, das Kunden-WC. Nichts. Da sein Ladeneingang in die Fußgängerzone ragt, sei er rausgerannt, habe aber niemanden gesehen. Er habe wohl noch fünf Minuten gewartet und dann bei uns angerufen.

Keine Spur der Täter? Holgers forschender Blick sticht dem Ermittler unangenehm ins Herz.

Nein. Aber wie schon gesagt, die Ermittlungen laufen.

Die Tür von Zimmer 023 wird geöffnet. Ein ernsthafter, kleinwüchsiger Arzt tritt auf den Flur. Er schaut sich um und sieht die Familie im Gespräch mit dem Ermittler. Er winkt ihnen zu und fordert sie auf, zu ihm zu kommen. Er grüßt beinah stumm mit Handschlag. Es gibt auch weiter nichts zu sagen, außer:

Kommen Sie! Hier entlang!

Dagmar geht als Erste auf die offenstehende Tür zu. Ein Psychologe tritt heraus. Freundlich und in Zivil. Er weist mit der Hand hinein und überlässt der Familie den Raum.

Auf dem Arm einer älteren Stationsschwester und an deren Schulter gelehnt, sitzt die Kleine mit dem Rücken zur Tür und schaut aus dem Fenster. Die Schwester bemerkt die Familie und dreht sich langsam der aufgeregten Mutter zu. Dagmar denkt noch, dass jemand Marie die Haare geschnitten haben muss, und versteinert endgültig beim Anblick des süßen Mädchens. Dagmars Wangen zucken, ihr Magen zieht sich zusammen. Sie atmet zitternd ein und stoßartig, unkontrolliert aus. Sie übergibt sich seitlich neben das Bett, stützt sich darauf ab und geht in die Knie.

Holger ist sofort bei ihr und verhindert, dass sie vornüberkippt. Aufgeregte Geschäftigkeit macht sich breit.

Was ist los?

Stimmt etwas nicht?

Oje, schau, der Mama ist schlecht geworden.

Die Aufregung überträgt sich auf das Mädchen. Es fängt an zu weinen. Die Schwester tröstet wippend. Vergeblich. Dagmar wankt zum Ausgang. Sie will raus. Luft holen. Was sagen. Nichts sagen. Der Ermittler tritt verunsichert hinzu. Dagmar schaut ihn mit Entsetzen an.

Das ist nicht Marie. Sie sieht ihr nicht mal ähnlich.

Blatt 17

Noch bevor die Kellnerin unsere Bestellung aufnehmen kann, hat M. die gesamte Dekoration vom Tisch geräumt und ganz wie zu Hause seinen Laptop vor sich aufgeklappt. Er will zum einen E-Mails senden, die er in nächtelangen Sitzungen vorgefertigt hat, und zum anderen meine losen Gedanken über das Verbrechen ohne Nutzen diktiert bekommen. Unterbrochen werden wir dabei von der jungen Bedienung. M.s Laune wird nun von Tiefausläufern gehörig verfinstert. Diese heißen:

Spargel ist aus, Rippchen nur mit Pommes sowie: Der trockenste Weißwein ist halbtrocken – aber lecker!

Das gibt Ärger, denke ich, lese interessiert in der Speisekarte und sinke etwas tiefer in die Bank. M. bleibt zunächst freundlich.

Sagen Sie, junge Frau. Befinden wir uns hier in einem Restaurant?

Ja, antwortet die Kellnerin irritiert.

Okay. Nun, nachdem wir das geklärt haben, würde ich der Einfachheit halber vorschlagen, dass Sie uns nicht die Sachen aufzählen, die sie *nicht* anzubieten haben, sondern jene Speisen und Getränke, die vorrätig sind. Meiner Meinung nach geht das sehr viel schneller.

Die junge Frau lächelt freundlich, als habe sie verstanden.

Schnitzel! Das Schnitzel geht am schnellsten. Nehmen Sie Schnitzel. Is Sonderangebot heute.

Junge Frau, Sie haben mich falsch verstanden. Es geht mir nicht um die am schnellsten zu bringende Speise, sondern um alle bei Ihnen noch vorrätigen. Sammeln Sie sich doch kurz und dann sagen Sie uns die paar Sachen, die Sie noch haben!

Ich kann genau sehen, wie bei der Kellnerin der Groschen fällt. Natürlich nimmt sie mich sofort in Sippenhaft. Mit bebender Stimme, aber gefasst, weist sie M. in die Schranken.

Das werde ich sicher nicht. Hier haben Sie die Speisekarte. Und für den Fall, dass Sie nicht lesen können, wenden Sie sich doch an Ihre Begleitung.

M. schaut die junge Frau tatsächlich erschrocken an.

Keine Angst, fährt sie mit funkelnden Augen fort, ich lasse Ihnen Zeit und komme einfach noch mal wieder.

Damit macht sie auf der Hacke kehrt und verschwindet in der Küche.

Noch während M. ihre unmissverständliche Ansage verdaut, sehe ich einen stiernackigen Koch durch das Bullauge in der Küchentür zu uns herüberlinsen. Grimmig, wie mir scheint, nicht aber ohne eine gewisse Vorfreude. Ich beschließe spontan, eine ganz einfache Speise zu wählen. Weder eine Suppe, in die er spucken kann, noch einen Auflauf, an dessen Zutaten ich gar nicht denken will. M. ist immer noch geplättet. Er grummelt etwas von Osten und Nazis und Kultur, um dann zu mutmaßen, dass ihre Eltern hundert Pro Geschwister sind. Unschuldig dreinblickend schaut er mich an.

Ich habe doch gar nichts gemacht, oder?

Ich nicke.

Vielleicht hat sie ja ihre Tage, sage ich.

Das Essen war dann, um es ehrlich zu sagen, ganz großartig. Der Koch kam noch mehrmals an unseren Tisch und entpuppte sich als ein großer Kenner rheinländischer Bauernküche. Ein Feld, auf dem M. ebenbürtig fachsimpeln konnte. Es fielen die Worte Stielmus sowie Blindhuhn, und plötzlich schien sich eine Freundschaft fürs Leben anzubahnen. In weniger als zehn Minuten hatten die beiden Küchenkumpel eine Speisenfolge zusammengestellt, die den Koch zu kochen reizte und uns beim Essen begeisterte. Nichts von dem, was die beiden zusammenstellten, war Bestandteil der Speisekarte und wird es wohl auch nie werden.

Selbst die Kellnerin, die, als sie herausfand, dass sie zwei von M.s Filmen nicht nur kannte (das war nichts Besonderes), sondern obendrein wirklich gut fand (was erst recht nichts Besonderes war), schmollte nicht mehr länger. Der Gipfel war eine Flasche Grauer Burgunder aus der Pfalz. Trocken wie ein Furz, sagte der Koch, und seit fünfzehn Jahren in den Top Ten der Wein-Charts. Er kenne den Winzer persönlich und würde mit ihm in die Hölle fahren, wenn es dort seinen Wein gäbe. Wir versprachen, unbedingt wiederzukommen.

Es ist 23 Uhr, sage ich, und wir haben so gut wie nichts geschafft.

M. missbilligt dieses Resümee.

Man muss doch auch mal ausspannen! Immerzu diese Drängelei, dieses Gehetze und der Druck vonseiten der Produktion. Die schicken uns vierundzwanzig Stunden in die Bütt und sitzen selber spätestens ab 16 Uhr im Auto auf dem Weg in den Feierabend.

Auf der Rückbank unseres Wagens harrt derweil eine rote Fleischereikiste mit Terrinen und Gläsern, Beuteln und

Näpfen, deren köstliche Inhalte ihre Düfte ins Auto aussenden, so dass wir schon nach kurzer Zeit wieder Appetit haben.

Als wir auf den unbeleuchteten Zufahrtsweg einbiegen, sehen wir vor unserem Landhaus eine Polizeistreife mit hiesigem Kennzeichen. M. stellt den Wagen dahinter ab, steigt kommentarlos aus und will sich die Jungs zur Brust nehmen. Er zitiert sie herbei, als hätten sie unsere Ruhe gestört. Da ihm niemand antwortet, stapft er die Auffahrt hoch und hinter das Haus.

Immer wieder frage ich mich, warum dieser Mann, dieser unglaublich kluge Herr, derart viel Energie einfach so verschwendet. Mir kommt die Wirkweise eines Überdruckventils in den Sinn. Das wird es sein, denke ich. M. hat überschüssige Kraft, die rausmuss. Darum beneide ich ihn sogar. Er kann Druck vom Kessel nehmen, das Zuviel an Energie abgeben. Gleichzeitig, denke ich, könnte man diesen Überschuss sicher um ein Vielfaches sinnvoller nutzen.

## Blatt 18

Es klopft an mein Fenster. Ein Polizist steht neben dem Auto, während M. lärmend nach ihm im Garten ruft. Ich steige aus und stelle mich als Mieter des Hauses vor. Ich deute in den Garten und erkläre, das Geschrei komme von meinem Chef. Ein Regisseur. Aber das weiß der Beamte bereits. Er habe sich bei der Vermieterin erkundigt. Wir folgen M. in den Garten, denn der Polizist will die Fragen, die er an uns hat, nicht zweimal stellen.

Wo er sich denn verstecke, donnert M. aus dem Garten, als er uns kommen sieht.

Vorn, am Auto, antwortet der Polizist.

Warum er sich nicht melde, wenn man nach ihm rufe?

Der Polizist atmet tief durch. Dies tue jetzt nichts zur Sache und es wäre ja schön, dass man sich nun getroffen habe.

M. pflanzt sich vor ihm auf. Er muss nichts sagen. Sein massiver Zwei-Meter-Körper überragt den Landpolizisten bei Weitem. Der fragt schnell, was er zu fragen hat.

Ob wir letzte Nacht Schüsse gehört hätten, fragt der Polizist im Vernehmerton.

Ich schaue M. an. Er mich.

Schüsse?

Ja, Schüsse, wiederholt der Polizist.

Ich hab nichts gehört, sagt M.

Wo denn?, frage ich.

Der Beamte zuckt die Schultern, bevor er in Richtung Wald weist. Die Nachbarn hätten Schüsse gehört. Die Bauern sagen, es gäbe Wilderer, die Wildschafe in der Gegend jagen.

Ich schaue zum Wald, sehe die Fichten, Stamm an Stamm reglos aus der Dunkelheit hervorschimmern.

Ja, sage ich.

M. lacht und erklärt, dass er auf mein Wort nichts geben würde. Herr Stadt marschiere nachts und bekomme sowieso nichts mit.

Erschrocken schaue ich M. an. Der nickt lächelnd.

Hat dir das noch keiner gesagt?

Nein, antworte ich. Aber wenn ich mich recht besinne ..., überlege ich laut, dann war da wirklich was. Ein Wagengeräusch und ein Knall. Ich dachte, es sei weiter nichts.

Der Polizist hakt nach.

Wie groß war denn der Wagen, also ... vom Geräusch her?

Ein Jeep vielleicht, keine Ahnung, ich hab's nicht richtig sehen können.

Ach, Sie sind draußen gewesen?

Na ja, anscheinend ... ja.

M. runzelt die Stirn und tippt auf mein Schlüsselbein.

Der war nicht draußen, sagt er. Der hat in der Falle gelegen und gepennt.

Der Polizist hält M. zurück, indem er sich zwischen uns schiebt.

Wo glauben Sie denn, sind die Schüsse hergekommen?

Nun zucke ich die Schultern.

Ein Traum, sage ich.

Der Polizist misstraut mir.

Ein Traum?

Ja. Ich träume oft und viel.

M. lacht.

Herr Stadt träumt von Berufs wegen, erläutert er. Dazu ist er vertraglich verpflichtet. Wenn Sie mich fragen, träumt er sogar sehr glaubhaft und deshalb, liebe Polizei, müssen wir jetzt wieder an unsere Arbeit gehen.

Der Polizist scheint zu verstehen. Er bittet uns, die Ohren offen zu halten. Falls es wieder Schüsse geben sollte, wäre er dankbar für eine Meldung. Darüber hinaus sei Vorsicht geboten. Die Kollegen vermuteten nicht ganz unbegründet, dass sich im nahen Wald neben dubiosen Wilderern auch ein illegaler Schießplatz befinde, auf dem sich diverse Gruppierungen mit Waffen eindeckten, die sie vor den Deals noch testeten. Polen. Ukrainer. Nazis. Russen. Wir geloben im Chor, uns zu melden, und schauen ihm nach, bis er vom Hof ist.

Was war das denn? M. sieht mich tadelnd an. Wir sitzen wieder an unserem riesigen Tisch, jeder an seiner Seite.

Was?, frage ich.

Dein Rumgestammel von wegen Knall und Auto.

Gleichmäßig atmend versuche ich mich zu konzentrieren.

Irgendwas hat mir da gestern wohl einen Schreck eingejagt, keine Ahnung.

Er greift in seine Jackentasche und legt einen Revolver auf den Tisch. Ich staune die Löcher der Trommel an. M. erklärt, dass er gestern Nacht Besuch von zwei Männern hatte, die ihm den Revolver angeboten hätten.

Ich glaube, das waren Russen, sagt er.

Ich erschrecke.

Oder Ukrainer.

Ich stehe auf.

Oder Nazis.

Und trete etwas näher.

Oder Polen.

Das ist doch nicht wahr, sage ich.

Doch! Ich habe ihn gekauft und auch geschossen. Die Polizei lag ganz richtig.

Bist du noch zu retten? Du kannst doch nicht einfach so ... einen Revolver ...!

M. winkt ab.

Ist doch nur eine gestohlene, nicht registrierte Waffe. Ich leg sie in die Schüssel auf der Küchenkommode. Dort bleibt sie hoffentlich für immer, ohne dass sie jemand benutzt. Denn wer auch immer was gegen unseren Film hat: Er soll mich nicht unbewaffnet finden.

Ich bin nicht einverstanden und sage das auch. M. wischt meine Einwände weg.

Es ist meine Entscheidung. Den Russen ist einfach nicht zu trauen.

Den Russen?

Ich lache ihn aus. Das macht ihn rasend.

Du hast doch selbst behauptet, dass dieser Fall von vor dreißig Jahren noch nicht geklärt ist. Es gibt Leute, die unter dubiosen Umständen ins S-Bahn-Gleisbett fallen, also gibt es auch Leute, die sie dahinbefördern. Was soll man da anderes tun als aufrüsten!

Aber ich bin Autor, sage ich. Ich kann mit einer Waffe im Haus nicht denken.

Du sollst nicht DENKEN, sondern schreiben, herrscht M. mich an, dafür wirst du bezahlt! Und zwar besser als viele andere deiner Zunft!

(Am unteren Blattabschluss: zwei technisch perfekt ausgeführte Skizzen eines Revolvers. Vorder- und Seitenansicht. Mit Bleistift. – Anm. d. Hrsg.)

Blatt 19

Sveta war also tatsächlich wieder schwanger. Und sie war ohne Obdach. Sie erzählte dem jungen Arzt, wie sie ihre Bleibe verloren hatte und dass sie nun buchstäblich auf der Straße saß. Der freundliche Mann zögerte einen Moment, doch dann griff er zum Hörer und fragte im Waisenhaus nach, ob das Zimmer des Heizers noch immer leer stehe. Freundlich wies er Sveta daraufhin den Weg in den Keller. Er machte Licht, lüftete das Kabuff, suchte nach Decken. Sveta konnte über Nacht bleiben.

Nachdem sich der Arzt verabschiedet hatte, setzte sie sich auf die Klappliege und weinte. Bis zum Morgen hatte sie gehofft, ihre Datsche würde von all dem Unaufhaltsamen verschont bleiben. Doch umsonst. Nun hatte sie gar nichts mehr. In ihrer Tasche waren lediglich ein paar Anziehsachen, ein Album mit Fotos und der kleine Teddy, der ihr als einzige Erinnerung an ihre verstorbene Tochter geblieben war. Sie strich sich über den Bauch, sprach mit ihrem Baby und versuchte, nicht an ihren Hunger zu denken.

Am nächsten Tag stand Sveta mit einer Schar Kinder auf den Sanddünen hinter dem Waisenhaus. Die verkrüppelten Kiefern gaben der Landschaft etwas Unwirkliches, beinahe Zauberhaftes. Sie sah den jungen Arzt im Streit mit einer älteren Dame. Sveta wusste sofort, es ging um sie. Als der Arzt zu ihr kam, bedankte sie sich nochmals für seine Hilfe. Sie glaubte, er habe den Auftrag, sie fortzuschicken. Doch wollte er wider Erwarten von ihr wissen, was sie gelernt hatte. Sveta sah ihn an.

Warum tun Sie das?

Er lächelte und sagte, dass er das nicht genau wisse. Es sei nur ein Gefühl. Die Leiterin des Waisenhauses sei eine harte, aber angenehm gerechte Frau. Sie dulde nicht, dass jemand im Haus wohne, der nichts in die kleine Gemeinschaft einbringe. Sveta überlegte. Sie könne einen Garten bestellen und in der Küche arbeiten. Sie habe Freude an Kindern, und sie könne eigentlich alles, weil sie alles lernen könne.

Der Arzt schaute auf eine Gruppe kleiner Jungs, die sich mit vorgetäuschter Brutalität gegenseitig in den Sand stießen. Es sah martialisch aus und klang auch so. Aber sie taten sich letztlich gar nichts. Ob sie des Schreibens mächtig sei, erkundigte er sich etwas umständlich, und Sveta lächelte nickend. Ja. Sie habe acht Jahre die Schule besucht. Es sei nicht so, dass sie ihr Obdach verloren habe, weil sie dumm ist. Es seien einfach widrige Umstände eingetreten, die dazu geführt hätten. Vielleicht sei das Schreiben etwas eingerostet, da sie es lange nicht gebraucht habe, aber das könne sie sich kurzfristig wieder beibringen. Wenn sie tatsächlich hier bleiben dürfe, nicht zuletzt auch, um sich neu zu orientieren, wäre das großartig.

Das hänge nun einzig und allein von der Leiterin ab, sagte er, aber er habe das Gefühl, es könne klappen.

Bei ihrem ersten Zusammentreffen hatte Sveta der Leiterin des Waisenhauses sofort *alles* erzählt. Stockend schilderte sie, auf welche Weise sie ihr erstes Kind verloren hatte. Sie vermutete, dass dieses Unglück ihr Leben und vor allem das ihres Mannes aus der Bahn geworfen hatte. Sie sei sehr glücklich darüber, erneut schwanger zu sein, auch wenn sie keinen Vater für das Kind vorweisen könne. Warum sie nicht mehr mit ihrem Mann zusammen sei, wolle sie besser nicht vertiefen. Er habe sie auf eine Weise verletzt, die auszusprechen sie nicht in der Lage sei.

Die Leiterin hörte sie in Ruhe an und bat Sveta nüchtern, sie Raisa zu nennen. Dann stellte sie die werdende Mutter als Assistentin ein. Leider sei es unmöglich, ihr mehr als ein Handgeld auszuzahlen. Dafür wären Kost und Logis frei. Raisa verstummte, nachdem sie ihrer neuen Mitarbeiterin die Konditionen erläutert hatte. Dann plötzlich wandte sie sich barsch an Sveta. Sie solle sich bewusst machen, dass sie nicht die einzige Frau auf der Welt sei, der es schlecht ergangen ist. Nichts sei so unsicher wie die Rechte einer Frau.

Aber hier in diesem Haus fangen wir an, sie zu mehren. In unseren Kindern!

Schöner Titel, wirft M. ein. *In unseren Kindern!*

Ich nicke.

Aber kommt das als Titel nicht ein bisschen brachial? Ich meine, was ist denn in unseren Kindern? In unseren Kindern schlummert die schwarze Angst, der Abgrund des Bösen, das Omen unserer Jugend.

M. lacht.

Das siehst aber auch nur du so, Johann. In unseren Kindern liegt unsere Zukunft.

Nie im Leben, protestiere ich. Das ist der Wunsch eines Schicksalsergebenen. Unsere Zukunft liegt im Dunkeln, aber nicht in unseren Kindern.

M. hält die Weinflasche schräg über meine Tastatur.

Kinder sind unser Leben, weil man sie nicht mehr loswird, wenn man sie einmal geboren hat, sage ich, um das Schlimmste zu verhindern.

Und weiter:

Einmal auf der Welt, bestimmen sie, was wir zu tun und zu lassen haben.

Und weiter:

Aber es liegt an uns, ihnen zu zeigen, wer der Herr im Haus ist.

Und weiter:

Je klarer deine Vorstellung von der Zukunft ist, desto genauer erfährst du, wie wenig diese Vorstellung wert ist.

Und schließlich, als der erste Tropfen Wein auf dem H landet, sage ich:

Denn die vorgestellte Zukunft wird niemals stattfinden. Das weiß ich.

M. trinkt aus der Flasche. Er stößt auf und winkt ab.

Wissen wird ohnehin überschätzt, erwidert er. Ich liebe es, wenn es vage zugeht. *In unseren Kindern* steckt etwas von uns. Das interessiert mich.

Hast du Kinder?

Ach halt doch den Rand!

Dann wendet er sich ab und wieder dem Computer zu. Er werde sich den Titel notieren und ihn in zwei Wochen oder Monaten noch mal überprüfen.

Blatt 20

Innen. / Nacht. Dagmar und Holgers Apartment. Die Bässe einer Musikanlage dringen durch die Wände der weitläufigen Wohnanlage. Der Biker aus Nummer Sieben macht seit Jahren Krach, aber nie war er so lästig wie heute. Dagmar sitzt bewegungslos auf der Couch. Sie nimmt die Musik körperlich wahr. Ein Druck, der, ohne sich zu steigern, doch immer mächtiger wird. Erschrocken fährt sie hoch. Für einen Moment hat sie geglaubt, zu ersticken. Die Bewegung tut ihr gut. Jonas ist schnell eingeschlafen. Holger hat sie nach Hause gebracht und ist dann gleich weiter ins Büro. Er erwägt eine Klage gegen die Ermittler, aber das will gut bedacht sein. Er hat darauf gedrängt, seinen Vater in der Wohnung schlafen zu lassen. Nur dass jemand bei ihr ist. Aber Dagmar hat das abgelehnt. Sie hat sich so stark wie möglich gemacht und darum gebeten, allein sein zu dürfen.

Marie, meine Kleine. Was machen sie nur mit dir? Sicher schläfst du gerade, oder? Sei nur schön lieb, dann sind es die anderen auch!

Sie denkt an die letzten Monate mit ihrer Tochter. Sie hatten wirklich Glück mit ihr. Marie war pflegeleichter als Jonas. Von Geburt an. Sie schlief durch und nahm ihr junges Leben mit gelassenem Gleichmut. Und Jonas kümmerte sich rührend mit. Auch er war ausgeglichener geworden, hatte es in den letzten Wochen sogar geschafft, nachts in seinem Bettchen zu bleiben. Marie lag mit in seinem Zimmer, und zu zweit war er einfach nicht mehr allein. Wenn er schlafe, sei er tot, hatte Jonas ihnen im Alter von drei Jahren erklärt, und da Dagmar es nicht übers Herz brachte und für absolut unangemessen hielt, ihn schreien zu lassen, hat sie ihn in den ersten Jahren sehr oft in ihr Bett genommen. Holger hatte sich damit abgefunden. Wohl einfach deshalb, weil es keine Alternative gab.

Marie! Die Kleine beruhigte die gesamte Familie.

Das Mädchen, das sie heute gefunden haben, fällt ihr ein. Es hat schöne blaue Augen. So klar und groß. Was wohl mit ihr geschieht? Und warum hatte es die Jacke von Marie an? Dagmar glaubt, dass das ausgeglichene Wesen ihrer Tochter in ihrer jetzigen Situation ein Vorteil für sie ist. Der Gedanke, Marie könnte etwas zugestoßen sein, ist ihr noch nicht gekommen.

Anne. Als nach einer weiteren Woche noch immer niemand das ausgesetzte Mädchen vermisste, gab ihm die Stationsschwester der Kinderabteilung den Namen Anne. Anne machte auf alle einen sehr ernsten Eindruck, so dass jedes Lachen von ihr wie ein kleiner Sieg gefeiert wurde. Nach zwei Tagen hatte sie zum ersten Mal allein das Zimmer verlassen. Eine Schwester war kurz über den Flur gegangen, um ein Telefonat entgegenzunehmen. Die Kleine hatte sich geschickt aus ihrem Kinderbettchen heruntergelassen und war neugierig durch die offenstehende Tür auf den Flur getreten. Dass sie laufen konnte, hatte bis dahin auch noch niemand bemerkt, da sie immer getragen wurde. Anne konnte also laufen. Wacklig zwar, aber immerhin.

Das Alter des kleinen Mädchens konnte nur geschätzt werden. Die Größe des Knochengerüsts, der Entwicklungszustand vor allem des Handwurzelknochens sowie das Vorhandensein von zwölf Milchzähnen ließ die Vermutung zu, dass sie ungefähr ein Jahr beziehungsweise vierzehn Monate alt war. Dann ergab eine Blutuntersuchung die schlimme Diagnose: Leukämie. Anhand weiterer Untersuchungen wurde festgestellt, dass Anne bis zu ihrem Auffinden kaum medizinisch versorgt worden war.

Einer der Ärzte äußerte den Verdacht, das Mädchen könne aus Osteuropa stammen. Der Augenschein ließ keinen Zweifel daran, dass sie in jedem Fall zur Ethnie der Europäer gehörte. Die Ärzte machten sich ernsthaft Sorgen um Annes Gesundheitszustand, während die Polizei fieberhaft herauszufinden versuchte, wo das Mädchen herkam. Die Kleidung, die Art der Auffindung, der gepflegte Zustand – alles ließ auf sorgsame Behandlung schließen.

Dem Zufall war es schließlich zu verdanken, dass man einen kleinen Schritt weiterkam. Auf der Kinderstation lag im Nachbarzimmer ein zweijähriger Junge, Louis, der sich beim Spielen eine Flöte in den Hals gerammt hatte. Er war mit dem Instrument an den Lippen gestolpert und hatte Glück, noch am Leben zu sein. Sein Vater, ein junger, gut ausgebildeter Trompeter, spielte seit zwei Jahren im Opernorchester der Stadt. Er stammte aus St. Petersburg, lebte aber schon seit sechs Jahren in Deutschland. Er kam regelmäßig ins Stift, um seinen Jungen zu besuchen.

Der aufmerksamen Schwester war nicht entgangen, dass Anne mit großer Leidenschaft darüber wachte, jeden seiner Besuche abzupassen. Sie schlich ihm nach und belauschte die Treffen von Louis mit seinem Vater. Die Schwester bat den Mann zu sich und schilderte ihm Annes Fall. Sie forderte ihn auf, doch mal ein paar ganz einfache Worte in russischer Sprache an das Mädchen zu richten. Also hockte sich Louis'

Vater freundlich vor das Mädchen. Er fragte, ob sie Durst habe. Und die Kleine sagte:

Da!

Das war Russisch!

Sie hat Ja gesagt, rief die Schwester. Ja, hat sie gesagt! Auf Russisch!, rief sie immer wieder freudestrahlend durch die Station und wollte kaum noch aufhören damit.

## Blatt 21

Die Ermittler erfuhren umgehend von dieser neuen Erkenntnis. Sie machte die Suche allerdings nicht im Geringsten leichter. Denn der Fall blieb mysteriös, da wirklich niemand Anne vermisste. Die Beamten schlossen nichts aus: Menschenhandel, Organhandel, Pädophilie. Selbst die Verzweiflungstat einer Frau, die sich ein Kind wünscht. Der Verdacht der Erpressung von Maries Eltern erhärtete sich allerdings nicht, da niemand ein Lösegeld verlangte oder mit sonstigen Forderungen an die Familie herantrat.

Dass die beiden Fälle möglicherweise zusammengehörten, machte es auch nicht gerade leichter. Ging man davon aus, dass die Kinder eine Zeit lang gemeinsam untergebracht gewesen waren oder zumindest (in einer noch zu ermittelnden Weise) in direkter Verbindung gestanden hatten, dann stellte sich die Frage: Warum? Und hier, war sich der Chef der Kripo, Kommissar Alvart, sicher, gab es wohl mehrere Möglichkeiten.

Am wahrscheinlichsten war leider der Handel mit Kindern. Der Adoptionsmarkt ist ein bodenloser Abgrund, sagte Alvart oft. Die Nachfrage enorm. Das Wort Kinderwunsch bekam im Zuge dieser Ermittlungen für den Kommissar und sein Team eine ganz neue Dimension. Für ein gesundes Kind unter einem Jahr, am besten blond und blauäugig, wurden obszön hohe Summen gezahlt. Wenn Anne auf diese Weise einer Adoption zugeführt werden sollte, hatte dem wohl nur ihr Gesundheitszustand im Weg gestanden. Hatten die Täter das bemerkt und Angst bekommen, ihr Geschäft nicht abwickeln zu können?

So kam Alvart zum ersten Mal der Gedanke, Marie und Anne könnten gegeneinander getauscht worden sein. Es gab keinerlei Sicherheit für diese Hypothese und sie lag eigentlich auch fern jeder Vorstellungskraft, aber im Gegensatz zum klassischen Triebverbrechen barg sie wenigstens einen Rest Hoffnung.

Natürlich wurden in der Folge alle einschlägig Vorbestraften besucht und befragt. Hunderte Alibis hatte man zu überprüfen, Tausende Stunden Material der Videoüberwachung aus Bussen, von öffentlichen Plätzen und privaten Firmen wurden gesichtet. In den ersten vier Tagen nach Maries Verschwinden war die Ermittlergruppe auf sechsunddreißig Männer und Frauen aufgestockt worden. Und nach Annes Auftauchen wurde die Personenzahl noch einmal auf reichlich fünfzig erhöht. Allein, es gab nicht einen einzigen brauchbaren Hinweis. Man konzentrierte sich auf die Kleidung des ausgesetzten Mädchens und suchte weiterhin im familiären Umfeld der vermissten Marie. Aus Erfahrung arbeitete man sich von innen nach außen, was den zwingenden Umstand mit sich brachte, dass die Eltern anfangs ebenfalls verdächtigt werden mussten und sich wohl auch so vorkamen.

Dass Anne auf Russisch reagierte, war das erste feste Indiz, das die Konzentration der Ermittlungen auf den Osten lenkte. Alvart berief eine große Sitzung ein und vergegenwärtigte sich nochmals alle bisherigen Ergebnisse, die eine Verbindung nach Russland, die Staaten der GUS, aber auch nach Weißrussland, in die Ukraine und selbst auf den Balkan einschlossen. Eine Mitarbeiterin erklärte, es gäbe ein Computerprogramm, mit dem man den Sprachursprung und damit die Herkunft des Mädchens ermitteln könnte. Das sei aber zeitaufwendig. Außerdem wurde herausgefunden, dass die Unterwäsche des Kindes aus asiatischer Produktion stammte, was aber nicht viel zu bedeuten hatte.

Des Weiteren gäbe es natürlich Kontakte vonseiten Holger Friebes als Stadtparlamentarier zu Personen aus den osteuropäischen Ländern. Immerhin sei St. Petersburg die Partnerstadt Dresdens, was vielerlei Verbindungen einschließe. Bei allen noch zu präzisierenden Ermittlungsansätzen zeichnete sich am Ende nur eine vielversprechende Spur ab. Und die betraf Maries Großvater, Professor Friebe, und dessen Firma, die medical issues GmbH mit Sitz in Dresden und Rostow. Wie den Ermittlern bekannt geworden war, hatte es in letzter Zeit Probleme auf russischer Seite gegeben. Alvart machte sofort einen Termin und begab sich umgehend in die Firma.

Medical issues – was heißt das überhaupt?

Alvarts Assistent hatte als Abiturient ein Austauschjahr in den USA gemacht und tat sich nun mit der Erklärung hervor, dass es *viele* Bedeutungen des Wortes issue im Amerikanischen gäbe. Alvart lachte und mit ihm der Fahrer des Wagens.

Das ist leider immer so, sagte er. Man stellt eine eindeutige Frage und bekommt zehn Antworten. Gibt es denn vielleicht *eine* wörtliche Übersetzung?

Na ja, sagte der Assistent, da gibt es einige, zum Beispiel: Thema. Problem. Fall. Angelegenheit. Frage. Und so weiter.

Und so weiter?

Ja! Auf der Webseite der Firma wird medical issues aber in einen klaren Kontext gerückt, der die eindeutige Interpretation nahelegt, dass es sich wohl um medizinische Fragen und deren Beantwortung handelt. Der Chef der Firma, Professor Friebe, ist eine Koryphäe in der Atomphysik. Er hat sich schon vor der Wende als Forscher im Institut von Rossendorf einen Namen und nach dem Fall der Mauer selbständig gemacht. Er steht mit seiner Firma angeblich kurz vor der Zulassung einer Methode zur Früherkennung von Alzheimererkrankungen. Das Hirn der Firma sitzt also hier in Deutschland. Das Geld für die Entwicklung kommt allerdings von einem indischen Investor namens Rani Rani.

Nie gehört, warf Alvart ein.

Der gesamte operative Teil der Firma, die Labors und die Versuchsreihen, betreibt sie in Rostow, fuhr der Assistent fort. Die Patientenbetten für die klinische Erprobung befinden sich in der Nähe von St. Petersburg in einem ehemaligen Sanatorium der sowjetischen Streitkräfte an der Ostsee. Repino heißt der Ort, der ist berühmt, weil da mal ein Maler gelebt hat.

Der Assistent schwebte mit den Fingern über dem Touchscreen seines iPads. Er hielt ein Foto in die Höhe, das Friebe mit dem ehemaligen Bundeskanzler zeigte. Sieht ganz danach aus, dass der Herr Professor, wenn seine Firma die Methode tatsächlich auf den Markt bringen kann, bis in alle Ewigkeit ausgesorgt hat. Friebe ist anscheinend für den ganzen Papierkram innerhalb der EU zuständig, kann mir vorstellen, dass er da eine Menge Klinken putzt.

Soso, brummelte Alvart dazwischen.

Was Professor Friebe allerdings alles andere als gelegen kommt, sieht man hier.

Der Assistent hatte einen Beitrag der *Zeit* angeklickt und zitierte sinngemäß, dass es bei den Versuchen mit Alzheimerpatienten zu Komplikationen gekommen war. Medical issues bemühe sich, das als normal darzustellen. Zwei Patienten seien gestorben. Der eine wegen eines nicht erkannten Herzfehlers, der andere an den Folgen massiven Alkoholmissbrauchs. Der habe sich wahrscheinlich mittels der durchaus üppigen Abfindungen für die Teilnahme am Experiment seine Sucht finanziert. Dass dies im Vorfeld nicht erkannt worden war, sei auf das Versagen eines Mitarbeiters zurückzuführen, der bereits aus dem Team entfernt wurde. Gleichzeitig sei es bei tausend Probanden aber auch kaum verwunderlich, dass es zu solch unschönen Ereignissen komme. Die Quote liege unter einem Prozent und stehe durchaus in einem guten Verhältnis zu den Gesamtergebnissen der Studie.

Alvart nickte. Da könnten die sogar recht haben.

Nur wird so mancher diese Fakten naturgemäß ganz anders sehen, ergänzte der Assistent, egal ob Organisation oder Einzelperson. Es hat sogar schon Morddrohungen gegeben. Allerdings nur auf russischer Seite.

Auf dem Gewerbegebiet von Heidenau passierten sie eine Pförtnerloge. Allerhand Fahnen wiesen flatternd auf ein prosperierendes Geschäft in dieser Gegend hin. Handelsfirmen, Baufirmen, ein Technikverleih für Licht-Equipment, der Fuhrpark eines Kurierdienstes. Der Parkplatz war gerammelt voll.

## Blatt 22

Kommissar Alvart traf auf einen aufgeräumten, jedoch etwas angesäuerten Professor. Maries Großvater bot Kaffee an und machte gleich zu Anfang klar, wie viel ihm daran gelegen war, dass endlich Bewegung in die Suche nach seiner Enkeltochter kam. Alvart nahm das zur Kenntnis und bestätigte, dass eine gute Kooperation die Wiege des Erfolgs sei. Ohne weiter auf Marie einzugehen, wollte er wissen, wie es der Firma ging. Und strahlend erklärte der Professor, in dieser Angelegenheit könne es nicht besser laufen. Die Bilanzen seien hervorragend und die Aussichten, selbst wenn das eine oder andere noch der Feinjustierung bedürfe, vielversprechend. Man sei im 21. Jahrhundert angekommen.

Sie haben Partner in Rostow?

Ja, antwortete Friebe. Und da Alvart schwieg, fragte er nach:

Warum interessiert Sie das?

Wir haben Grund zur Annahme, dass es sich beim Verschwinden Ihrer Enkeltochter um ein Verbrechen handelt, das seinen Ursprung in Osteuropa beziehungsweise Russland hat, erklärte Alvart jetzt. Und wir haben von Morddrohungen gegen medical issues gehört – wegen der Todesfälle bei klinischen Tests. Mich würde nun interessieren, wie weit die Bedrohung geht und ob sich eventuell böse Menschen auch mit Ihnen in Verbindung gesetzt haben. Menschen, die Sie und Ihre Partner eventuell unter Druck setzen.

Der Professor schien einigermaßen erschrocken. Aber dass man diesen Verdacht hegen konnte, leuchtete ihm ein. Sein russischer Partner, ein alter Freund, den er seit seinem Studium in Moskau Mitte der sechziger Jahre kannte, hatte von der Entführung gehört und war am Telefon in heller Aufregung gewesen. Friebe hatte ihn aber beruhigen können. Da sich seit nunmehr zwei Wochen niemand mit Forderungen an ihn oder die Firma gewandt hatte, gab es keinen Grund zur Besorgnis.

Der Professor stellte klar, wie sehr er diesen Verdacht verstehe, forderte aber in Hinsicht auf das Zulassungsverfahren absolute Diskretion. Er habe mit seinem Partner in Rostow ständigen Kontakt. Es gäbe keinerlei Anhaltspunkte, die Schlüsse dieser Art zuließen.

Der Kommissar bat um eine Liste sämtlicher Partner von medical issues und bekam von Friebe eine Broschüre ausgehändigt, die die weltweite Vernetzung der Firma nachzeichnete. Alvart blätterte ein wenig darin herum und erkundigte sich beinah nebenbei, wie Alzheimerfrüherkennung eigentlich funktionierte und ob sie für jedermann geeignet sei. Offenherzig belehrte ihn der Professor, dass er sich, um diesen komplexen Vorgang begreifen zu können, in der höheren Physik auskennen müsse.

Nur so viel: Die sogenannte Radioaktivität bestimmter Substanzen ist weitaus brauchbarer für die Medizin, als deren Leumund es zulässt. Im absoluten Nanobereich, versteht sich. Es gibt Möglichkeiten, das Verhalten von Atomen in Zellkernen vorauszuberechnen. Dieses Wissen wiederum lässt Schlüsse zu, die in eine umfassende Struktur eingearbeitet werden. Das Gute an unserer weltweit operierenden

Firma ist, dass sie auf schnellstem Weg das Wissen der verschiedensten Forschungsgruppen bündeln kann.

Dem Kommissar imponierte die Weltgewandtheit, mit der hier gearbeitet wurde.

Hätten Sie denn für die klinische Erprobung an Menschen auch in Europa eine Zulassung bekommen?

Mit Sicherheit nicht, antwortete der Professor.

Friebe wies unwirsch ein Telefonat ab. Er sei im Gespräch und nicht zu stören. Wie oft er das denn noch sagen solle. Alvart beobachtete den kleinen Wutausbruch. Er schien ihm schlecht gespielt, von einer lächerlichen Durchsichtigkeit geradezu. Friebe hob das Kinn, um fortzufahren.

Europa ist für die *praktische* Wissenschaft verloren, stellte er felsenfest in den Raum. Wir haben zwar die meisten Kapazitäten in der theoretischen Erforschung bahnbrechender Entdeckungen, aber es gibt keinerlei Vertrauen in die praktische Arbeit. Wenn ich ein Medikament in Europa zu Testreihen zulassen will, muss ich entweder lügen oder in Kauf nehmen, dass es, wenn es denn tatsächlich irgendwann zugelassen wird, bereits kopiert aus irgendeinem Schwellenland kommend auf dem Markt ist. Die hiesige Bürokratie ist schlechterdings unfassbar und die aufgewendete Zeit unwiederbringlich verloren. Das ist die Realität, mit der wir hier tagtäglich umzugehen versuchen. Was mich mal wirklich interessiert, ist, ob diese Bürokratiemisere vom Kapitalismus oder von der Demokratie herrührt.

Diese wohlkalkulierte Offenheit entwaffnete Alvart nur beinah. Durchaus staunend, aber klar in der Sache fragte er nach:

Also illegal?

Professor Friebe lachte.

Selbstverständlich nicht! Sie sollten mal Ihren Kollegen

aus Frankfurt befragen. Den, der den Metzler-Mörder verhört hat. Diese Form der Illegalität ist das tägliche Brot des handelnden Wissenschaftlers. Die Gesetze sind nicht immer auf seiner Seite, aber dafür umso mehr sein Gewissen. Wir Wissenschaftler entwickeln solche Dinge ja nicht zum Selbstzweck. Wir wollen den Menschen helfen! Das ist die Wahrheit! Glücklicherweise merkt der Gesetzgeber das Gesetzlose unseres Tuns oft nicht, flüsterte Friebe nun verschworen, um den Kommissar für sich einzunehmen. Und da, wo das Risiko für uns zu groß wird, suchen wir halt Mittel und Wege, mit denen wir anderweitig zum Ziel kommen. Er zwinkerte Alvart an. Ich sage nur: Russland. Indien. Südafrika.

Dem Kommissar schmeckte der Kaffee nicht. Er hatte dem Professor zugehört und dabei zwei, drei Schlucke des tiefschwarzen Gebräus getrunken. Erst war es ihm nicht aufgefallen, aber jetzt machte sich ein bitterer Geschmack in seinem Rachen breit. Es ekelte ihn. Er versuchte, es zu verbergen. Doch die Kloake von Kaffee war noch nichts gegen die Kloake von Seele, die ihm der Professor hier präsentierte.

Alvart beeilte sich und brachte sich und seinen Assistenten in Sicherheit. Er bat den Herrn Professor, sich zur Verfügung zu halten und ihn direkt zu informieren, falls sich etwas in der angedeuteten Hinsicht ergebe. Zur Verabschiedung stammelte er seine große Hoffnung, Marie unversehrt zu finden.

Auf dem Rückweg schwiegen die beiden Polizisten bis zur Einfahrt auf den Hof des Reviers. Dort drehte sich der Assistent endlich seinem Chef zu. Er glaube dem kein Wort, sagte er voll innerer Überzeugung. Alvart war anderer Meinung, schwieg aber gegenüber seinem jungen Mitarbeiter. Er glaubte Professor Friebe alles.

Alvart war erschüttert vom Charakter dieses Menschen.

Wahrscheinlich würde Friebe auch die eigene Mutter verkaufen, wenn es um die Bestätigung seiner Genialität ginge. Alvart würgte es gleich wieder. Er nutzte den Halt vor der Schranke, um aus dem Wagen zu springen und abzuhusten. Er spie mehrfach aus, bis er, um Atem ringend, dem Wagen durch das Tor folgte.

## Blatt 23

Ich habe mich für eine kurze Schreibpause hinters Haus in den Garten begeben. Die Sterne stehen hoch, unzählige. Die Tiere machen um diese Stunde so gut wie keine Geräusche. M. hat die Waffe in die Schüssel gelegt. Geladen und gesichert. Eine tatsächliche Bedrohung für mein Leben habe ich nie in Erwägung gezogen. Warum sollte mich jemand wegen der Recherche zu einem Kinofilm umbringen wollen? Für mich sind das Spinnereien, die von zu viel Krimilektüre herrühren. Eine russische Verschwörung, um gesunde deutsche Kinder ins russische Reich zu holen, soll um jeden Preis geheim gehalten werden. Schießen Sie auf den Autor! – Lächerlich!

Nichtsdestotrotz gibt es Momente, in denen es mich schaudert. Wenn ich wieder von einer dieser vermuteten Geheimdienstgräuel höre oder sehe, wohin journalistische Aufklärungsarbeit innerhalb des Systems Putin führen kann. An die Gepflogenheiten der italienischen Mafia sind wir gewohnt. Dreist und offen werden da Leute liquidiert und den Fischen zum Fraß vorgeworfen. Das ist seit Hunderten von Jahren so. Es ist weit weg und wird auch immer weit weg bleiben. Aber dieses perfide Vertuschen, dieses unbescholtene So-tun-als-ob bei parallel ablaufenden Verbrechen durch den russischen Geheimdienst. Dieses Vortäuschen der Ungefährlichkeit, dieses geheimdienstlich begründete Verhalten. Konspiration und

Mord als Stütze einer ganzen Gesellschaft. Es nährt den Gerechtigkeitswillen und fordert Aufklärung. Es schlägt einem auf den Magen.

M. hat sich bewaffnet! Ich fass es nicht! Ich höre ihn in der Küche poltern. Dann ist Ruhe und er kommt aus dem Haus.

Wir haben noch nie Feuer gemacht, ruft er und schmeißt Holz in hohem Bogen auf die Feuerstelle.

Das Gute an ihm ist, dass er tut, was er will. Nie Feuer gemacht – eine spontane Erkenntnis. Ergo: Sofort Feuer machen! Es pufft, und die Fichtenstämme zeichnen sich kurz im hellen Schein des auflodernden Brandbeschleunigers ab. Ich höre, wie M. sich nähert. Er druckst rum, und ich weiß, er sucht einen Verbündeten, wegen des Waffenkaufs.

Willst du mal schießen?, fragt er.

Ja, antworte ich prompt. Damit hat er nicht gerechnet.

Warte kurz! Euphorisch rennt er ins Haus und kommt mit dem Revolver zurück. Hast du schon mal geschossen?

Nein, sage ich. Oder doch!? Mit dem MG. Drei Schuss. Im Wehrlager.

Hier! Er gibt mir die Waffe.

Ich drehe sie ins Licht des Feuers und entsichere. Ich ziele nicht. Ich halte den Lauf auf eine Kiefer und drücke ab. Ich treffe den Stamm. Halte auf die nächste Kiefer, drücke ab. Treffe. Schieße. Treffe. Sechsmal in schneller Folge.

Spinnst du?, schreit M.

Ich sage, dass es sich geil anfühlt. Er reißt mir die rauchende Waffe aus der Hand.

Bist du bekloppt, Mann, die Patronen sind teuer! Er lacht auf. Johann, du bist total verrückt!

Ja, sage ich, anders ist es mit dir auch nicht auszuhalten.

Sveta arbeitete bis kurz vor ihrer Niederkunft im Waisenhaus. Es ergab sich, dass sie schon nach zwei Wochen aus dem Kellerloch in eins der Zimmer unter dem Dach ziehen konnte. Die Mansarde war bisher als Abstellraum genutzt worden. Sveta hatte den Auftrag bekommen, sie auszuräumen, alles Brauchbare zu bewahren, den Rest jedoch auszusortieren. Sie tat dies mit großer Freude und sehr zur Zufriedenheit Raisa Lermentowas, ihrer Chefin.

Sveta konnte noch immer nicht fassen, wie ihr geschah. Sie hatte Glück. Sie hatte ein neues Zuhause. Und der neue Friede in ihrem Leben schien alles andere als brüchig. Da es bereits Anfang Juni war, setzte sie sich sehr dafür ein, umgehend mit dem Anlegen eines Gemüsegartens zu beginnen. Raisa hatte von ihrer Begabung in Sachen Gartenarbeit durch den jungen Arzt erfahren und wählte ein Stück leider sehr sandigen Bodens am Rand des weitläufigen Geländes aus.

Mit den beiden ältesten Jungs des Waisenhauses, Foma und Juri, grub Sveta das Stück sorgfältig um und beförderte aus vierzig Zentimeter Tiefe mühevoll eine kleine Humusschicht zutage. Die Arbeit mit den beiden Zwölfjährigen bereitete ihr Spaß. Allerdings merkte sie, dass Foma sich in sie verliebt hatte. Besser sie passte auf, nicht mit ihm allein zu sein, denn Fomas Gefühle waren, gelinde gesagt, verschlagener Natur. Er war unsicher, und sie wollte es nicht drauf ankommen lassen, ihn zurückweisen zu müssen beziehungsweise einer unkontrollierten Handlung seinerseits ausgesetzt zu sein. Juri dagegen war einfach. Der junge Arzt erklärte, der Knabe habe bei seiner Geburt einen Atemzug Sauerstoff zu wenig bekommen. Dafür aber sei er erstaunlich weit. Schreiben und Lesen brauche man ja nicht unbedingt, wenn man solche Kräfte besaß. Und die hatte Juri schon jetzt im Überfluss. Beide Jungs rauchten wie die Waldarbeiter, was Sveta auf keinen Fall der Leiterin petzen sollte.

Als sie den kleinen Garten so weit fertig umgegraben hatten, dass sie mit dem Pflanzen beginnen konnten, lud Sveta alle Kinder des Hauses dazu ein. Sie hatte bei der Arbeit in der Küche einen Eimer kleine Kartoffeln gesammelt und zeigte ihnen nun, wie die in den Boden zu bringen waren. Mit großem Eifer gingen alle Kinder an die Arbeit. Es gab Geschrei und Gelächter. Die ganz Kleinen suchten beständig, sich Kartoffeln zu stibitzen, um sie schnell anzubeißen oder für später in den Taschen verschwinden zu lassen. Davon wurden sie durch die Größeren teils brutal abgehalten. Juri formierte eine Eimerkette und sorgte für reichlich Bewässerung aus dem nahegelegenen Bach.

Als Raisa die Arbeit der drei inspizierte, stellten sich die Kinder ruhig und wie von Geisterhand bewegt in einer Reihe auf. Sie nickte wohlwollend, gab den einen oder anderen Hinweis und tadelte Sveta dafür, dass sie in ihren Umständen so schwere Arbeit tat. Sveta nickte und versprach, sich in Zukunft zu schonen.

(Auf einem Notizbuchausriss [mit Büroklammer an Blatt 23 geheftet]: genauer Plan des Waisenhausgeländes mit Kartoffelacker; darunter eine Zahlenkolonne Primzahlen: 3, 5, 7, 11, 13, 17, 19, 23, 29, 31, 37, 41, 43, 47, 53, 59, 61, 67, 71, 73 – Anm. d. Hrsg.)

## Blatt 24

Die größte Neuheit in Svetas Leben aber war ein Fernseher. Sie hatte ihn in der Mansarde unter all den anderen mehr oder weniger brauchbaren Dingen gefunden. Raisa Lermentowa erlaubte ihr, ihn zu behalten, so er noch funktionierte. Sveta hatte einen Kleiderbügel aus Aluminium aufgebogen und den langen Draht als Antenne mit der Dachrinne verbunden. So bekam sie ein halbwegs anständiges Bild. Da der Ton ausgezeichnet war, konnte sie sich vieles zusammenreimen, was vorübergehend verschwommen oder durch kurze Bildausfälle nicht richtig zu erkennen war.

Sveta schaute viel fern. Bald hatte sie ihre Lieblingssendungen, nach denen sie ihren Tagesablauf ausrichtete. Das war möglich, da sie ohnehin vierundzwanzig Stunden im Dienst war und sich ihre Arbeitszeit einteilen konnte. Nach vier Wochen gab Raisa ihr den ersten Lohn und erkundigte sich, ob es für sie noch immer in Ordnung war, bei ihnen im Haus zu arbeiten und zu leben. Sveta verstand die Frage nicht, und Raisa bohrte nicht mehr weiter.

Als sie im achten Monat schwanger war, hatte sie als Folge eines Schwindelanfalls eine Topfpflanze vor den Augen Raisas zu Boden gerissen. Es tat ihr unendlich leid, aber sie hatte sich einfach nicht anders aufrecht halten können. Die Heimleiterin verständigte den jungen Arzt, und man legte Sveta auf die Liege im Behandlungsraum der Kinder. Der

Mediziner untersuchte sie und entschied, sich mit einem befreundeten Gynäkologen zu beraten. Er glaubte zwar, dass alles in Ordnung war, wollte aber sichergehen.

In der Zeit nach ihrem Schwindelanfall verhielten sich die Kinder im Waisenhaus merkwürdig leise. Sie hatten Sveta lieb gewonnen und wollten nicht stören. Ihre einfache, gute Art schien die Kleinen mit Hoffnung auszufüllen. Sie wirkten besänftigt in ihren Ängsten und beruhigter in ihrem Auftreten. Foma und Juri spielten sich als Svetas Beschützer auf, und die Hälfte der unter Sechsjährigen sagte Mama zu ihr.

Es zeichnete sich ab, dass Sveta nicht einfach zu Hause gebären konnte. Das Risiko war dem jungen Arzt zu groß. Das Hauptproblem an der Sache war, dass sie seit Jahren schon keine Krankenversicherung mehr hatte und man entweder auf die uneigennützige Hilfe anderer angewiesen war oder eine Menge Geld zusammenbringen musste. Glücklicherweise hatte der Arzt bei einem befreundeten Mediziner ein offenes Ohr gefunden und so wurde die Hochschwangere zwei Wochen später zur Geburt in die Hauptstadt gebracht.

In den Wagen, der sie abholte, stellten die Kinder einen Korb mit Kartoffeln, die sie schnell noch aus der Furche gehackt hatten. Ein Geschenk, das sich im weiteren Verlauf von Svetas Odyssee als sehr nützlich erweisen sollte. Für alle Dienste nämlich, die ihr auf dem Weg zu ihrer Niederkunft erwiesen wurden, konnte sie so mit einem schnellen Griff in den Kartoffelkorb symbolisch danken. Sie wurde dafür zwar belächelt, aber sowohl die Fahrer des Krankenwagens als auch die Schwester beim Ultraschall, die Reinigungskraft mit dem Damenbart genauso wie die ständig wechselnden Stationsärzte im Klinikum schmunzelten bei diesem Angebot und nahmen die Kartoffeln gerne an.

Der junge Arzt hatte Sveta vor ihrer Abreise ins Vertrauen gezogen, dass die Behandlung in Minsk unter bestimmten Umständen stattfinden würde. Beim Einsteigen in den Krankenwagen hatte er ihr eingeschärft, dass sie ab jetzt nur noch das absolut Nötigste mit fremden Leuten sprechen und vor allem nichts über ihre Herkunft sagen sollte. Ihr Name für die Zeit im Krankenhaus sei Aglaja Petrowna. Vor allem den müsse sie sich merken. Alles andere sei vollkommen egal. Sveta verstand sofort und dankte ihm sehr für seine Hilfe.

Auf dem Weg in die Klinik betete sie den Namen vor sich her. Sie sagte ihn auch ihrem Kind im Bauch, von dem sie noch nicht wusste, ob es ein Junge oder ein Mädchen werden würde. Sie unterhielt sich überhaupt sehr viel mit dem Ungeborenen. Da sie auch im Waisenhaus oft mit sich allein gewesen war, hatte sich eine muntere Kommunikation zwischen ihnen ergeben. Sie sprach, und das Baby strampelte oder boxte oder verstand einfach stumm. Sie schauten gemeinsam fern. Sie litten gemeinsam, wenn es in den Serien ans Sterben ging, sie verachteten gemeinsam die Niedertracht so manches Filmhelden, sie weinten vor Glück, wenn Liebe erwidert wurde.

Besonders angetan war Sveta von der Sendung *Wo bist du?* gewesen. Jede Woche wurden hier Schicksale von vermissten Bürgern präsentiert, in der Hoffnung, es könnten sich Hinweise ergeben, die zu ihrer Auffindung führten. In der Regel handelte es sich um Mütter, die ihre bei der Armee verschwundenen, im Drogenmilieu untergetauchten oder sonst wie in der Welt verschollenen Söhne suchten. Herzergreifende Aufrufe, die Sveta oft tagelang in Aufregung versetzten. Sie musste dann an ihr totes Kind denken und begann zu weinen, während das ungeborene mit Klopfzeichen versuchte, ihre Laune zu heben.

Es gab aber auch Sendungen, in denen trickreich Suchende vor laufender Kamera mit Gesuchten zusammengeführt wurden. Da wurde gekreischt und getrampelt, gestöhnt und geweint. Immer war ein Arzt mit dabei, und Sveta fand das nur allzu angemessen. Es gab Mütter, die in Ohnmacht fielen, aber auch Faustschläge verteilende Väter. Manchmal wandelte sich das unverhoffte Glück der Suchenden binnen Sekunden in erschrockenen Hass auf den so lange Verschwundenen. Diese Sendung war ein Fest der Emotionen.

Am längsten hatte Sveta über den mysteriösen Fall eines deutschen Ehepaars nachgedacht, die hartnäckig an einer ihr nicht wirklich plausiblen Version festhielten, wonach ein in der DDR stationierter Sowjetsoldat sein krankes Kind gegen das gesunde Kind dieses Ehepaars getauscht hatte. Ein Albtraum, wenn es wahr wäre, dachte Sveta. Sie konnte es sich allerdings nicht vorstellen. Und viel mehr noch, als dass dieser Fall gelöst wurde, wünschte Sveta dem Ehepaar, dass es von dieser Theorie ablassen und anderweitig Ruhe finden konnte.

Das Auftreten des damals ausgesetzten Mädchens, das mittlerweile zu einer stattlichen Frau herangewachsen war, versetzte Sveta in noch größeres Erstaunen. Denn nachdem sie ihre Verlassenheit beschrieben hatte, ihr entsetzliches Schicksal, von den eigenen Eltern weggeschmissen worden zu sein, fing die Frau an, ebendiesen bösen Eltern zu danken, da sie ihr so das Leben gerettet hätten. Sie habe als Kind unter einer merkwürdigen Infektion gelitten, die die Mediziner in Dresden genau diagnostizieren und erfolgreich behandeln konnten. Denn in der DDR sei die medizinische Versorgung um ein Vielfaches besser gewesen als möglicherweise in einer Kleinstadt der russischen oder gar sibirischen Provinz, aus der sie – so vermutete sie selbst – stammte. Die junge Frau hielt dann ein Bild ihres dreizehnjährigen Jungen in die Kamera und zeigte ihren nie gekannten Eltern deren nie gesehenen Enkelsohn.

Und bei Sveta flossen die Tränen.

Blatt 25

Außen. / Mittag. Holger und Dagmar stehen am Rand einer Wiese und schauen Jonas beim Fußballspielen zu. Holger hat sich über Mittag frei genommen und ist auf Bitten seiner Frau in den Großen Garten gekommen. Er ist widerwillig hier, da er meint, im Büro warte Wichtigeres auf ihn. Trotzdem freut er sich, Jonas und auch Dagmar zu sehen. Die Sonne scheint.

Holger bekommt einen Anruf. Ein Parteifreund teilt ihm mit, er habe eine Information erhalten, nach der Holgers Vater in Maries Entführung verwickelt sei. Holger reagiert empört. Er poltert los.

Das kann überhaupt nicht sein.

Der Mitarbeiter präzisiert seine Aussage. Es handle sich um Vermutungen, die Geschäftspartner der Firma seines Vaters betreffend.

Holger wiegelt geölt ab.

Nur weil eine Firma weltweit operiert, ist sie nicht per se der Ausgangspunkt allen Übels. Meinem Vater so etwas zu unterstellen, ist infam.

Da ist der Parteifreund absolut seiner Meinung. Aber ... aber das Gerücht sei nun mal in der Welt. Man könne es sicher kanalisieren und abwenden, so dass es nicht zum Äußersten kommen muss. (Holger sei darin Weltmeister!) Schwierig werde es jedoch, wenn die Kreditvergabe durch die Stadt (Holger hatte sie vorgeschlagen!) an die Firma des Vaters ins Gerede käme. (Holger solle sich erinnern!) Bisher habe man seinen Vater, Professor Friebe, immer gern gesehen und sich mit seinem unternehmerischen Genie geschmückt, aber jetzt …!

Holger schneidet dem Mitarbeiter das Wort ab.

Finde raus, wer diesen Unsinn verbreitet! Ende der Durchsage! Er legt auf.

Dagmar hat die eine Hälfte des Gesprächs mitgehört, die andere kann sie sich denken.

Was ist passiert?, fragt sie.

Holger wischt es mit einer Handbewegung weg.

In diesem Land wird der Erfolgreiche an den Haaren durch die Hauptstraße gezogen, damit die gesamte fettärschige Losergemeinde auf ihn spucken kann. Was passiert ist? Nichts, antwortet Holger, während er das Firmenhandy seines Vaters anwählt. Er entfernt sich von seiner Frau, um ungestört mit seinem Vater telefonieren zu können. Doch Dagmar bleibt ihm auf den Fersen. Als die Verbindung zustande kommt, stellt sie sich demonstrativ vor ihren Mann.

Hallo Daddy, können wir uns sehen? … Nein, nichts Besonderes. Mir wurde nur gesteckt, dass die Polizei wegen Marie bei dir in der Firma war … Ja. Das denke ich auch … Aber … Wir müssen reden. Nicht über Marie … Na was wohl!?! Das Darlehen der Stadt! … Habt ihr begonnen zurückzuzahlen? … Warum, warum! Ich frage ja nur! … Natürlich war da alles in Ordnung. Trotzdem … Und was Marie angeht. Was ist da los? … Okay. Sagen wir halb vier? Im Taschenberg!

Holger legt auf und blickt auf die dicken Eichen im Park. An manchem Stamm sieht man noch die Spuren des Weltkriegs. Das hatte ihn als Kind fasziniert. Sein Großvater hat ihm immer wieder diese Geschichte erzählt: Er habe einen

Affen von einer der Eichen gerettet. Das Tier hatte sich in der Bombennacht aus dem Zoo in die Parkanlage geflüchtet. Mitten im Februar. Es starb wenige Tage später an Erkältung.

(Eine feine Bleistiftskizze zeigt den Nacken eines Schimpansen. Haar für Haar. Sie unterbricht Blatt 25. – Anm. d. Hrsg.)

(Ebenda.) Dagmar fordert eine Erklärung. Sie hat den Ton drauf, der Holger unsicher macht. Sie klagt nicht an, sie fragt nicht ungeduldig, sondern entsetzlich ruhig.

Kann es nicht tatsächlich sein, dass dein Vater oder die Firma was mit dem ... dem Verschwinden von Marie zu tun hat?

Holger schaut auf das Display seines Smartphones. 13.21. Digitale Anzeige.

Ist nicht ausgeschlossen, hört er sich sagen, aber es klingt echt, echt abwegig.

Immer noch sehr ruhig fragt Dagmar weiter.

Wie sicher ist diese Information?

Holger winkt ab.

Es ist alles möglich, sagt er. Nur, wenn es tatsächlich um die Firma gehen sollte, müsste doch irgendjemand die Firma oder auch gleich meinen Vater erpressen. Und das ist einfach nicht der Fall.

Dagmar versucht, ihm in die Augen zu schauen. Aber er schaut demonstrativ über sie hinweg.

Weißt du das denn ganz genau?, fragt sie nun schon gefährlich ruhig. War dein Vater jemals wirklich offen zu dir, in Bezug auf die Firma, meine ich?

Holger schnappt nach Luft.

Und wenn schon! Klar, Vater hat immer sein Ding gemacht, aber wir leben doch gut damit.

Wie kannst du das sagen? Ich meine, Marie ist ...

Ich muss jetzt zurück.

Du klingst einfach so ... so ...

Wo ist eigentlich Jonas?, will Holger urplötzlich wissen.

Panisch wendet Dagmar sich um.

Aber da ist er doch!

Sofort hat sie ihren Jungen entdeckt. Er sitzt auf seinem Fußball und versucht zu verhindern, dass ihm ein anderes Kind die Kugel unterm Hintern wegkickt. Dagmar ist erleichtert. Im Gesicht von Holger sieht sie nun, dass er ihr diesen Schreck kalkuliert eingejagt hat. Sie ist von seiner Kälte erschüttert. Ihr zittern die Knie.

Leise gesteht sie Holger, dass sie nicht mehr mit ihm zusammenleben könnte, sollte sich rausstellen, dass sein Vater mit seinem Scheißgeld und seiner Scheißgier und seiner Scheißkarriere Marie auf dem Gewissen hat.

Holger ist blass vor Hochmut.

Wie um alles in der Welt soll ich das verstehen?

Genau so, wie ich es gesagt habe.

Holger lacht sie gallig aus.

Du bist es doch gewesen, die nicht gecheckt hat, wer sich an Maries Wagen zu schaffen gemacht hat. Hättest du ordentlich aufgepasst, wär Marie noch da!

Dagmar kann sich nicht erinnern, wie lange sie auf dem Weg neben der Spielwiese gestanden hat. Jetzt zupft Jonas an ihrer Hand, und es scheint, als hätte er die Frage, warum sie denn weine, nicht zum ersten Mal gestellt. Sie schnäuzt sich und erklärt ihm, dass ihre Augen wegen des Windes tränen.

Wo ist Papa?

Musste los.

Jetzt erst fällt ihr auf, dass sie darüber nachgedacht hat,

warum sie Holgers Hilflosigkeit, seine Schwäche und Charakterlosigkeit nicht schon viel früher erkannt hat. In vollkommener Sorglosigkeit hatte er sein Leben als Familienvater à la bonne heure zelebriert. So lange es keinen Widerstand gab, lief er zu Hochform auf. Zu Hause gleichermaßen wie im Büro oder auf Gesellschaften. Gab es aber eine zweite Meinung oder gar fundierte Ablehnung, brach er in sich zusammen und reagierte in einem Maße unfair, dass die ganze Misere seines zerrütteten Selbstwerts zum Vorschein kam.

Dagmar fühlt sich schlagartig befreit. Sie weiß noch nicht, wo der Knoten geplatzt ist. Aber das weiß sie ganz genau: Diesen *ihren* Mann, Holger, hat sie ab jetzt in der Hand, denn er hat Angst, zu verlieren. Und Jonas? Was wird aus ihm? Genau dasselbe! Sie geht vor ihrem Sohn in die Hocke.

Jonas! Du wirst nicht wie der Papa. Oder, willst du wie Papa werden?

Nein, antwortet der Kleine erfreut. Das Frage- und Antwortspiel gefällt ihm, und egal, welche Frage sie ihm stellt, er antwortet zurzeit immer mit Nein.

Willst du wirklich werden wie Papa?

Nein.

Bist du ein Machoschwein?

Nein.

Hast du nur Sport im Kopf?

Nein!

Hast du Großvater lieb?

Nein!

Willst du noch hierbleiben?

Nein.

Schön, sagt Dagmar, dann lass uns verschwinden. Sie richtet sich auf und geht mit dem Jungen an der Hand über einen dunklen Seitenweg in die Tiefe des Großen Gartens hinein.

## Blatt 26

Johann, du hast Post!

M. hat an meine Tür geklopft. Es ist der erste Morgen in Schlehdorf, an dem ich *nach* ihm wach werde. Schnaps, denke ich. Verflucht! M. war nach meinen Schüssen in die Fichtenstämme zum Telefon gegangen und hatte seinen Privat-Polizisten, wie er ihn nannte, angerufen. Man habe wieder Schüsse gehört. Ganz in der Nähe! So nah, dass deutlich zu vernehmen war, wie Projektile eingeschlagen sind. M. stand dicht neben mir, während er dem Polizisten die Geschichte auftischte. Er konnte schon wieder lachen. Der Polizist bedankte sich und versprach, jemanden zu schicken. Aber es war niemand gekommen. M. war irgendwann am runtergebrannten Feuer eingeschlafen und später fluchend ins Bett gegangen, weil ihm kalt geworden war. Da hatte ich bereits erfolgreich gegen die Kälte angekämpft. Mit Schnaps. Verflucht!

Post. Die kann nur von meiner Mutter sein, denke ich. Niemand sonst weiß, wo ich mich aufhalte. Wie peinlich: Post von Mutti. Ich gehe aus dem Zimmer. M. hat Kaffee gekocht und sitzt am Schreibtisch.

Ist der Depp wegen der Schüsse noch gekommen?, will er wissen.

Nein, sage ich, aber ich habe noch ne ganze Weile gewartet.

Du hast das Feuer nicht richtig gelöscht, meckert M.

Ja, ja.

Auf dem Küchentisch liegt der Brief meiner Mutter. Er ist ungewöhnlich dick. Ich wende ihn, der Absender steht drauf. Die Adresse hat sie ausgedruckt und mit Tesafilm aufgeklebt.

Ich werde mir mal die Russen vorknöpfen, ruft M. Das scheint mir der Schlüssel zu unserem Fall zu sein.

Gut, sage ich, greife ein Küchenmesser und schlitze den Brief auf.

Im Umschlag steckt ein weiterer Umschlag. Darauf hat sie ein Post-it befestigt. Sie schreibt: *Hätte ich auch nicht besser formulieren können. Mama.* Ich entferne die Nachricht und betrachte den zweiten Brief. Ich kenne die Handschrift nicht. Altdeutsch. Geschwungen. Halb gemalt. Er scheint von meiner Großmutter verfasst zu sein. Adressiert an Hannelore Stadt – meine Mutter. Abgestempelt am 1. September 1964. Wie lang ist das her? Ich rechne. Lang ist das her, sehr lang, denke ich.

An der Seite hat jemand mit Bleistift notiert: *1.9. – Tag des Überfalls.* Der zweite Umschlag ist offen. Darin stecken ein Brief und eine Postkarte vom Goldstrand in Varna. Letztere ist nicht beschrieben. Die Farbigkeit der Sechziger ist wirklich ein Hit. Ich zeige M. die Karte.

Könnte der Look für unsere Rückblenden sein!

Er betrachtet sie stumm und macht ein Foto für sein Archiv. Als ich den Brief herausnehme, stelle ich fest, dass es drei verschiedene sind.

*R. am 31.8.64 Liebe Hannelore! Wir sind am Sbd. gut zu Hause angekommen. Unterwegs hat es tüchtig geregnet. Es hat sich dadurch schlecht gefahren. Um 1/2 9 Uhr waren wir in Mückenhain. Da haben wir eine kleine Pause gemacht. Zwei Stunden später waren wir dann zu Haus. Gst. hat Vati Schlezkes in Görlitz abgeholt. Ich bin gst. Nachmittag mit nach Horka gefahren. Wir haben der Oma zum Geburtstag Astern u. Nelken mitgenommen. Vom Opa stand schon ein großer Strauß Chrysanthemen u. von Tante Annel ein großer Strauß Gladiolen. Es sah sehr schön aus. Tante Elli u. Onkel Helmut kamen auch. Sie haben mir die Postkarte gegeben. Ich habe mich für Dich bedankt. Kannst Du ihnen mal schreiben? Wir waren noch mal bei Schlezkes u. haben sie dann mit nach hier genommen. Hoffentlich hast Du auch noch einen schönen Sbd. gehabt. Heut sind die Maurer da. Solltest Du noch irgendetwas brauchen, musst Du uns noch rechtzeitig schreiben. Nun bleib recht gesund u. am Sbd. erwarten wir Dich. Heut grüßen wir Dich recht herzl. Deine Mutti, Vati, nebst Ludwig, Margarethe u. Richard*

*d. 11.9.64 Liebe Hanne! Heut erhielten wir Deinen lb. Brief. Das war ja nicht sehr erfreulich, was Du geschrieben hast. Hoffentl. geht es Dir nur wieder besser. Ich habe gleich heut Abend das Päckchen fertig gemacht. Einen neuen Badeanzug haben wir gekauft. Vielleicht ist er noch ein bisschen reichlich, aber reine Wolle geht sowieso etwas ein. Die anderen Badeanzüge waren nur in Größe 40 u. die waren sehr knapp. Wo ich die Sicherheitsnadel hingesteckt habe, sollst Du Dir es einnähen. Die Butterdose kannst Du Dir aussuchen. Die Thermosdose geht leicht kaputt. Wenn sie Dir nicht gefällt, bringst Du sie wieder mit heim. In die helle habe ich Dir 5 M reingesteckt. Schreib nur gleich, wenn Du das Päckchen erhalten hast. Sonst ist hier alles beim Alten. Vielleicht fahren wir am Montag zu Tante Marthas Geburtstag nach Horka. Wenn es nicht zu spät wird. Nun lass es Dir recht gut gehen, viele herzl. Grüße von Mutti, Vati, nebst Ludwig, Margarethe u. Richard*

(Die halbe Rückseite von Blatt 26 ist unbeschrieben. – Anm. d. Hrsg.)

Blatt 27

Meine Mutter hat mir nie von ihrer Familie erzählt. Ich habe sie oft danach gefragt. Aber ihre Herkunft schien mir verschlossen wie ein Grab. Sie redete, wenn überhaupt, nur von *denen* oder *die damals*. Noch nie hat sie von der Existenz eines Briefwechsels gesprochen. Nun schickt sie ihn mir. *Hätte ich auch nicht besser formulieren können. Mama.* Sie grüßt mich mit den Worten ihrer Mutter?

*23.9.64 Liebe Hanne! Eigentl. hatten wir ja für heut Post von Dir erwartet. Doch länger kann ich ja nun nicht mehr warten. Hoffentl. bist Du gut nach Hause gekommen. Vati kam gegen 9 Uhr zurück. Im Allgemeinen hat die Fahrt gut geklappt. Die Polen waren sehr freundlich. Alles andere erzählen wir Dir am Sbd. Ob Du heut beim Friseur warst? Es war doch so nötig. Morgen fahre ich wieder nach Görlitz zu Dr. Zepler. Ach, wenn es nur endl. einmal heilen würde. Gestern war der Opa hier. Morgen kommen Waltraut und Werner. Jetzt ist es aber schon zieml. kalt in der Nacht. Zieh Dich nur warm an. Bleib gesund bis zum Sbd. und laß Dich heut recht herzl. grüßen von Deiner lb. Mutti, Vati, nebst Ludwig, Margarethe u. Richard*

Ich halte die aufgefalteten Seiten in der Hand. Sie sind alle aus ein und demselben linierten Schreibblock gerissen. Die Schrift der Mutter meiner Mutter wirkt gemalt, ist altmodisch, aber sehr sauber. An sie wurde gedacht, meine Mutter wurde geliebt, meine Mutter war schon zeitig von zu Hause weg. Aber was will sie *mir* damit sagen? Die Briefe haben sie erreicht, da war sie vierzehn Jahre alt. Ein Kind in der Fremde. Ich drehe das Kuvert. Die Marke fehlt.

Erstaunlich, dass sie mir die Originale schickt. Vielleicht sind sie ihr zufällig in die Hände gefallen und sie hat sie spontan aufgegeben? Vielleicht glaubt sie auch, mich würde alles interessieren, was mit der Vergangenheit zu tun hat. Weil ich mich gern erinnere. Die Art der Mutter meiner Mutter, sich auszudrücken, geht mir nicht aus dem Kopf. Die Abkürzungen. Die klaren Aussagen. Die Beschränkung auf das Wesentliche. Es entsteht durch drei kleine Nachrichten ein Gefühl für die Zeit. Die Skizze eines Monats im Leben der Mutter meiner Mutter.

Warum hat sich nach der Wende der Fall nicht bewegt?

M. ruft ungeduldig. Er hasst es, wenn er von etwas ausgeschlossen ist, das im selben Raum stattfindet, und sei es die Gedankenwelt eines Mitarbeiters, der gerade ein paar Briefe von seiner Mutter verdauen muss. Ich schiebe die Seiten zurück in das Kuvert und begebe mich an meinen Platz.

Wie meinst du das?, frage ich.

M. kommt auf den Fernsehauftritt der Familie in Moskau zurück.

Mir leuchtet ja ein, dass eine solche Tat vor dem Fall der Mauer nur schwer aufzuklären war. Zumal sich die Russen quergestellt haben. Aber danach? Danach muss es doch Aktivitäten gegeben haben, den Fall neu aufzurollen. Der Auftritt im Fernsehen war erst voriges Jahr, also zwanzig Jahre nach der Wende. Das ist doch echt eine lange Zeit. Warum hat es keine Kläger gegeben? Früher?

Die Lösung ist ganz einfach, antworte ich. Diejenigen, die etwas über den Verbleib des Mädchens hätten aussagen können, waren damals mehr oder weniger kleine Lichter in der sagenumwobenen Hierarchie des sowjetischen Geheimdienstes. Dann ist die UdSSR, das Mutterland, genauso zusammengebrochen wie ihr strahlender Satellit, die DDR. Alle hatten plötzlich vor allem mit sich selbst zu tun. Haben versucht, ihre Haut zu retten. Es wurde gedeichselt und vertuscht. Legenden wurden gesponnen, die Schredder liefen heiß. Eine Menge Leute sind verschwunden, sind untergetaucht, haben Schutz gesucht. Andere wiederum haben bereits im neuen System gearbeitet. Zu Anfang natürlich noch mit dem Vorwand, im Verborgenen für die gemeinsame Sache zu kämpfen.

Ich sehe, dass M. sich Notizen macht. Ob sie mit meiner Erklärung oder seinem Befinden zu tun haben, kann ich nicht erkennen.

Die Eltern des vermissten Kindes, fahre ich fort, haben unterdessen vergeblich Gesuche geschrieben und sind regelmäßig verzweifelt, wenn sie von den Behörden die Aufforderung für Roses Schuleinführung, Jugendweihe oder sonstige Pflichtveranstaltungen bekamen. Denn Rose war ja offiziell noch nicht für tot erklärt. Jetzt wurde ihnen klar, dass sie sie auch als vermisst *melden* mussten. Das haben sie getan und was ist passiert?

Nichts!

Richtig – nichts! An wen auch immer sie sich wandten, sie bissen auf Granit. Selbst ein fähiger Kripobeamter kann einen alten Fall nur aufrollen, wenn es neue Fakten gibt, und die gab es einfach nicht. Irgendwann fasste sich der Kommissar ein Herz und sagte, jetzt wolle er es noch mal ganz offiziell probieren – mit einem Amtshilfeersuchen. Ein Stich ins Wespennest erfolgte, mit viel Tamtam und öffentlichem Aufsehen. Aber wieder passierte – nichts.

Nichts?

Nichts! Die sowjetischen Streitkräfte in der DDR waren abgewickelt, die Akten vernichtet oder sonst wo sichergestellt und die Geheimdienste aller Länder in neue Grabenkämpfe verstrickt. Es war sehr viel Zeit vergangen und sie vergeht noch immer.

So wie auch die Schuld Vergangenheit ist.

Blatt 28

Und auf einmal sind die mehr oder weniger kleinen Lichter von *damals* die unantastbaren Chefs von heute. Im System Putin. Niemand will dem Mann am Zeug flicken. Erst hat er als Kommunalpolitiker Anfang der Neunziger eine Hungersnot in St. Petersburg mitverschuldet, um die Stadt dann als halber Bürgermeister mit seiner angeblich beherzten Politik zu retten. Der Mythos von ihm als großer, kleiner, starker Mann wird entworfen. Man beginnt ihn zu mögen. Er zieht die Strippen, wie kein Zweiter.

Keiner mag ihn. M. weiß, dass das nicht stimmt. Aber er wünscht, es wäre so.

Oh doch! Und Boris Jelzin, dessen Familie mittlerweile im ganzen, schönen, weiten Russland Ländereien hat und auf allen Banken dieser Welt ihr Geld deponiert (seine Enkelkinder werden fünfsprachig erzogen!), erwählt ihn zu seinem Kronprinzen. Wer weiß denn schon, was der kleine große starke Spitzel gegen ihn in der Hand hatte?

Keine Sau.

Genau. Auf jeden Fall versucht Deutschland nun, die Russen geopolitisch als Partner zu gewinnen und wirtschaftlich miteinzubeziehen. Noch können sich Genscher & Co. in Siegerlaune und Wendejubel nicht vorstellen, dass diese Aktion eigentlich von russischer Seite ausgeht. Aber das tut sie. Man hofft also, das ambivalente Verhältnis zu den Russen so gut wie möglich zu gestalten. Aber die Russen gestalten ganz alleine. Im System Putin. Alles wird besser, nichts wird gut, verstehst du?

Bin ja nicht blöde!

Wer in einer offenen Zweierbeziehung dem Partner kaukasische Kriege und rostende Atom-U-Boot-Flotten, ein mehr denn je prosperierendes Gulag-System und die wilde Privatisierung des Volksvermögens in die Hände einiger weniger Vertrauter nachsieht, den interessiert doch nicht ein Kind, auf das dessen Eltern nicht genügend aufgepasst haben! Was kann eine Familie da schon groß ausrichten, die auf dubiose Weise Opfer eines bedauerlichen Verbrechens wurde?

Wieder nichts?

Richtig. Wieder nichts! Niemand will, dass das halbwegs dicht über die Sache gewachsene Gras abgefressen wird. Der Familie bleibt einzig und allein die Erkenntnis, dass für die erhoffte Aufklärung dieses an ihnen verübten Verbrechens bereits zu viel Zeit vergangen ist, sowie das damit unlösbar verbundene Schuldgefühl, zu gegebener Zeit nicht genug getan zu haben.

Meinst du wirklich, sie haben nicht richtig aufgepasst? M. blickt jetzt von seiner Mitschrift auf.

Ich denke, das ist schwer zu beurteilen. Die Fakten sprechen für sich: Ihr Kind Rose ist nicht mehr da. Wäre der Mann an seinem Pkw geblieben, statt sich das Tennismatch anzuschauen, oder hätte er dabei zumindest das Kind auf den Arm genommen, hätte man es auch nicht stehlen können.

M. wirft ein, dass man diese Szene getrost als die Wiege des Public Viewing bezeichnen könne. Dreißig Mann um einen Kofferfernseher! Und wer hat's erfunden? – Die Zonis!

Andererseits hat es in der DDR diese absolute Vertrauensseligkeit gegeben, fahre ich ungeachtet dessen, dass M. zu

Scherzen aufgelegt ist, fort. Für Bürger dieses Landes war ein solch monströses Verbrechen schlicht undenkbar. Das Gefühl der Sicherheit, der Geborgenheit im unglaublich lethargischen DDR-Alltag ist riesig gewesen. Das hat eine Freiheit mit sich gebracht, die, von heute aus betrachtet, vollkommen unterschätzt wird. Seinerzeit schloss man die Türen nicht ab, nahm Fahrräder nicht mit rein, ließ die Kinder einfach spielen, wo sie wollten. Hauptsache, sie waren um 19 Uhr wieder zu Hause. Aus heutiger Sicht undenkbar! Insofern muss man mit Schuldzuweisungen dieser Art vorsichtig sein.

Es klingelt. Wir stehen gleichzeitig auf und gehen zur Veranda. Während M. immer sofort die Tür aufreißt und sich breitbeinig in den Eingang stellt, drücke ich mich ans Seitenfenster und schaue zuerst, wer da ist. Die Post.

Waren Sie heute nicht schon mal hier?, fragt M. misstrauisch, als wäre die Postfrau an den Entführungen Putins schuld.

Nein! Die freundliche Botin denkt kurz nach, verdreht die Augen gen Himmel und sagt dann zwitschernd: Vorgestern war ich schon mal da! Hab einen Brief eingeworfen.

M. schaut mich an. Er hat heute zum ersten Mal, seit wir das Landhaus bezogen haben, den Briefkasten geöffnet. Der Brief, den er mir vorhin gegeben hat, lag also schon zwei Tage im Kasten.

Die Postfrau händigt den heutigen Brief aus. M. reicht ihn kommentarlos an mich weiter und verschwindet beleidigt, ganz wie es seine Art ist, wenn es nicht um ihn geht. Ich bedanke mich und schließe die Tür. Durchs Fenster sehe ich ihr nach, wie sie zum Auto geht. Sie wirkt von hinten viel schlanker, fast grazil.

Blatt 29

Wieder ist der Brief von meiner Mutter und scheinbar identisch mit dem ersten. Ich wiege ihn in der Hand, öffne den Umschlag und finde einen weiteren Brief meiner mir unbekannten Großmutter an meine Mutter. Er ist zwei Jahre später datiert, im Winter 1966. Ich überfliege die Zeilen, die etwas weniger sauber und auf einen Notizzettel gedrängt viel hektischer geschrieben scheinen.

*R. a. 9.1.66 Liebe Hanne! Deinen Brief haben wir vorgestern erhalten. Leider brachte er auch wieder einiges, was uns nicht besonders erfreut. Vielleicht erinnerst Du Dich noch, daß ich schon manchmal zu Dir sagte, Du siehst wohl schlecht, weil Du immer fast mit der Nase schreibst. Die Brille wirst Du sicher zum Lesen und Schreiben bekommen. Wichtig ist es ja, daß Du einmal gründlich untersucht wirst. Etwas erleichtert sind wir, daß nun ein Beruf in Aussicht ist. Wünschenswert wäre natürlich, wenn Du an der* K.J.S. *bleiben könntest. Aber das hängt ja noch ganz von Deiner Gesundheit u. Deinem Benehmen ab. Wenn Du das Abitur machen könntest, das wäre natürlich das Allerbeste für Deine Zukunft.* (Absatz) *Bei uns ist inzwischen Winter geworden. Seit gestern schneit es. Margarethe ist heut in Niesky zu den Akrobatik-Kreismeisterschaften. Mal sehen, ob sie was erreichen werden. Ludwig u. Richard sind im Kino, »Lachen ist Trumpf«. So sind wir mit*

*Vati ganz allein. Es ist gleich Zeit Kaffeetrinken* (sic!)*. In der kommenden Woche will ich Federn schleißen.* (Absatz) *An Konarskes nach Zossen muß ich auch noch schreiben. Hattest Du das Kleid, was Onkel Hannes mitgeschickt hat, gesehen? Das hat die Waltraud genommen. Es sieht angezogen sehr hübsch aus u. der Stoff ist auch vollkommen knitterfrei. Gst. haben sich Waltraud u. Werner in Görlitz ein Wohnzimmer gekauft. Schlafzimmer u. Küche haben sie bei »Wehrhahn« in Horka bekommen. Deine Bilder haben wir abgeholt u. schicken sie Dir gleich mit. Einige sind verschwommen. Da hast Du sicher gewackelt. Na, die nächsten Aufnahmen werden schon noch besser werden.* (Absatz) *Am Freitag waren Richard u. Vati beim Zahnarzt. Drei Zähne hat Onkel Waldemar beim Vati u. einen beim Richard gezogen. Richard sagt, es hätte nicht wehgetan. Bevor Du ins Trainingslager fährst, kommst Du doch sicher erst einmal nach Hause. So, nun muss ich aber Schluss machen. Ludwig u. Richard kommen schon nach Hause. Bleib recht gesund u. schreib bald wieder einmal, es grüßen Dich heut recht herzl. Deine lb. Mutti, Vati, nebst Ludwig, Margarethe u. Richard*

Das Glück hat sich von meiner Mutter abgewandt. Krankheit, Zukunftsangst, Geldnot. Der Kontakt zu ihrer Mutter ist unvermindert stark. Aber der Vorwurf überwiegt. Wenn mich nicht alles täuscht, will meine Mutter, dass ich mich melde. Irgendwas muss vorgefallen sein, dass sie ihr jahrelanges Schweigen bricht. Aus dem Brief fällt eine Seite Büttenpapier. Ich falte sie auseinander. Sie ist rechteckig. Beidseitig beschrieben. Aus einem Poesiealbum gerissen. Die Sprüche sind aus den Dreißigern. In Sütterlin. Schreibschrift. Schwer zu entziffern.

*Der treuste Führer in der Not,*
*das ist und bleibt der liebe Gott.*
*Scheint auch das Leben manchmal trübe,*
*da tröstet uns doch Gottes Liebe.*
*Wer Gott und seinen Heiland ehrt,*
*für den wird täglich Brot beschert.*
*Nimm diesen Spruch zum Wanderstab.*
*Er leitet dich bis an dein Grab.*
*Dies schrieb dir zum steten Andenken*
*Deine liebe Mutter*
*Horka, d. 17. Hornung 1936*

Die Mutter der Mutter meiner Mutter. Auf der Rückseite etwas prägnanter die Widmung ihrer Lehrerin:

*In uns allen liegt die Zukunft des deutschen Volkes.*
*(Adolf Hitler)*
*Deine Deutsch-Lehrerin*
*K. Bauer*
*Wehrkirch, im Lenzing den 2.III.37*

Aus Horka war Wehrkirch geworden. Die Gebietsreform machte auch nicht vor den alten Namen halt. Sucht meine Mutter mich mit ihrer Mutter, meiner unbekannten Großmutter, vertraut zu machen? Die hatte meine Mutter verstoßen, weil sie mit mir schwanger war! Ich habe nie erfahren, warum. Meine Großmutter bekam diese Sprüche ins Poesiealbum geschrieben. Mit vierzehn Jahren. Gott und Hitler. Eigentlich sollte ich zu meiner Mutter fahren. Aber ich habe zu arbeiten!

## Blatt 30

Im St.-Joseph-Stift begannen sich die Ärzte und besonders die Stationsschwester Silke um Anne zu sorgen. Der Sonnenschein der Station, zu dem sie ohne Zweifel geworden war, brauchte dringend medizinische Hilfe, um auch in den nächsten Jahren hell scheinen zu können. Ihr Zustand war von Anfang an kritisch. Die Blutwerte schlecht. Eine Rückenmarkstransplantation würde ihr Leben retten und nachhaltig verbessern können. Aber Spender waren rar. Die Therapie teuer. Und die Rechtslage ungeklärt.

Silke hatte sich in den Behördenfluren der Stadt und den Büros der Versicherer die Hacken wund gelaufen. Sie war in ihrer Freizeit und später auch in der Dienstzeit oft im Interesse der kleinen Anne unterwegs, doch es gab noch keine Lösung. Alle wollten helfen (wer will schon hinterher an den Pranger?), aber niemand wusste, wie (die Gesetze waren einfach noch nicht so weit). Die Möglichkeit, Anne medizinisch zu helfen, bestand zweifellos. Es brauchte ein paar Unterschriften, und es brauchte Geld.

Da das Stift sich nicht in staatlicher, sondern freier Trägerschaft befand, ging die Stationsschwester schließlich zur Klinikleitung. Als hätte Prof. Dr. Kehlmann auf nichts anderes gewartet, versprach er, bei Auftauchen eines geeigneten Spenders die Operation mit voller Kostenübernahme durchzuführen. Die Stationsschwester konnte ihr Glück kaum fassen. Sie bewunderte den Chef. Der hob die Augenbrauen und las ihr betont ironisch einen Spruch vor, der seit neunzig Jahren über der Tür des Chefarztzimmers in reich verzierten Schnörkeln geschrieben stand: *An meinem Leben und meinen Schicksalen liegt nichts, an den Wirkungen meines Lebens liegt unendlich viel.*

Stationsschwester Silke wurde dann sehr konkret. Ein Spender für Anne sei bereits gefunden. Er stehe vor ihm. Die Zeit für den Eingriff dränge. Die Zahl der weißen Blutkörperchen sei in die Höhe geschnellt. Der Arzt hob drohend den Finger und verschwieg, was er über die Intrige seines besten Pferds im Stall dachte. Er bat sie knapp, alle Voruntersuchungen voranzutreiben und einen OP-Termin zu finden.

Darüber hinaus bat er seine hartnäckige Medea, wie er sie nannte, einen Aufruf vorzubereiten, in dem das Stift sich an die Öffentlichkeit wenden und um Spenden bitten solle. Er flehte zum Himmel, dass es in diesem satten Land außer ihnen beiden noch andere Menschen mit Herz und vor allem dem nötigen Kleingeld gab. Gleichzeitig verlangte er eine detaillierte Auflistung aller Behörden und Versicherungen, die sie vergeblich abgeklappert hatte, und wünschte sich eine sinngemäße Wiedergabe der Ablehnungsgründe. Die wolle er sich greifen!

A-gla-ja!, schallte es über den Flur der Klinik. Aglaja, wie Sveta in der Klinik genannt wurde. Sie trat auf Zehenspitzen zur Tür. Der junge Arzt besuchte sie unangemeldet, da er keine telefonische Verbindung mit der Station bekommen hatte. Sveta erkannte ihn schon an der Stimme. Sie öffnete leise und huschte aus dem Zimmer. Er winkte von Weitem, aber sie legte den Finger auf den Mund. Die Station war überfüllt mit Frauen, die wie sie vor kurzer Zeit entbunden hatten. Die frischgebackenen Mütter waren froh, wenn die Hosenscheißer schliefen. Der Lärm, den die Babys verursachten, konnte ohrenbetäubend sein. Zumal wenn sie sich gegenseitig zu überbieten versuchten.

Sveta rannte dem jungen Arzt, ihrem Erlöser, wie sie ihn seit geraumer Zeit insgeheim nannte, freudig entgegen und umarmte ihn.

Ein Mädchen, flüsterte sie.

Der Arzt befreite sich behutsam aus ihrer Umklammerung und strahlte sie an.

Alles gesund?

Sveta nickte stolz.

Alles ist gutgegangen. Die Geburt lief wie am Schnürchen. Die Kleine trinkt und schläft ganz herrlich. Und sie wieg reichlich acht Pfund.

Alle Achtung, staunte der Arzt.

Ja, meinte Sveta, aber sie ist ja auch vierundfünfzig Zentimeter groß.

Der Mann hielt Sveta an den Schultern, streckte die Arme aus und trat einen Schritt zurück. Er betrachtete sie belustigt von oben bis unten.

Und das hat alles in so eine kleine Verpackung gepasst?

Sveta lachte.

Ja!

Er richtet ihr Grüße von Raisa aus. Alle Waisenhauskinder würden sich schon auf die neue Mitbewohnerin freuen. Foma und Juri wollten wissen, was sie Sveta zu ihrer Rückkehr kochen könnten: Kartoffeln mit Quark? Bratkartoffeln? Kartoffelsuppe? Kartoffelreibekuchen? Fürs Erste hätten sie ihr Kartoffelbrei mitgegeben, in der Hoffnung, dass es auch ihr Baby essen könne.

Sveta weinte schon wieder. Sie habe das alles ihm zu verdanken. Ihm und sonst niemandem. Hätte er sie nicht ins Haus gelassen ...!

Der junge Arzt wurde rot. Er stammelte, es sei seine Pflicht gewesen, zu helfen, und er wolle nicht mehr davon sprechen. Ob er sie sehen könne, die Kleine, bat er.

(Blatt 30 wird von Skizzen abgeschlossen, die versuchen, Dürers *Studie zu den Händen eines Apostels*, bekannt auch als *Betende Hände*, zu kopieren. – Anm. d. Hrsg.)

## Blatt 31

Sveta führte ihn behutsam ans Kinderbettchen und zog die Decke leicht zurück. Da lag sie nun, geknautscht und zufrieden.

Sie heißt Raisa. Die *kleine* Raisa!

So wollte Sveta sie unbedingt nennen, und der junge Arzt äußerte die Vermutung, dass die große Raisa sich sicher freuen werde. Vielleicht würde sie es nur nicht so zeigen.

Sie besprachen die Formalitäten der Rückkehr. Sveta hatte gehofft, sie könnte schon heute mit nach Hause fahren, aber diese Hoffnung zerschlug sich nach dem Gespräch mit der Stationsschwester. Die richtete ihr aus, dass noch ein paar Untersuchungen erforderlich waren. Danach würde sie die beiden ziehen lassen, denn Raisa entwickle sich prächtig, und Sveta habe Milch. Mehr könne man nicht verlangen. Einen Vater vielleicht, aber den habe jedes Erdenwürmchen ohnehin gratis. Die Schwester schaute zum Himmel, bekreuzigte sich und verschwand in ihrer Arbeit. Die Menschen hier seien alle wahnsinnig fromm, aber sehr lieb, erklärte Sveta.

Der junge Arzt sagte ihr nun etwas, das Sveta nicht verstand. Er begann damit, dass er für eine ganze Weile nicht ins Waisenhaus kommen könne. Er habe es noch niemandem gesagt, selbst Raisa (die Ältere) sei nicht eingeweiht. Es hänge damit zusammen, dass er sich im Internet für eine Sache starkgemacht habe, die nun auf ihn zurückfalle. Er müsse dafür geradestehen und dies erfordere, dass er sich den Behörden stelle.

Sveta bekam Angst.

Was hast du denn gemacht?

Ich hab mich für meine Rechte starkgemacht. Vielleicht ist es dir bis jetzt noch nicht aufgefallen, aber … Er zögert und prüfte ihren Blick.

Was denn? Sveta hatte nun wirklich Furcht, sie könnte etwas Wichtiges übersehen haben. Der junge Arzt beugte sich zu ihr.

Ich war nicht immer ein Mann, sagte er. Hast du nichts bemerkt? Gar nichts? Erst seit zwei Jahren bin ich … es.

Nein, das hatte Sveta nicht bemerkt. Es war ihr so wenig aufgefallen, dass sie es auch jetzt nicht begreifen konnte.

Wie denn das – kein Mann?

Ehrlich klang ihre Stimme, und ehrlich antwortete er ihr:

Ich habe als Mann im Körper einer Frau gelebt. Und seit zwei Jahren … ist der Umbau … ist die Richtigstellung … fertig.

Schnell erklärte er ihr, wie wenig nötig war, aber wie viel Geduld er dafür hatte aufbringen müssen. Es ist vieles möglich, auch in unserem Land. Nur dass es eben keiner wissen darf, schloss der junge Arzt im Flüsterton.

Verstehst du, Sveta? Es hat jemand erfahren und deshalb muss ich mich stellen, um mich besser erklären zu können.

Das ist gefährlich, oder? Sveta forschte in seinen Augen.

Ja. Aber, beim Himmel!, ich bin weder pervers noch krank. Ich bin Arzt und versuche, den Menschen zu helfen.

Sveta blieb stumm und dachte nach. Noch ehe sie fragen konnte, warum er nicht einfach weiterarbeitete und sich um die Kinder kümmerte, fuhr er fort und zeigte ihr seine behaarten Unterarme.

Die Härchen sind einfach gewachsen!

Sveta berührte sie leicht.

Dass es dir nicht aufgefallen ist!, sagte er noch immer erstaunt. Das gibt mir Sicherheit.

Nein, sagte Sveta gefasst. Das ist mir nie in den Sinn gekommen.

Der Arzt nahm sie in die Arme und bedankte sich. Als er sie zum ersten Mal getroffen hatte, damals mit den Kindern auf der Treppe, habe er testen wollen, ob sie es bemerke oder nicht. Heute sei ihm das fast ein bisschen peinlich, denn er hätte sie früher einweihen können und auch sollen. Aber es habe ihn so unendlich glücklich gemacht, normal zu leben, als Mann akzeptiert zu sein. Dafür danke er ihr nochmals.

Sveta verstand gar nichts.

Das ist auch nicht mehr wichtig, sagte er. Wichtig ist, dass du sicher im Waisenhaus ankommst.

Aber was sollte denn passieren?, wunderte sich Sveta.

Frag nicht!, bat er.

Sobald die Behandlung in der Klinik abgeschlossen sei, solle sie sich umgehend mit Raisa d. Ä. in Verbindung setzen. Die würde alles Weitere in die Wege leiten. Er schrieb ihr eine Handynummer auf und riet ihr, diese auswendig zu lernen und den Zettel danach zu vernichten. Dann verabschiedete er sich mit einem Kuss auf ihre Stirn.

Und jetzt muss ich los.

Und er ging, und sie blieb zurück, und es war so dunkel um sie, dass sie ihr Kind gar nicht schreien hörte.

Sveta sah ihn nie wieder.

## Blatt 32

Kommissar Alvart schaute auf das Foto eines Kinderschlüpfers mit kleinen rosa Schleifenapplikationen an der Seite. Weiß mit ebenso rosa Pferdchen, die sich aufbäumten. Fester Stoff. Relativ neu. Das Höschen hatte Anne über dem Body getragen, als man sie gefunden hatte. Die Windel darunter gestrichen voll. Der Kinderschlüpfer war das einzige Kleidungsstück, das sie einer Vertriebskette zuordnen konnten. Beauftragt in Norwegen, hergestellt in China, umverteilt in Kalkutta, als En-gros-Lieferung nach Minsk geschickt und von dort in drei kleinen Tranchen aufs Land verteilt. Alvart überlegte, ob es einen Sinn hatte, jetzt schon um Amtshilfe zu bitten. Er entschied sich dagegen. Die Weißrussen gaben eh nur zu, was man ihnen lückenlos nachweisen konnte.

Das Höschen erzeugte in Alvart ein Gefühl von Scham. Seit seinen ersten Tagen auf der Polizeischule und dem spektakulären Fallbeispiel eines Kinderschänderrings sah er Kinderunterwäsche immer mit gemischten Gefühlen. Als Spurenträger in einer Indizienkette. Selbst seine eigenen Kinder hatte er maximal ein bis zwei Mal im Monat (wenn nicht weniger) eigenhändig angezogen. In der allergrößten Not und nur, wenn absolut niemand da war, dem er diese Aufgabe überlassen konnte. Seine Kinder hatten längst schon selber Kinder.

Der Kommissar ging widerwillig zur Toilette. Ihn juckte

der Hintern, und er musste sich dringend darum kümmern. Die Kollegen schauten schon, wie er sich ständig kratzte. Fehlte nur noch, dass sie ihm zuriefen, Wasch dich doch mal. Es war fast nicht zum Aushalten. Er merkte, dass die Sache langwieriger werden würde. Auf dem Klo tat es so weh, dass ihm das Blut in die Augen trat. Er atmete tief durch, als er es geschafft hatte. Als Letztes schmierte er mit Penaten nach, wobei er sich nicht sicher war, ob es sich dabei nicht gerade um die Ursache für seine unangenehme Situation handelte. Wenn es kribbelt, heilt es!, erinnerte er sich an die tröstenden Worte seiner Mutter. Na hoffentlich, dachte er. Er wusch sich gründlich die Hände und ging zurück in sein Büro.

Auf dem Weg fing ihn sein Assistent ab. Der strahlte.

Schau mal!, bat er Alvart. Schau mal, wir haben hier etwas Interessantes.

Er zeigte ihm die Passagierliste des Fluges BA 2436, der am Abend des Tages, an dem man Anne gefunden hatte, über München nach Minsk geflogen war. Der Flieger der Belarus Air war nicht voll gewesen, und es gab insgesamt siebzehn Personen, die nach Weißrussland weitergeflogen waren. Darunter eine Gruppe von sieben Kindern mit ihren Betreuern. Alvart suchte auf der Liste.

Wo ist das Alter der Kinder verzeichnet?, erkundigte er sich.

Der Assistent blätterte.

Hier. Zwischen zwei und sieben Jahre alt waren die.

Und was wollten die bei uns?

Der Direktor der Pölzig-Grundschule begrüßte den Kommissar auf dem Pausenhof, wo er vom Treppenabsatz aus über die Schüler wachte. Er äußerte die Hoffnung, dass es den Gast nicht störte, wenn sie ihr Gespräch im Freien beginnen würden, da er auf die Schnelle keine Aufsichtsvertretung habe finden können.

Alvart war einverstanden und erklärte, dass er sich für die Aktivitäten der Grundschule in Bezug auf Weißrussland interessiere. Er habe gehört, dass sie sich über einen Förderverein engagiere, und wolle wissen, welcher Art dieses Engagement sei.

Der Pädagoge setzte mit seiner Erläuterung in der Zeit vor der Wende an. Es habe den Wunsch gegeben, sich für die vielen stummen Opfer Tschernobyls starkzumachen. Aber damals sei es nicht leicht gewesen, sich in dieser Hinsicht zu betätigen, da die offizielle Doktrin lautete, dass nicht viel passiert war. Erst nach der Wende und mit Bekanntwerden des ganzen Ausmaßes der Tragödie habe sich der Verein gegründet, maßgeblich auf Initiative zweier Schüler. Es kam zu Kontaktaufnahmen und wechselnden Aktionen, bis man die Adresse eines Waisenhauses ausfindig gemacht hatte, in dem man direkte Hilfe leisten konnte.

Der Herr Kommissar kennt ja sicherlich das Problem: Die Weißrussen haben einfach keinen guten Ruf. Diktatur, Demokratiedefizite, Lukaschenko und so weiter und so fort. Aber sie sind ausgesprochen deutschlandfreundlich und sprechen unsere Sprache häufig ganz ausgezeichnet. Gerade die Menschen aus den neuen Bundesländern können ja ein Lied singen vom Ruf, den ein Volk hat, und der Realität, die sich tatsächlich dahinter verbirgt.

Der Schulleiter pfiff schneidend und dirigierte zwei Jungs auf den Schulhof zurück, die sich seiner Meinung nach zu nah an den Lehrerparkplatz gewagt hatten. Die beiden gehorchten postwendend, nicht ohne ein Grinsen.

Alvart musste wohl etwas zu ungeduldig auf der Stelle getreten sein, denn der Direktor kürzte seine Rede nun ab.

Wie dem auch immer sei, fuhr er fort. Seit zwanzig Jahren entwickelt es sich nun dahingehend, dass die Schule jedes Jahr vor Weihnachten eine große Paketaktion macht, um den Kindern in Weißrussland eine Freude zu bereiten. Alle Kinder, die teilnehmen wollen, können einen Schuhkarton mit Geschenken füllen. Die Aktion wird von den Eltern getragen, und die Kinder bekommen so einen ersten Eindruck, dass es nicht nur eine Sonnenseite im Leben gibt.

Der Schulleiter wirkte absolut überzeugend, als er Alvart diese seine Absicht beschrieb: Ich nutze die Gelegenheit, um den Schülern klarzumachen, dass es bei Weitem nicht allen Kindern dieser Erde vergönnt ist, in die Schule zu gehen. Na ja, manch einer begreift es, manch einer eben nicht. Und um den Schülern das ganze Elend in Weißrussland, aber auch die Kraft, die daraus entstehen kann, vor Augen zu führen, hat die Schulleitung darüber hinaus beschlossen, jährlich einmal eine Gruppe Kinder aus Weißrussland einzuladen, um ihnen Schule und Stadt zu zeigen. Ich kann nur sagen, dass das eine tolle Sache ist.

Der Direktor schwieg. Aber nur kurz.

Und ich kann Ihnen versichern, fuhr er leicht erschöpft fort, das alles kostet mich mehr Anstrengung mit den Behörden – hüben wie drüben –, als die Vorbereitung der Abschlussprüfungen. Der letzte Besuch ist nun acht Wochen her. Eine Gruppe von sieben Kindern mit Begleitung. Vorschulalter zumeist. Unsere Schüler haben sich rührend gekümmert.

Es klingelte. Während die Mädchen und Jungen lärmend an den Männern vorbeitrieben, folgte der Kommissar dem Schulleiter in die Aula. Sie erreichten eine Wandzeitung, die von den Schülern der Klasse 3/4 g angefertigt worden war und den Besuch der weißrussischen Gäste dokumentierte. Alvart sah die üblichen, schlecht fotografierten, aber liebevoll zusammengestellten Kinderaktivitäten. Spielplatz. Eisessen. Basteltische. Die kleinen Besucher machten einen gepflegten, russischen Eindruck. Eine Frau stach heraus. Sie sah streng aus, aber nicht unnahbar.

Das ist die Leiterin der weißrussischen Delegation, erfuhr er.

Alvart musste lachen. *Delegation* klingt wie früher.

Der Schulleiter lachte nun auch.

Ja, ich kann auch nicht aus meiner Haut, sagte er offenherzig.

Lermentowa heiße die Dame, und er könne dem Herrn Kommissar eine Adresse geben. Aber er warne gleich im Voraus: Nach Weißrussland gehe es nur über die Botschaft in Berlin. Er könne helfen und sich um eine Einladung bemühen.

Der Kommissar bedankte sich, nahm die Adresse in Weißrussland entgegen und verabschiedete sich. Dabei fragte ihn der Schulleiter, worum es bei den Nachforschungen eigentlich gehe. Alvart hüllte sich in Schweigen. Er bat den Schulleiter, ihm die Details ersparen zu dürfen.

## Blatt 33

Innen. / Morgen. *Friebe und kein Ende.* Zitternd überfliegt Dagmar die Schlagzeile der Titelseite. Die Opposition im Landtag vermutet den liberalen Jungpolitiker Dr. Friebe mittlerweile schon in Menschenhändlerkriminalität verwickelt. Dagmar weiß, dass das nicht stimmt. Diese Behauptung ist genauso falsch wie Holgers Doktortitel. Aber sie weiß auch, dass eine solche Verleumdung das Ende für Holgers Karrierepläne bedeuten kann. Alles kommt jetzt darauf an, wie er sich verhält.

Holger war in den letzten Wochen eigentlich nur noch zum Wäschewechseln zu Hause. Die meiste Zeit hat er im Büro oder auf Reisen verbracht. Der Landesparteitag hatte ihn nicht, wie erhofft, in den erweiterten Vorstand gewählt. Seine Person sei derzeit zu beschädigt, er solle sich in Geduld üben. Die Partei stünde zu ihm, aber ihr seien momentan die Hände gebunden.

Es nervt mich einfach tierisch, dass Marie noch immer verschwunden ist. Verärgert hat Holger das soeben am Telefon versichert.

Angeekelt hat Dagmar daraufhin aufgelegt. Sie geht aber doch wieder dran, als es klingelt.

Dagmar! Entschuldige, ich hab's doch nicht so gemeint!

Wie hast du's denn gemeint?

Am liebsten wär's mir, Marie kommt zurück und alles ist

wieder gut. Aber, fährt er schon wieder lamentierend fort, das Glück hat sich einfach von mir abgewandt.

Dein Glück, Holger, erklärt Dagmar sachlich, interessiert mich weit, weit weniger als das Schicksal Maries.

Obwohl sie eine Pause macht, sagt er nichts. Das gibt ihr Mut.

Mir ist in den letzten Wochen klar geworden, *alles* dreht sich immer nur um *dich*! Und dabei gar nicht um den Holger Friebe, der du in der Wirklichkeit bist, sondern viel mehr um einen Holger Friebe, der du dir wünschst zu sein.

Versteh ich nicht, gibt Holger zu. Aber Dagmar hat keine Lust, es ihm noch einmal zu erläutern. Es scheint ihr sinnlos.

Du bist einfach unehrlich, gibt sie ihm mit auf den Weg zurück in sein Landesparteitagshotel und legt auf.

Innen. / Nachmittag. Menschenhändlerkriminalität. Das ist doch das Letzte, das man Holger unterstellen kann, denkt Dagmar. Sie ist mit ihrem Schwiegervater verabredet, da er sich um Holger sorge, wie er es in seiner E-Mail ausdrückt. Er habe gemerkt, dass die Beziehung zwischen den beiden auf eine harte Probe gestellt sei. Dagmar hat in das Treffen eingewilligt. Im ehemaligen Café Kästner, das den Betreiber gewechselt, die gute Kaffeemaschine aber übernommen hat, wartet sie nun.

Als der Schwiegervater kommt, blitzt er kumpelhaft mit den Augen, reicht ihr übertrieben die Hand und bestellt sich Kaffee. Sofort versucht er ihr die Angst zu nehmen, dass an den neuerlichen Anschuldigungen etwas dran sei.

Das ist doch alles vollkommen aus der Luft gegriffen, Dagmar. Die verdammten Sozis wittern eine Chance, ihren verlorenen Posten wieder aufzubauen. Niederträchtig und feige ist das, aber das sind wir ja gewohnt. Holger muss da durch, denn nur wer solche Kampagnen übersteht, hat in Zukunft in diesem Land auch was zu sagen.

Der Kaffee kommt. Er nippt daran, leckt sich den Milchschaum von der Oberlippe und schaut sie traurig an.

Hach, Dagmar. Du tust mir leid. Holger hat zu tun. Ich habe zu tun. Und Du bist mit der ganzen Sache allein. Ich wollt, es wäre anders.

Erspar mir dein Mitleid. Das hilft mir auch nicht weiter! Sie klappt ihre große Sonnenbrille zusammen, die ihr, wie sie meint, einen Hauch von *Frühstück bei Tiffany* verleiht. Ich will wissen, was an den Vermutungen der Polizei in Bezug auf deine Firma dran ist. Gibt's da was, das du mir vorenthältst?

Der stets so eloquente Professor Friebe lehnt sich im Sessel zurück und schaut an die Decke. Er überlegt, wie er beginnen soll. Dann legt er los: Immer habe er alles, was anzupacken war, mit dem gesunden Verstand eines halbwegs gebildeten Menschen und dem festen Vertrauen in eine bessere Zukunft getan. Seine Zukunft sei seine Familie. Seine Familie seine Zukunft. Ausschließlich. Da sich seine Frau leider entschieden habe, der Welt den Rücken zu kehren, sei seine Familie auf Holgers Familie reduziert. Und er wolle alles geben, damit es dieser Familie gut geht. Holger. Dagmar. Jonas. Und ... Marie. Sie fehle ihm sehr, und es mache ihn wahnsinnig, nicht zu wissen, wo sie jetzt ist. Der Schwiegervater rückt etwas näher. Er habe Anrufe seiner Partner bekommen, die sich große Sorgen machten, vor allem natürlich um die Firma, aber eben auch um ihn ganz persönlich. Sie hätten ihm Hilfe angeboten, und er habe sie gebeten, alles in ihrer Macht Stehende zu tun, um herauszufinden, ob an einer Entführung nach Osteuropa etwas dran ist. Es stehe nebenbei bemerkt ja auch eine Menge Geld auf dem Spiel. Aber das sei ihm egal. Ihn bekümmere das Schicksal von Marie. Anyway! Es gebe da eine Sache, die dürften sie nicht vergessen: Erfolg ziehe Neider an. Und sein zweiter Name sei nun mal *Erfolg*. Und Holger sei drauf und dran gewesen, ihn darin noch zu überholen. So lange man erfolgreich agiere, habe man Freunde ohne Zahl. Passiere aber ein Unglück, etwas, das einen heimsuche wie die Spanische Grippe, stehe man schlagartig allein da. Plötzlich habe man keine Freunde mehr und morgen nur noch Feinde.

Dagmar weiß nicht genau, worauf ihr Schwiegervater aus ist. Sie hat ihn selten so mitteilsam erlebt, aber sie kann sich nicht vorstellen, dass dies aus purer Nächstenliebe geschieht.

Es gebe da einzig und allein folgendes Problem: Er, Professor Friebe, sei ein erfolgreicher Unternehmer, und sein Sohn, Doktor Holger Friebe, ein eloquenter Politiker, was allein noch nicht schlimm wäre. Das Problematische daran sei, dass sie gemeinsam Projekte für diese ihre schöne Stadt angeschoben hätten und – er gebe es zu – vielleicht den einen oder anderen Vorteil daraus zögen, dass sie sich so gut verstehen. Auch wenn sie dabei immer der gute Menschenverstand leitete, rücke man diese Aktivitäten nun in ein anderes Licht, das ihnen aus dem neuen Blickwinkel weniger gut zu Gesicht stehe. Da Dagmar ihn fragend anschaut, erläutert er munter weiter. Man werde Ausschüsse einberufen und Korruptionsvorwürfe heraufbeschwören. Buchhalter würden im Duett mit Juristen Strippen ziehen, die sie, *die Friebes*, vielleicht – und wer könne das schon voraussagen – zu Fall brächten.

Aber, erklärt er feierlich und legt dabei eine Hand auf sein Herz, nichts, aber auch gar nichts davon hängt mit Maries Verschwinden zusammen. Ganz im Gegenteil. Doch dieser

Vorfall kann den klaren Blick verschleiern und uns nur umso tiefer in den Sumpf aus Halbwahrheiten, Vermutungen und Schuldzuweisungen hineintreiben.

Zufrieden mit seiner Ansprache, holt Professor Friebe erst mal Luft. Wenn wir dem vorbeugen wollen und klug sind, orakelt er beschwörend zum Abschluss, scheißen wir auf die Vorwürfe und konzentrieren uns auf die Fakten. Wir müssen stark wirken und ausgeschlafen sein, um messerscharf reagieren zu können. Und genau dafür braucht Holger dich. Dagmar! Er ist allein einfach zu schwach. Und du bist es auch.

## Blatt 34

(Ebenda.) Dagmar ist nach seinen letzten Worten aufgestanden. Sie bedankt sich für die Offenheit, sagt aber, sie habe den Eindruck, sein samariterhaftes Benehmen lasse sich auf eine Schuld zurückführen, die ehrlich einzugestehen er nicht bereit ist. Beharrlich suche er von irgendetwas abzulenken.

Und so lange du das tust, werde ich dir nicht mehr zuhören. Dasselbe gilt für Holger! Und dabei denke ich vor allem an Jonas, den ich schützen muss.

Ihr Schwiegervater ist nun ebenfalls aufgestanden.

Dagmar! Ich habe alle Karten auf den Tisch gelegt. Aber es gibt Dinge, die sich meiner und auch deiner Vorstellungskraft entziehen. Du darfst nicht so dumm sein und alles hinschmeißen.

Sie zögert.

Du sprichst in Rätseln.

Sie schaut auf die Uhr und denkt nach.

Nenn mir ein einziges Argument, das die Anschuldigungen gegen Holger entkräftet!, sagt sie dann, schon etwas zu laut.

Ihr Schwiegervater drückt sie behutsam auf ihren Platz zurück.

Ich weiß es und sage es dir auch ganz offen: Mein Sohn ist ein politischer Heckenschütze und charakterlicher Butterkrebs. Das ja! Aber, und das müsstest du doch eigentlich am besten wissen, er würde niemals das Leben seiner Tochter aufs Spiel setzen. Das Verbrechen kommt aus einer anderen Richtung, da bin ich mir tausendprozentig sicher.

Dagmar sackt auf dem Stuhl zusammen. Nichts ist mehr sicher. Sie denkt an Marie. Sie weiß nicht, was sie glauben soll. Nicht mal weinen kann sie mehr.

Erschrocken fährt sie zusammen, als ein Blitzlicht ihren Sehnerv trifft. Hinter ihrem Schwiegervater ist ein Fotograf aufgetaucht, der sein Objektiv auf sie hält. Es blitzt in einem fort. Ein Kellner versucht ihn hinauszudrängen. Es gelingt ihm nicht, bis Professor Friebe mit einem Kaffeekännchen in der Hand auf den dreisten Reporter losgeht. Das Kännchen trifft in voller Bewegung auf die Kamera. Porzellansplitter prasseln auf das Gesicht hinter dem Sucher. Der Fotograf schreit auf und hält sich jammernd die Hände vor die Augen.

Während Dagmar von ihrem Schwiegervater am Ellbogen aus dem Café gezogen wird, flucht er auf eine Art, die ihr Angst macht. Er führt sie zu seinem Phaeton, schiebt sie auf den Beifahrersitz und bringt sie zu Jonas' Kita.

Als wir an diesem Abend den Computer zuklappen, sagt M., der bereits mit Weißwein angefangen hat, dass ihm die Zusammenarbeit mit mir liegt. Er habe manchmal den Eindruck, ich müsse die erste Schreibmaschine schon lange vor meiner Geburt bekommen haben. Ich schiebe sein Lob auf die Stimmung, die der erste Alkohol bei ihm in der Regel auslöst. Euphorie, gewürzt mit leichter Melancholie, gepaart mit Vorfreude auf einen Oscar und Lob für andere. Etwas halbherzig gebe ich zu, dass es mir genauso geht.

Ich lerne viel, stammle ich, mehr als in der Schule.

Bis jetzt, fährt er fort, hat es noch niemanden gegeben, mit dem ich über einen längeren Zeitraum eine Geschichte entwickeln konnte.

Warten wir's ab, sage ich.

M. nickt zufrieden und geht in den Salon, um sich auf die Couch zu hauen. Dabei räsoniert er weiter und setzt voraus, dass ich ihm folge, um keins seiner Worte zu verpassen.

Ich lese leidenschaftlich gern, gesteht er, aber Autoren sind mir normalerweise ein Graus.

Ich lache und pflichte ihm bei.

Mir geht es so mit Musikern. Ich höre gern Musik, aber Musiker – unerträglich!

Ja genau, sagt er und lacht ebenfalls. Ich schau gern Filme, aber Schauspieler – entsetzliches Pack!

Ich setze mich auf den Bibliotheksstuhl.

Fleischer sind das Letzte, sage ich. Aber Schnitzel – lecker!

M. funkelt mich irritiert an.

Hast du etwa Hunger?, befürchtet er.

Nein, sage ich.

Dann verstehe ich das jetzt nicht, aber sei's drum! Ich habe über das nutzlose Verbrechen nachgedacht und bin zu dem Schluss gekommen, dass es das in doppelter Hinsicht *nicht* gibt. Verbrechen nutzen *immer* jemandem. Ein Verbrecher begeht ein Verbrechen nie aus Daffke. Und wenn wir noch nicht wissen, welchen Nutzen er daraus zieht, dann nur, weil wir den Nutzen noch nicht erkennen. Das ist das eine. Das andere: Ein Verbrechen ist *per se* nützlich. Für die Gesellschaft. Denn es schafft Arbeitsplätze. Juristen. Richter. Drehbuchautoren. Alle profitieren davon in hohem Maß.

Ja, ja, sage ich. Marx lässt schön grüßen. Trotzdem bin ich nicht der Meinung, dass es das nutzlose Verbrechen nicht gibt. Man muss die Frage aus der Richtung des Nutzens stellen.

M. verdreht die Augen.

Da will ich dir einmal entgegenkommen, und was ist der Dank? – Verquaste Widerworte!

Ich gehe in die Küche, nehme den Revolver aus der Schüssel auf der Kommode und kehre in den Salon zurück. Ich ziele auf seinen massigen Körper und schieße dicht über ihm in den Pfosten der Couch. Der Schuss ist lauter, als ich dachte. M. wird leichenblass. Es sieht so aus, als schiffe er ein. Ich gehe zu ihm, lege die Waffe vor ihn auf den Couchtisch und erkläre, wenn ich ihn jetzt erschießen würde, gäbe es keinerlei Nutzen. Weder für ihn noch für mich.

Er ringt um Fassung und will doch so cool wie möglich bleiben. Unter großer Anstrengung tut er so, als sei er fast gar nicht beeindruckt.

Mach das noch einmal, und ich zeig dich an!, presst er hervor.

Ach ja? Das würde dir aber nichts nutzen, sage ich. Das Böse entspringt einer anderen Quelle und entzieht sich permanent unserer Kosten-Nutzen-Rechnung. Das Böse kann einfach böse sein. Teuflisch. Infernalisch. In der Welt. Nur in unseren Kategorien von Moral und Geld entsteht Schuld. Sobald du nur einen Schritt nach nebenan tust, dich quasi aus den moralischen Verhältnissen unserer Welt entfernst, kannst du machen, was du willst, ohne den geringsten Skrupel. Nur weil wir die Regeln einer zivilen Gesellschaft haben, heißt das noch lange nicht, dass die Neigungen zum Bösen ausgeschlossen sind. Ich schaue ihm tiefer in die Augen als je zuvor. Ich sehe mich als Reflexion. Mag sein, dass wir hinterher gewissensgeplagt nicht mit einer Tat leben können. Ja! Mag sein, dass wir reuig büßen wollen. Geschenkt! Mag sein, dass wir am Ende weinen, wenn wir geschnappt werden. Das mag alles sein. Aber dennoch existiert die Nutzlosigkeit. Wenn wir dem Bösen begegnen.

Jetzt trinken wir aber erst mal einen Schnaps, mein lieber Johann!, höre ich. Und die Pistole verbannen wir aus der Küche.

Ich sitze auf dem gedrechselten Bibliotheksstuhl und weiß nicht mehr, wie ich ins Sitzen gekommen bin. M. versucht heiter zu wirken. Aber er redet zu mir wie zu einem Rentner, der sich die Hosenbeine abgeschnitten hat, um ins Bett zu gehen.

Wir sollten mal einen Tag Pause machen. Was meinst du, Johann?

Ich stimme zu.

Morgen machen wir mal gar nichts. Okay?

Ja. Gute Idee.

Oder, wir machen morgen *fast* gar nichts, schränkt er ein. Wir fahren ein bisschen Streife, was, Johann? Immer zehn km/h unter zugelassener Höchstgeschwindigkeit. Schön die Alleen entlang. Rumgucken. Leute anquatschen. Essen gehen.

Klingt verlockend, höre ich mich sagen, klingt verlockend.

Bumm, bumm, bumm, die Russen kumm', schon wieder einer tot, vom Pumpernickelbrot. – Die alte Frau im violetten Schürzenkittel und mit der braunen Brille auf der verschwitzten Nase schirgelt einen Aluminiumtopf auf den Herd. Begegnet bin ich ihr nie, das weiß ich. Aber an niemanden habe ich mich häufiger erinnert als an sie, die Tante Oma. Sie ist die Widergängerin all meiner Träume, seit ich auf der Welt bin, denke ich, als ein Schweißtropfen von ihrer Stirn im Rotkraut landet. Nichts habe ich öfter geträumt als Schweiß im Rotkraut und dieses Lied der Tante Oma. Es zu träumen, ist ein sorglos machendes Glück, ein Gefühl von Angst, die sich vertreiben lässt – im Traum.

Was meinst du, Johann, wissen Eintagsfliegen, dass sie nur einen Tag zu leben haben? Und wenn ja, wie gehen sie mit ihrer Lebenszeit um? Machen sie Party? Grämen sie sich? Leben sie bewusst?

M. steht mit beiden Armen auf den Tisch gestützt da und schaut mir über meinen Laptop genau in die Augen. Er versucht, meine Träumerei zu unterbinden, scheint aber nicht sauer zu sein. Sieht er sich in meinen Brillengläsern? Hat er Angst vor meinen Träumen?

Ich könnte mir denken, antworte ich, dass es nicht leicht ist, zu wissen, dass man nur einen Tag zu leben hat. Andererseits ist der Tag das ganze Leben, und vielleicht langweilen sie sich sogar? Am ehesten aber glaube ich, dass Eintagsfliegen Genießer sind, die das kurze Leben nehmen, wie es eben ist, und in vollen Zügen ausfliegen. Eventuell macht sich bei ihnen so eine Art Strohfeuermentalität breit. Das Leben flackert auf. Die Zeit rauscht vorbei. Sie leuchten in die Dunkelheit hinein und glauben am Ende, kurz bevor sie vom Himmel fallen: kein Tag schöner als dieser!

M. schaut mich irgendwie traurig an. Es scheint, als wolle er mir alles glauben.

Später in der Nacht höre ich, wie er sich vorm Zubettgehen in seinem Zimmer einschließt. Hat wohl Schiss bekommen, der Saufaus. Ich trinke den Weißwein zu Ende. Sterben, denke ich. Schlafen! Vielleicht auch träumen! Ja, da liegt's, denke ich. Was in dem Schlaf herauskommt, ist im glücklichsten Fall eine gereifte Form des Realen. Eine, die nicht mehr so tut, als sei die Phantasie etwas, das sich dem, was der wirkliche Fall ist, unterscheidbar gegenüberstellt. Pah! Es ist nicht ein Teil, sondern es ist das Leben!

M. schläft. Er träumt. Er wird sich wundern. Das wäre schön. Ein staunender Mensch mehr. Als sein Schnarchen leidenschaftslos durchs Haus dringt, stelle ich mich noch mal in den Salon. Neben dem Kamin hängt ein historisches Plakat über den Fuchs und seine Verbreitung in Europa. Ich meine es jetzt zum ersten Mal zu sehen, obwohl es die ganze Zeit an der Wand gehangen haben muss. Im Pfosten der Couch steckt tatsächlich eine Patrone. Ich hatte gehofft, dem würde nicht so sein. Ich hatte es wirklich gehofft! Sie sitzt so fest, dass ich ein Messer brauche, um sie zu entfernen. Schwer liegt sie in meiner Hand. Wie eine Schraube, ein Geldstück, ein Grundblei.

## Blatt 35

Der Winter kam über Nacht. Sveta war froh. Sie hatte sich aus der Klinik geschlichen. Mit der kleinen Raisa in der Reisetasche. Das letzte Frühstück hatte sie in Zeitung geschlagen neben ihre Beinchen gepackt. Für unterwegs. Der Besuch ihres Erlösers am Vortag barg ein Zeichen, das zu lesen sie sich eine Nacht lang bemüht hatte. Sie kam zu dem Schluss, dass der junge Arzt sie hatte warnen wollen.

Sveta war einem unbestimmten Gefühl gefolgt und hatte aufs Telefonieren verzichtet. Obwohl sie die Nummer noch auswendig wusste. Sie trat in die herbstliche Luft vor der Klinik und entfernte sich aus diesem Schutzraum, der ihr unsicher geworden schien. Im Morgengrauen fuhr sie mit der Metro bis zu Endhaltestelle und erreichte am Abend erschöpft, aber glücklich das Waisenhaus. Es lag in tiefer Dunkelheit. Stille. Die Kinder waren im Bett, nur der Wind bewegte eine quietschende Schaukel.

Raisa d. Ä. war überrascht und erfreut zugleich. Sie warf einen kurzen Blick auf das Mädchen und erfuhr ihren Namen. Raisa. Sie tat Svetas Offenbarung mit einem Kopfschütteln ab. Wie könne sie nur! Sveta lächelte verlegen und berichtete, dass der Arzt genau das vorausgesagt hatte. Die Heimleiterin sah sie tadelnd an. Doch Sveta fasste sich ein Herz. Raisa Lermentowa würde sich freuen, habe er prophezeit, könne es aber nicht richtig zeigen. Um den Mund der verehrten Chefin zuckte es verdächtig. Sie musste nun doch ein wenig schmunzeln.

Wieder gefasst, erkundigte sie sich, wo der Arzt sei. Er ließe sie nun schon eine volle Woche im Stich. Sie mache sich Sorgen.

Sveta berichtete von seinem überraschenden Besuch im Krankenhaus und dass er sich von ihr verabschiedet und von einer Schuld gesprochen hatte. Nicht alles habe sie verstanden, nur dass es etwas unter Männern zu klären gebe.

Raisa schaute ihr forschend in die Augen.

Hat er es dir gesagt?

Sveta wusste sofort, was sie meinte.

Ja, gestand sie.

Gut, Sveta, gut, dass du es weißt!

Sveta begab sich in ihre Mansarde. Mit dem Winter war über Nacht auch das Eis gekommen. Es gab viel zu tun. Für sie war es ein großes Glück, wieder Mutter zu sein. Die kleine Raisa war ein stilles und, wie es schien, aufmerksames Kind. Foma und Juri wollten, wann immer es ging, in ihrer Nähe sein. Doch Sveta gestattete ihnen nicht viel. Dafür war Raisa noch zu klein. Sie schirmte sie vor den Jungs ab. Das war allein ihr Bereich. Sie schlief mit Raisa im Bett. Wärmte sie an ihrem Körper. Und sang ihr beim Stillen Lieder vor. Um Juri und Foma nicht zu sehr zu verärgern, gesellte sie sich oft zu ihnen, wenn das Baby schlief. Dabei trug sie es in einem Tuch auf dem Rücken. Man sah nur eine Nase hervorlugen und selten auch zwei dunkle große Augen.

Im Fernsehen sah Sveta den russischen Präsidenten Putin, der wie an jedem 20. Dezember mit ein paar stolzen und aufmunternden Worten der Gründung der Tscheka im Jahre 1917 gedachte. Vor einem immensen Strauß roter Rosen stehend (mitten im Winter, staunte Sveta) lobte er die unermüdliche Arbeit der Tschekisten und wies auf ihre Notwendigkeit bei der Erhaltung des friedlichen Zusammenlebens der Völker hin. Sveta empfand fast ein bisschen Neid, nicht auch zu dieser großen Familie dazuzugehören. Sie mochte Menschen, die sich ihrer Herkunft bewusst waren. Putin gefiel ihr. Seine Gradlinigkeit, das korrekte Auftreten, die Bescheidenheit – alles Führungsqualitäten, die ihn in ihren Augen zum idealen Staatsmann machten. Rosen! Rosen, dachte Sveta, werde ich im nächsten Jahr neben die Kartoffeln pflanzen.

Zum Jolkafest erstrahlte das ganze Haus im Kerzenschein. Die Kinder huschten in Strumpfhosen über die Flure, berieten, wie sie wen beschenken würden und wer von den Gaben ausgeschlossen sein sollte. Am Ende hatte die kleine Raisa den größten Berg an Überraschungen. Sveta bedankte sich mit gesteigerter Aufmerksamkeit und kleinen Basteleien. Foma und Juri schenkte sie zwei gleichwertige Briefmarken, worüber die sich so sehr freuten, dass Sveta beinah glaubte, sie würden sich lustig machen.

Und dann kam der erste Januar. Neujahr. Traditionell der Tag, an dem sich vormittags alle im Speisesaal versammelten, um das Öffnen der vielen Schuhkartons aus Dresden zu verfolgen. Mit Argusaugen und fachmännischem Taxieren. Raisa d. Ä. sortierte die Geschenke und breitete sie auf den Bänken aus. Sveta ging ihr zur Hand. Sie hatte sich als Snegurotschka verkleidet und mit silbernem Glitzer die Wangen bestrichen. Mit wenigen Handgriffen hatte sie sich in ein Schneemädchen verzaubert, über das die Kinder staunten, als hätten sie noch nie eins gesehen. Sveta staunte wiederum über die Masse an Geschenken. Ein Berg Gummibärchentüten. Fünf Stapel Schokolade. Drei Packungen Kakao.

Buntstifte. Stempelkissen. Bilderstanzen. Malhefte. Vier Mobiltelefone. Und die größte Attraktion: ein Paar Turnschuhe, die beim Auftreten an der Sohle blinkten. Sie passten Foma am besten. Er verzichtete dafür großzügig auf weitere Geschenke. Die Rechnung ging also durch neunundzwanzig Kinder. Neunundzwanzig kleine Glückshaufen. Entgegengenommen von strahlenden Gesichtern und Händen, die alles horteten, was ihnen zustand.

Unbemerkt vom feierlichen Zeremoniell hatte unterdessen vor dem Haus ein Wagen gehalten. Es war das Gesundheitsamt, das unangemeldet alle Kinder des Waisenhauses auf Ungeziefer, Seuchen und den Seelenzustand untersuchen wollte. Stichprobenartig. Raisa Lermentowa trat in kühler Eleganz vor die leitende Beamtin, die mit einem kleinen Trupp Milizionäre Aufstellung genommen hatte, ließ sich die Vollmachten zeigen und führte die Besucher daraufhin kommentarlos in den großen Speisesaal, dem jeglicher Glanz in Windeseile abhandengekommen war.

Die Kinder hatten sich mit den Geschenken auf ihre Zimmer verdrückt. Von den Feierlichkeiten kündete lediglich ein Haufen leerer Schuhkartons. Raisa d. Ä. einigte sich mit der Beamtin auf fünf Kinder, die sie zu untersuchen beabsichtigte. Sveta, die als Snegurotschka noch schnell die Tische und Stühle gerade gerückt hatte, suchte sich nun aus dem Saal zu stehlen, wurde aber von der aufmerksamen Beamtin aufgehalten. Die hatte die kleine Raisa auf ihrem Rücken entdeckt und ordnete an, mit dem Baby zu beginnen. Raisa d. Ä. erklärte, dass Sveta eine Mitarbeiterin sei und ihr Kind nicht zu den Insassen des Hauses zähle. Die Beamtin lächelte und bat ihre Widersacherin, die Untersuchung an dem Säugling als eine nette Geste des weißrussischen Staates zu betrachten.

Sveta holte also ihre Kleine vom Rücken auf den Schoß. Das Baby wachte auf und schaute putzig auf die Instrumente, die für die Untersuchung auf den Tischen bereitgelegt wurden. Während die Ärztin ihr in Mund und Augen schaute, erkundigte sie sich beiläufig nach einer jungen Medizinerin, die für das Waisenhaus gearbeitet haben musste. Sveta konnte ihr keine Auskunft geben. Doch die Beamtin ließ nicht locker. Man habe gehört, diese Ärztin habe hier gelegentlich die Kinder untersucht. Eventuell sei sie auch als Mann aufgetreten. Jedenfalls werde sie der Perversion und Unzucht mit Minderjährigen verdächtigt.

Raisa Lermentowa sprang Sveta bei. Sie werde von ihrer jungen Mitarbeiterin erst seit einem halben Jahr bei der Arbeit im Waisenhaus unterstützt. Sie könne den Arzt daher nicht kennen. Ja, es habe einen jungen Mediziner gegeben, an dem ihr aber nichts Unzüchtiges aufgefallen sei. Im Gegenteil. Das einzig Merkwürdige sei, dass er seit einigen Wochen ohne Angabe von Gründen nicht mehr erschienen war. Die Beamtin nickte und bedankte sich für die Offenheit.

Als die fünf ausgewählten Kinder eintraten (Foma in neuen Sportschuhen war darunter), wurde der kleinen Raisa gerade Blut abgenommen. Sie schrie so herzzerreißend wegen des Piksers der Spritze, dass man Foma nur mit Mühe zurückhalten konnte. Sveta beruhigte ihn. Es habe alles seine Ordnung.

## Blatt 36

Anne lachte. Das plüschige Klammeräffchen hielt ihren Arm umfangen. Mit seinen kleinen Klettverschlusstatzen blieb es an ihrem Ellenbogen kleben. Es war der erste Tag nach Annes schwieriger OP, an dem sie wieder mit den anderen Kindern spielen durfte. Seit einem halben Jahr war sie nun schon hier auf der Station des St.-Joseph-Stifts. Ein halbes Jahr vergeblicher Suche nach ihren Eltern. Aber mit den gesammelten Spenden für die Operation hätte man wahrscheinlich den gesamten Westflügel des Stifts renovieren können.

Durch ihre freundliche Art war Anne zum Liebling der barmherzigen Nonnen geworden. Sie fütterten sie heimlich mit Milchbrötchen, und wenn das lebhafte Mädchen sang, klatschten sie dazu den Takt. Und sie sang so gern! Anne sang nicht jedes Wort der Lieder, aber dafür jeden Ton. Einmal gehört – nie mehr vergessen. Phänomenal. Man musste achtgeben, dass sie nur bestimmte Lieder zu hören bekam. Im Radio, im Fernsehen, auf der Straße.

Wenn Schwester Silke sang, dann verstummte die Kleine, hörte zu und merkte sich jedes noch so beiläufige Tönchen. Sie übte unentwegt, auch wenn sie nicht immer wusste, was die Worte bedeuteten. Vielleicht war sie doch schon älter gewesen, als man sie gefunden hatte? Die Nonnen rätselten. Aber Kinder waren halt unterschiedlich. Lustig fanden die Frauen, dass das Mädchen nie ihr erstes Wort vergaß:

Da! Da für Ja.

Es erinnerte sie immer daran, woher die Kleine mutmaßlich stammte.

Anne warf das Äffchen gegen die Fensterscheibe und fing es wieder auf. Sie warf es an die Decke und durch die Tür. Sie ließ es am Regal herunterpurzeln und schimpfte, weil ein Buch dabei zu Boden fiel. Stationsschwester Silke hatte den längsten Zeigefinger der Welt. Dududu machte der, wenn man nicht spurte. Dududu macht nun auch der Zeigefinger von Anne, und der kleine Affe musste in die Ecke. Aber nur für kurz, denn sie wollte ja unbedingt noch gucken, ob eventuell ein neues Kind auf die Station gekommen war. Sie klemmte das Äffchen wieder an ihren Arm und stürmte raus.

Weißt du, was aus Gelb und Blau wird?

Lange Pause.

Helles Grün!

Die großen Kinder malten mit Tusche, und wie immer waren dabei die Kleinsten, so wie Anne, ungern gesehen. Sie kletterte deshalb mit ihrem Äffchen auf einen Stuhl und schaute von oben zu. Aus Protest. Aus Neugier. Aus Lebensfreude. Und jetzt sei Orange daraus geworden, begeisterte sich ein indonesischer Junge mit Rot am Pinsel. Sieht aus wie Kürbiskompott.

Essen ist fertig!

Alle Kinder stürmten an Anne vorbei zum Essensraum. Ihr Stuhl wackelte gehörig. Ruhe kehrte ein. Sie kletterte herunter. Ging zum Glas mit den Pinseln. Betrachtete das kürbiskompottfarbene Wasser. Sie glaubte, es müsse auch so schmecken.

Kommissar Alvart saß in entsetzlicher Haltung auf einem Untersuchungsstuhl im Urologischen Institut der Medizinischen Akademie. Er hatte die Schmerzen nicht mehr ausgehalten. Die Schwester hatte ihm versichert, dass es so schlimm nicht werden würde. Ein kleiner Eingriff nur! Der Arzt spritze ihm etwas wegen der Hämorrhoiden. Alvart hörte es in eine Schale pitschen. Es tröppelte nach. Er versuchte, an etwas anderes zu denken, lenkte sich mit Planspielen seines Falls ab. Das Amtshilfeersuchen bei den weißrussischen Behörden war wie erwartet abgeschmettert worden. Begründung: Kinderhandel sei ein Delikt der Ersten Welt, wo das Geld herkäme, und man solle mal schön vor der eigenen Haustür kehren. Sein Chef hatte ihm signalisiert, dass dies eine Sackgasse sei. Eine Schlinge um den Hals seiner Ermittlungen. Je mehr man daran rüttle, desto enger zöge sich der weißrussische Knoten. Er empfahl auf lange Sicht den kurzen Dienstweg: Abwarten und Tee trinken. Für Alvart kam das nicht infrage. Er kannte die Familie des Opfers aus Gesprächen. Die Mutter tat ihm leid. Sobald er nach dem Eingriff wieder sitzen konnte, würde er nach Minsk fliegen.

In seine Gesäß-Malaise hatte Alvart niemanden eingeweiht. Offiziell war er heute beim Zahnarzt. Sein Assistent schickte ihm eine Kurznachricht. Das Visum sei bewilligt worden. Na wenigstens das. Alvart hatte beschlossen, an der Dienststelle und ihren Gesetzen vorbei, in Minsk einfach Urlaub zu machen. In Kenntnis davon war neben seinem Assistenten nur noch seine Frau. Die sorgte sich, aber er konnte hartnäckig sein. Es galt für sie, abzuwägen, ob sie sich mit ihm streiten oder ihn unterstützen sollte. Bisher hatte sie sich stets für Letzteres entschieden.

Der Schulleiter hatte Alvart ein paar Tipps gegeben. Er selbst wäre schon zweimal dort unten gewesen, wie er sich ausdrückte. Der Weißrusse an sich sei besser als sein Ruf, und die Natur werde ihm gefallen. Die hätten halt wegen

Tschernobyl ein Kreuz zu tragen. Aber man könne ja nicht auf ewig geduckt durchs Leben gehen. Das halte man ja im Kopf nicht aus. Deshalb gäbe es auch wieder sehr schöne Entwicklungen da unten. Diktatur hin oder her: Der Mensch wolle leben!

So ist das also, dachte Alvart. Leben will der Mensch, sag bloß! Er stieg die Treppen der MedAk runter und versuchte, mit Armkraft am Geländer die Spannung im Hintern zu reduzieren. Er schämte sich, weil er glaubte, dass jeder schon an seinem Gang sehen konnte, dass er eine Windel trug. Es war zum Kotzen. Er stieg in eine Straßenbahn, konnte sich weder setzen noch richtig gerade stehen. Er hielt sich mit den Händen an der Stange halbwegs aufrecht und erreichte Heidenau vollkommen durchgeschwitzt.

Professor Friebe hatte ihn um ein Treffen gebeten. Insgeheim hoffte Alvart, er würde aus der anstehenden Begegnung etwas Substanzielles mitnehmen können. Er glaubte fest, es könne sich noch immer etwas in diesem Fall zum Guten wenden. Jemand brach das Schweigen, weil er mit der Tat nicht leben konnte. Oder vielleicht hatte Friebe ihm wochenlang eine Lösegeldforderung der Entführer verschwiegen (dem traute er so was zu). Nun war eventuell die Übergabe schiefgelaufen, und der Professor versuchte ihn einzuweihen, um die Sache wieder geradezubiegen. Alvart würde ihm sogar das verzeihen, wenn sich nur der Fall bewegte.

## Blatt 37

Die Sekretärin des Professors bat den Kommissar sehr bestimmend, einen Moment zu warten. Alvart stellte sich an das breite Fenster der Glasveranda und schaute auf den Gewerbepark. Es tat gut, kurz warten zu können. Das Ziehen hatte sich etwas gelegt. Die Sekretärin hantierte an einem Drehständer mit mehrfarbigen Ordnern. Alvart beobachtete sie aus den Augenwinkeln. Sehr agile Person. Aber irgendwie kurzrumpfig. Der Eindruck ließ ihn einfach nicht los, dass sie ihr Leben eine Etage tiefer zubrachte.

Alvart hatte darauf verzichtet, die Schmerzmedikation einzunehmen. Er wollte einen klaren Kopf im Gespräch haben und hatte Angst vor den Nebenwirkungen, die sich besonders auf den Magen bezogen. Das würde bedeuten, er müsste auf Toilette. Allein der Gedanke daran trieb ihm den Schweiß auf die Stirn. Er fragte sich, was das Schicksal eines Mannes im Mittelalter in einer vergleichbaren Situation gewesen wäre. Wäre er gestorben? Ein Hoch auf die Sterilität der Skalpelle!

Der Kommissar trat an eine holzgetäfelte Wand, in die Fotos der Firmengeschichte wie Intarsien eingelassen waren. Ohne Zweifel ein respektabler Werdegang. Er beugte sich zu einem Foto aus dem Jahr 1987 und musste sich an der Wand abstützen. Das gibt es doch nicht, dachte er bei sich. Professor Friebe mit weißem Rauschebart stand da wie Karl Marx persönlich neben Wladimir Wladimirowitsch Putin. Beide lächelten. Beide in Zivil. Mit diesen fellgefütterten Einheitskutten bekleidet. Im Hintergrund der Wohnblock Putins in der Radeberger Vorstadt. Darauf war man also stolz in dieser Firma. Als Alvart sich zu Professor Friebe umschaute, der leise und sehr plötzlich hinter ihn getreten war, sah er ein Flimmern in dessen Augen, das zu deuten er nicht in der Lage war. Freute der sich oder führte er was im Schilde? Der Kommissar glaubte, dass Friebe sofort mitschnitt, wie schlecht es ihm ging.

Sie kennen Putin?, fragte Alvart grußlos.

Friebe lächelte seltsam unrein.

Kennen ist übertrieben, sagte er. Ein guter Mann. Hat immer schon gewusst, wo Bartel seinen Most holt. Die Sowjets haben sich seinerzeit für die Rossendorfer Forschungsergebnisse interessiert. Ist ja klar, warum – Atomforschung! So haben wir uns kennengelernt, ein paarmal getroffen und immer gute Gespräche geführt. Putin kann ja einwandfrei Deutsch.

Alvart nervte diese Attitüde. Das heißt doch gar nichts, dachte er. Nur weil einer eine fremde Sprache spricht, ist er noch lange kein besserer Mensch. Er spürte den kleinen Spießer im großen Professor.

Hatten Sie in letzter Zeit Kontakt zu Putin?

Friebe lächelte.

Warum grinste der eigentlich in einer Tour?

Nicht direkt, ließ Friebe mit leichtem Verschwörerton verlauten. Wir tun hier, was wir können, und Putin hilft eben, wo es geht.

Der Kommissar konnte es kaum mehr aushalten. Es lag nichts Wünschenswertes in dieser Beziehung, nichts, was diesen Hanswurst von Professor über einen anderen erhob.

Alvart verachtete voller Ingrimm die Arroganz in Friebe, aber noch mehr hasste er die Ignoranz der Wissenschaft.

Falls Sie ihm wieder begegnen, begann er etwas zu süffisant, fragen Sie ihn doch auch mal nach dem Verbleib des kleinen Mädchens Rose. Sie wurde mutmaßlich von Mitgliedern der sowjetischen Streitkräfte aus der DDR entführt. 1985. Putin sollte wissen, was damals passiert ist.

Friebe schaute den Kommissar mit lustvollem Ekel an, als würde ein hinterfotziger Pfleger einem Behinderten beim Stolpern zusehen. Er glaubte nicht, dass Alvarts Ansinnen ernst gemeint war. Doch der Kommissar wiederholte es:

Fragen Sie ihn!

Der Professor rastete nun kontrolliert aus. Das hieß, er wurde kalt. Und die Luft um ihn herum schien ebenfalls zu gefrieren. Er warf Alvart vor, in alten Kamellen zu wühlen, während seine Enkeltochter DA DRAUSSEN vor die Hunde gehe.

Der Kommissar hielt sich nach Kräften zurück. Manche Fälle ließen sich einfach nicht abschütteln, sagte er, ganz wie eine hartnäckige Krankheit. Dies sei wissenschaftlich nicht erklärbar, folge aber dem Grundsatz, dass alles mit allem zusammenhänge. Wenn sich nun, in dem erwähnten alten Fall, durch den Kontakt zu ihm, Friebe, eine Spur oder gar eine *heiße* Spur ergäbe, dann würde dies auch die Hoffnungslosigkeit etwas lindern, die ihn als Mensch befalle, wenn er an des Professors Enkeltochter Marie denke. Das sei schon alles.

Lunch? Oder Kaffee?

Professor Friebe erkundigte sich nun wieder ganz ruhig, wonach Alvart der Sinn stehe. Der Kommissar meinte, dass es ihm ganz gleich sei, Hauptsache, man könne hinlaufen. Er sei sonst den ganzen Tag im Büro eingeschlossen und freue sich immer, ein paar Schritte zu gehen.

Friebe meldete sich bei seiner Sekretärin ab, und sie verließen die Firma in Richtung Fluss. Der Professor schlug einen Weg ein, der zwischen zwei engmaschigen Zäunen hindurch zur Elbe führte.

Früher war hier alles Industriegebiet, erklärte er. Die haben einfach alles ungefiltert im Fluss verklappt. Einfach alles! Aber mittlerweile hat man eine Menge für die Umwelt getan. Man kann das Wasser der Elbe schon fast wieder trinken.

Alvart kannte diesen lokalen Patriotismus der Dresdner. Als hätte hier vor hundert Jahren schon mal jemand Flusswasser gesoffen! Lächerlich!

Der Professor schaute beim Gehen in den Himmel und blieb plötzlich stehen.

Wissen Sie, meine Schwiegertochter will sich scheiden lassen, falls meine Firma in irgendeinem Zusammenhang mit Maries Entführung stehen sollte.

Alvart wusste noch nicht, worauf der alte Fuchs hinauswollte. Das eitle Geschwätz von Familie und Umwelt ging ihm auf die Nerven. Aber Friebes Rumgeeiere sagte ihm, dass der Mann einen Trumpf in seinem Wissenschaftlerärmel stecken hatte.

Und? Hat Ihre Firma damit zu tun?

So wie es aussieht, nein, säuselte Friebe, aber wer weiß das schon so genau?

Nach ein paar Schritten über einen feuchten Wiesenweg erkundigte sich der Professor nun seinerseits.

Und? Wie kommen Sie denn voran?

Alvart schaute ihn von der Seite an.

Sie bitten mich zu einem Termin, erwiderte er, damit ich Ihnen erzähle, wie wir vorankommen?

Nicht nur, parlierte Friebe spitzfindig.

Alvart hatte keine Lust auf das Geplänkel, mit dem der Professor ihm hier scheinbar die Zeit zu stehlen trachtete. Wir kommen überhaupt nicht voran, stöhnte er, wenn Sie's genau wissen wollen.

Friebe lächelte.

Aus wissenschaftlicher Sicht, sagte er, ist das Akzeptieren der Forschungsergebnisse ein erster Schritt und die einzige Möglichkeit, den Dingen auf den Grund zu gehen.

## Blatt 38

Friebe zeigte auf eine Fähre, die am hiesigen Ufer Fahrgäste erwartete.

Damit kommen wir rüber und können unseren Kaffee auf der Sonnenseite trinken. Was meinen Sie?

Alvart stimmte maulfaul zu. Sie mussten einen Gang zulegen, um die Fähre zu erreichen. Auf dem Wasser beugten sie sich über die Reling. Friebe zog eine gefaltete Seite aus der Manteltasche und reichte sie rüber. Alvart betrachtete die schlechte Kopie der Fotografie eines Mannes

Maxim Plejagin, sagte der Professor und begann endlich zu berichten. Meine Geschäftspartner in Rostow haben ihre eigenen Recherchen angestellt. Um drohendes Unheil von der Firma abzuwenden. So was muss man im Keim ersticken. Ein Rufmord ist manchmal noch schlimmer als ein wirklicher Mord. Meine Partner in Rostow wissen natürlich, dass die deutsche Bürokratie sehr genau arbeitet, aber eben auch ... relativ langsam. Da kann es leicht passieren, man löst irgendwann den Fall, aber alle Beteiligten sind schon Jahre tot. Das nutzt doch keinem was, nicht wahr?

Alvart bekam Wut. Er wusste, dass er nichts in der Hand hatte, aber sich deshalb verhöhnen zu lassen von diesem selbstgerechten Möchtegern-Einstein? Das kam gar nicht infrage.

Im Übrigen, warf der Professor vom Thema ablenkend

(und noch ehe Alvart sich richtig aufregen konnte) sehr stolz ein, habe er ja noch gar nicht erwähnt: Der Antrag sei abgesegnet! Damit werde die Alzheimerfrüherkennung in eine neue Dimension geführt. Durch seine Firma, seine Forschung, sein Engagement. Man habe sich bei der Verpackung für die Farbe Blau entschieden. Hoffnung!

Alvart hielt die Fotografie in die Höhe.

Wer ist das?

Da schlug die Fähre hart gegen den Anleger. Die Passagiere retteten sich wankend in den Ausfallschritt.

Tschuldigung, rief der Fährmann grinsend.

Wortlos gingen die beiden von Bord und auf das Café zu. Die Sonne schien warm, und in der Sandsteinumfriedung des Gastgartens würde es sich trotz des Windes aushalten lassen. Also entschieden sie, draußen zu bleiben.

Mit Grausen sah Alvart dem Hinsetzen entgegen, doch weil der Wirt wegen der noch recht frischen Temperaturen Decken ausgelegt hatte, saß es sich obenauf dann doch ganz angenehm.

Der Kommissar erfuhr nun, dass ein Duo Rostower Privatdetektive in Dresden gewesen war. Man höre und staune: In nur zwei Tagen hätten die sich ein Bild gemacht und seien auf eine interessante Sache gestoßen. Es gebe in der Stadt eine Grundschule, die mit einem Kinderheim in Weißrussland kooperiere. So weit, so gut. Im Zuge eines Austauschs komme ab und an eine Gruppe weißrussischer Kinder nach Deutschland. Und nun möge der Herr Kommissär mal raten, wann die das letzte Mal da waren!

Alvart nickte. Davon habe ich gehört.

Und? Friebe gierte nach Ergebnissen.

Der Kommissar klopfte auf das Papier. Wer ist das?

Maxim Plejagin. Ein junger Amtsarzt. Hat für ebendieses

Kinderheim gearbeitet und ist den Behörden in Weißrussland zum Glück ins Netz gegangen. Es wird vermutet, dass es sich um einen Pädophilen handelt. Oder so was Ähnliches.

Alvart betrachtete das schlecht kopierte Schwarz-Weiß-Bild.

Oder-so-was-Ähnliches? Was könnte das denn sein?

Der Professor ließ Luft aus dicken Backen bedeutungsvoll über die Lippen zirpen.

Alvart verstand. Ein Rassist ist er also auch noch, der feine Herr Professor. Ihn zog es fürchterlich am Arsch. Wenn ich schon das Wort *Weißrussische Behörden* höre, wird mir schlecht, sagte er.

Das ist verständlich! Der Hammer aber ist, und Friebe kostete jedes Wort aus, der Hammer ist, dass das eigentlich mal eine Frau war. Tatsache! Die hat sich und ihren Neigungen eine neue Hülle verpasst und obendrein ungehinderten Zugang zu allen Kindern des Heims gehabt. Man muss doch wirklich kein ausgebildeter Kriminalist oder scharfsinniger Analytiker sein, um zu wissen, wohin der Hase läuft. Ich habe schlaflose Nächte deswegen und hoffe für meine Enkelin, dass das alles nur haltlose Spekulationen sind.

Alvart belehrte den Professor. Zurzeit geht niemand davon aus, dass es sich bei dem Verbrechen um ein sexuell motiviertes handelt.

Friebe lachte bitter auf. Der Kaffee wurde gebracht.

Der Professor deutete an, dass seine Partner Mittel und Wege suchten, um den Mann bzw. die Frau oder noch besser: das Mensch, zum Reden zu bringen. Da die Behörden in Belarus sich zierten, werde man sich aber etwas gedulden müssen, um zum Zug zu kommen.

Alvart verschlug es die Sprache. Dieser Typ baute sich die Welt! Friebe wollte auf eigene Faust intervenieren und fuhr ihm dabei buchstäblich übers Maul! Aus seiner Wut wurde Verzweiflung.

Anyway! Wir beschaffen uns gerade die Passagierlisten sämtlicher Flüge im nämlichen Zeitraum, gestand der Professor.

Haben Sie denn jemanden, der bei der Airline arbeitet?, erkundigte sich Alvart leise.

Friebe lachte nun schon fast schadenfroh. Arbeitet?, posaunte er belustigt: Nein! Meinem Partner *gehört* die Fluggesellschaft! Es wäre für meinen russischen Freund unerträglich, wenn Marie in einem seiner Flieger gesessen haben sollte. Aber: Wenn es so war, wird man auch die Wahrheit ans Licht befördern! Das hat man mir versprochen.

Friebe löste ein Stück Würfelzucker auf seinem Kaffeelöffel auf.

Die Einfachheit der Kapillarität macht noch den ältesten unter den Physikern zum kleinen Jungen, meinte er dann. Wie dem auch immer sei, ich verspüre die Pflicht, die deutschen Behörden zu informieren, und das habe ich hiermit getan. Es gibt noch immer Hoffnung, dass Marie gefunden wird. Lebend!

Daran habe ich nie gezweifelt, erwiderte Alvart besonnen.

Der Kommissar stand langsam auf (der Hintern), legte einen kleinen Geldschein auf den Tisch und bedankte sich für das Foto. Er bat den Professor abschließend, sich mit eigenen Ermittlungen zurückzuhalten. Das sei auch für die Familie das Beste.

Friebe schien von dem abrupten Aufbruch überrumpelt. Was gedenken Sie denn jetzt zu tun, Herr Kommissär?

Das werde ich doch nicht jedem kleinen Jungen auf die Nase binden, der sich von der Kapillarität beeindrucken lässt, erklärte Alvart knapp und ging.

Nun also doch noch eine winzige Beleidigung zum Schluss, dachte er zufrieden während der Überfahrt, die er glücklicherweise ohne diesen Menschen genießen konnte.

## Blatt 39

Der freie Tag in der Uckermark weckt die Neugier in M. Er beginnt, systematisch die Dörfer abzugrasen, stellt Parallelen zu seiner rheinland-pfälzischen Heimat fest und freut sich über Heumeiler in der Form, wie sie sein Großvater noch aufgeschichtet hatte.

Die überstehen den Winter ohne zu zucken, freut er sich.

Er lässt sich von mir neben den windschiefen Häusern der historischen Dorfkerne ablichten, isst sich durch die Speisekarten der regionalen Küche und reagiert dabei nachsichtig auch gegenüber dem hartnäckigsten Griesgram unter diesen Spitzengastronomen. Nur in einer Angermünder Fußballkneipe (Hoolywood), in der man knietief durch Menschenverachtung waten muss, um an einen Tisch zu gelangen, kehren wir schon auf halbem Weg wieder um. Die Glatzen sind in der Unterzahl, haben aber das Sagen.

Fleischmützen, murmelt M. Im Kopf nen Teller bunte Knete und darüber: Fleischmütze.

Doch er bleibt auch hier gelassen. Es scheint, als wolle er sich um jeden Preis mit mir vertragen. Er ist aufgeschlossen. Macht auf gut Wetter. Fragt mich nach meiner Meinung. Diskutiert moderat. Hält mir nichts vor. Zeigt begeistert in die Gegend. Lässt mich teilhaben an seinen Gedanken. Mich gruselt. Aber ich spiele mit. Immer wenn es ans Eingemachte geht, gleicht er aus. Das ist die große Kunst. Ausgeglichenheit und Moderation.

Mich drängt es an den Schreibtisch. Ich verglühe, wenn ich nicht schreiben kann. M. bremst. Er meint, die Pause sei Medizin für mich. Niemandem sei geholfen, wenn ich morgen krank bin. Vor uns läge noch ein Marathon, was das Drehbuch angeht. Der Körper brauche bei Kilometer zwanzig eine mentale Pause. Die Gewichte auf dem Rücken müssten neu verteilt werden. Ich glaube, er macht sich wegen meines Schusses gestern Abend ernsthaft Sorgen.

In einem Lokal werden wir Zeugen eines unfassbaren Tanzvergnügens. Der örtliche Westernverein bietet Paartänze dar. In der Verkleidung einer fremden Kultur (Amerika), die selbst für diese fremde Kultur nur Verkleidung ist, folgt Twostepp auf Squaredance. Die Langeweile auf dem Land macht das Leben zur soliden Farce. Freiwillig. Engagiert. Geschmacksverirrt.

Wir müssen los, drängele ich, aber M. dreht mit seinem iPhone einen Film nach dem anderen. Er geht auf die Knie, hält die Kamera schamlos in die Falten der Röcke und direkt vor die Gesichter. Mit dem ganzen Körper nimmt er rasant Bewegung auf und gibt sie bis in die Arme weiter. Dabei führt er die Kamera wie einen ethnologischen Seismographen. Es scheint, als versuche er, seine Fassungslosigkeit durch die Dokumentation in den Griff zu bekommen. Ein kniender Völkerkundler. Manisch. Schwungvoll. Detailverliebt. Das kann dauern.

Vor der Tür des Lokals zieht der Nebel vom Dorfweiher kommend unbehelligt übers Kopfsteinpflaster. Kein Auto, das ihn verwirbelt, kein Fahrrad, das ihn zerschneidet, kein Mensch, der hindurchhuscht. Ich hatte beim Erreichen des Dorfes zwei Balken Empfang auf dem Handy und hoffe, vom

Ortseingang aus meine Mutter anrufen zu können. Ich halte das Telefon in die Höhe. Nichts. Mit ausgestrecktem Arm laufe ich an den Häusern der Siedlung entlang und durch den Nebel hindurch. Nichts. Eine alte Frau steht hinter einem provisorischen Gemüsestand und verkauft Früchte der Saison. Sie schaut mich neugierig umnachtet an. Ich könnte ihr erster und wohl auch einziger Kunde am heutigen Tag werden, aber ich habe andere Absichten.

Kein Netz, rufe ich ihr freundlich zu, um meine merkwürdige Suche zu erklären.

Sie nickt und sieht mich in zehn Meter Entfernung abrupt stehen bleiben und eine Nummer wählen.

Mutter ist erstaunt, mich zu hören. Sie dachte wohl, es sei alles gesagt. Ich erkläre ihr, dass ich Post von ihr bekommen habe. Ja, ja, diese Post habe sie auch einmal bekommen.

Nett, nicht?

Wolltest du mir etwas Bestimmtes damit sagen, Mutter?, frage ich.

Sie schweigt. Geräusche verraten mir, dass sie von der Toilette ins Wohnzimmer geht. Sie streift den Perlenvorhang und setzt sich vornehm auf die äußerste Kante des Kirschholzsessels. Grünes Leder hatte sie sich gewünscht, und ich habe ihr diesen Wunsch erfüllt.

Mutter? Bist du noch da?

Die Ärzte sagen, dass mein Zeh nie wieder werden wird.

Es wird immer so sein, denke ich, dass sie bestimmt, was besprochen wird.

Da hab ich gelacht, sagt meine Mutter. Ich hab sie ausgelacht, bis die richtig schön sauer waren. Stell dir vor, Johann, die wollten mich nicht mehr behandeln. Hab ich die Polizei gerufen und sie wegen unterlassener Hilfeleistung angezeigt.

Ich lasse sie reden, glaube ihr aber kein Wort.

Warum hast du mir die Briefe deiner Mutter geschickt, Mama?, frage ich, als sie für einen Moment schweigt. Sie antwortet nicht.

Willst du mir was sagen?

Meine Mutter scheint es bereits zu bereuen, mir die Post geschickt zu haben. Sie kämpft mit sich. Ich werde jetzt nichts erfahren, denke ich.

Hast du getrunken?, fragt sie mich.

Nein, ich arbeite.

Ja, du bist ein fleißiger Junge geworden. Das hab ich mir immer gewünscht, schon als du ganz klein warst.

Ja, Mama.

Lern schön fleißig, Johann!, hab ich dir oft mit auf den Weg geben.

Ja, sage ich. Aber das stimmt nicht. Sie hat mir nichts mit auf den Weg gegeben. Nie.

Wie geht es denn voran?, erkundigt sie sich, und wie so oft ist es ihr geglückt, vom Thema abzuweichen.

Es geht, sage ich. Ist auch schon mal besser gegangen. Heute machen wir ne Pause.

Ja, sagt sie. Man kann nicht immer nur scheißen. Man muss auch mal was essen!

Ich muss lachen.

Meine Mutter echauffiert sich. Künstlich.

Da gibt's überhaupt nichts zu lachen, keift sie. Wer lacht, hat Unrecht!

Ich verstumme.

Typisch!, ärgert sie sich. Du rufst wieder nur an, um mich auszulachen!

Sie ändert die Stimme und parallel dazu ihre Stimmung.

Was du von mir wissen willst, Johann, willst du lieber gar nicht wissen, flüstert sie, das weiß ich genau!

Warum?

Weil ich deine Mutter bin und dich kenne wie kein zweiter Mensch. Jetzt muss ich aber los.

Meine Mutter kreiert in kürzester Zeit allergrößte Eile. Sie behauptet resolut, sie habe noch einen Igel in der Stadt zu bürsten und könne daher unmöglich weitertelefonieren. Ich glaube ihr sogar, dass es Dinge zu tun gibt, aber ich weiß, dass sie im Moment einzig und allein vor meiner nächsten Frage zu fliehen sucht. Und weiß ich meine Mutter erst auf der Flucht, gewinnt etwas die Oberhand in mir, das sich nicht mehr zu fragen traut. Und so bleibt ungefragt, was längst beantwortet sein sollte. Der Himmel der nie gestellten Fragen ist riesig, denke ich, und im Nachbarhimmel drängeln sich die Antworten.

Sie verabschiedet sich knapp.

Ich melde mich wieder, sage ich, ohne zu wissen, ob sie das noch hört.

In der Ferne stehen drei Warmblüter. Sie zupfen sich gegenseitig an den Hälsen. Ihre Mähnen fliegen. Ich muss zurück, denke ich, drehe mich um und erschrecke. Vor mir steht die Gemüseverkäuferin und streckt mir ein Einkaufsnetz hin.

Ich borge Ihnen ein Netz, junger Mann.

Ich verstehe nicht.

Sie haben kein Netz, sagten Sie.

Sie dreht sich um und geht unendlich langsam zurück zu ihrem Stand. Ich folge.

Die Radieschen sind Eigenzucht. Vom letzten Jahr. Ich lasse immer zwei, drei Pflanzen ausblühen. Für Samen.

Ich trete näher heran.

Mein Gewächshaus ist meine Arche. Sie lacht.

Es soll uns an nichts fehlen, denke ich, während die Alte das Geschäft des Tages macht. Mit jedem Rettich, jedem Bund

Möhren, jedem Kohlrabi dehnt sich das Netz, als wolle es mir zurufen: Mehr! Und ich betaste, rieche, stelle zusammen. Sellerie, Porree, Gurken, Tomaten. Die Produkte sind erdig, aber nicht schmutzig. Sie sind frisch, aber nicht hochgezüchtet. Bald nehme ich nichts mehr, bloß weil ich es brauche. Ich kaufe mir Möglichkeiten. Wirsingkohleintopf. Gefüllte Paprikaschote. Kartoffelsuppe. Zuletzt schiebt sie mir noch ein frisch geschlachtetes Huhn zu.

Alt, aber gut für jüdisches Penicillin!

Da ich stutze, sagt sie lächelnd: Hühnersuppe!

Am Ende frage ich, ob ich das Netz auch kaufen kann. Mit sechzig Euro in der Hand winkt sie ab.

Geschenkt!

Durchs Fenster der Gaststube sehe ich, dass M. das Kommando übernommen hat. Er dirigiert und inszeniert die Tanzpaare. Das Dokumentarische ist fließend ins Gestalterische übergegangen. Das Vorhandene ist M. nicht genug. Ist ihm noch nie genug gewesen. Wahrscheinlich hat er den Film schon fertig geschnitten im Kopf.

Das schwere Netz hänge ich an den Seitenspiegel unseres Autos. Ich atme tief die frische Luft. Der Nebel hat sich gelichtet. Ich betrachte Horizont und Himmel, orientiere mich am Polarstern. Vom Gefühl her muss ich das Dorf in östlicher Richtung verlassen. Es ist spät, der Nachmittag verklungen. Ich laufe los. Ein Hinweisschild gibt die Entfernung zu unserem Nachbarort mit sieben Kilometern an. Wenn ich durch den Wald gehe, sind es höchsten vier. Glaube ich. Der Tag war trocken. Der Boden lässt sich laufen. Es ist gut, losgegangen zu sein. Beim Gehen drifte ich ab.

Ein Fuchs sprintet übers Feld. Sein Fell steht zu Berge, lässt ihn doppelt so groß erscheinen für seine räuberischen

Feinde. Gefährlich, denke ich, so in der Dämmerung übers offene Feld zu rennen. Ein Bussard lässt nicht lange auf sich warten. Der Fuchs schreit wie eine Katze.

Aber der Bussard schaut zu mir.

## Blatt 40

Die kleine Raisa schlief ruhig in ihrem Bettchen und wusste nichts von ihrem Schicksal. Sveta erfuhr am Vormittag von der Leukämieerkrankung ihrer Tochter. Und am Abend dann vom Tod ihres Erlösers. Der junge Arzt war in der Untersuchungshaft von Mithäftlingen mit einer Klobürste vom Anus aufwärts förmlich zerrissen worden. Im Bericht stand lapidar: Herzinfarkt. Niemand würde je erfahren, was wirklich vorgefallen war.

Dieser Tag löschte in Sveta etwas aus, das sich zeit ihres Lebens nicht mehr anschalten ließ. Und sie lebte noch sehr lange. Sie verlor das Gefühl für Skrupel, die ein Mensch anderen Menschen gegenüber haben kann. Das machte sie geheimnisvoll in den Augen der Kinder (Hexe!) und stark in der Welt der Erwachsenen (die Unberührbare). Foma und Juri blieben konsequent auf und an ihrer Seite, sie zählten sich schon zu den Alten.

Die Information über Raisas Krankheit erreichte das Waisenhaus per Post. Formlos wurde mitgeteilt, dass die Untersuchungsergebnisse erfreulich seien. Die fünf getesteten Kinder seien kerngesund. Die Behörden attestierten dem Heim und seinem Personal Bestnoten. Was aber die zusätzliche Untersuchung der Raisa P. angehe, so sei eine Weiterbehandlung zu empfehlen und sogar dringend erforderlich. Da das Mädchen aber nicht zu den Insassen des Hauses gehöre, solle sich die Mutter an die örtlichen Einrichtungen wenden. Das tat Sveta.

Äußerlich gelassen, trug sie Raisa eng an sich gebunden mit sich herum. Sie ließ alles geschehen wie bisher. Der Groll richtete sich nicht gegen das Kind, obwohl sie bereits spürte, dass sie den Tod nicht ein zweites Mal ertragen würde. Unsichtbar errichtete sie eine Mauer gegen das kranke Leben. Sveta wehrte sich gegen diese bösen Gefühle. Sie schalt sich vor Gott und hatte doch keine Kraft, die Gedanken zu ändern. Sie konnte schlichtweg nicht begreifen, dass sich das Schicksal auf so grausame Weise wiederholen sollte. Und die Nachricht vom Tod des Arztes trug dazu bei, dass sie jegliche Hoffnung verlor. Sveta verbarg das, so gut es ging.

Sie eilte von Einrichtung zu Einrichtung, um einen Nutzen für ihre Tochter zu erreichen. Doch Raisa hatte keine Versicherung. Das Leben von Svetas Tochter war im Heim geschützt. Aber eben nur da. Sie versuchte es trotzdem auf jede erdenkliche Weise. Aber die Häuser mit dem Roten Kreuz blieben ihr allesamt verschlossen. Ihr weniges Geld hatte sie aufgewendet, um überhaupt die eine oder andere Pforte passieren zu dürfen. In den Häusern selbst war das Mitleid zwar groß, aber die Hilfe des Asklepios teuer. Nichts ging.

Sveta bekam von einer älteren Nonne ein paar Pillen, falls der Wurm Schmerzen bekäme. Der könne ja nichts dafür, dass die Mutter ... In einem goldenen Kloster drückte ein Heiliger dankenswerterweise seinen Daumen auf Raisas Stirn. Aber aus der Klinik, in der Raisa geboren worden war, musste sie fliehen. Die fromme Stationsschwester rief nicht, wie behauptet, den Chefarzt, sondern die Miliz, da die verleumderischen Gerüchte um den jungen Arzt längst auch hier ihre hetzerische Runde machten.

Erschöpft und verzweifelt kam Sveta wieder ins Kinderheim zurück. Sie hatte nichts erreicht. Rein gar nichts. Sie legte Raisa in der Mansarde ab, ging sich waschen und suchte in der Küche nach Essen. Mit nur einer ungewaschenen Möhre in der Hand setzte sie sich auf einen Stuhl und kaute vor sich hin. Sand knirschte zwischen ihren Zähnen, aber Tränen wollten nicht mehr fließen.

Raisa d. Ä. fand sie in entsetzlicher Verfassung. Sveta zitterte mit den Knien und kratzte sich unentwegt den Ellbogen. Als die Heimleiterin fragte, wo die Kleine sei, wusste sie es nicht zu sagen. Glücklicherweise kamen Foma und Juri mit ihr in den Speisesaal. Sie hatten das Kind in der Mansarde quengeln hören. Nun setzten sie es Sveta auf den Schoß, wo es von der Mutter freudlos gehalten wurde.

Die Leiterin schickte beide Jungen aufs Zimmer zurück und begleitete die Unglückliche, nachdem die fertig gegessen hatte, unters Dach. Hier bettete sie Mutter und Tochter und wartete am Fußende sitzend, bis die beiden eingeschlafen waren. Dabei überlegte Raisa d. Ä., in ihr wollenes Dreieckstuch gehüllt. Sie trug die Verantwortung für das Haus und ihre Kinder. Sie durfte sich das Problem Sveta einfach nicht leisten. Aber es schien etwas in der gestrengen Frau zu wachsen, das sich trotzig gegen ihre bisherige Lebensüberzeugung stellte. Ihr Stolz als Frau ertrug diese Ungerechtigkeit nicht länger. Sie wollte und musste sie beseitigen und wenn sie dabei ihr Lebenswerk zerstörte! Aber wie nur?

Dem Kind war nicht zu helfen. So viel stand für Raisa Lermentowa fest. Nicht hier. Nicht mit den bescheidenen Mitteln, die sie hatten. Nicht in diesem Land. Man musste auf ein Wunder hoffen, und davon hielt sie ja nun gar nichts. Sie würde Sveta anbieten, für eine Woche mit nach Deutschland zu reisen. Die reine Luft dort würde sie vielleicht erfrischen und das Immunsystem der Kleinen stärken. Solche Reisen hatten schon einige Kinderleben um einen Sommer verlängert. Immerhin. Sveta aber bereitete ihr weitaus größere Sorgen. Die Seele! Die gute Seele, die geschundene! Die junge Frau zerbrach förmlich vor ihren Augen und wurde eher zur Gefahr für alle als wieder gesund. Es würde Raisa d. Ä. nicht wundern, wenn Sveta Hand an sich oder ihre Tochter oder an sie beide legen würde. Diese ganze verfluchte Sache!

Als die Heimleiterin den schwarzen Rest Kaffee austrank, kam ihr der junge Arzt in den Sinn. So ein feines Wesen. Die Augen, der Hals, die Hände. Maxim. Er hätte Priester werden sollen. Bruder Maxim. Raisa Lermentowa wusste alles über ihn. Als sie ihn das erste Mal gesehen hatte, war er noch eine unglückliche Frau mit einem wachen Herzen gewesen. Furchtlos, aber nicht unvernünftig. Nadjeschda. Schritt für Schritt hatte sie ihre Entwicklung beobachtet, war fasziniert von der Klarheit, mit der sie ihre Zukunft sah, als Mann. Und dann war alles wahr geworden. Eine schier unglaubliche Begebenheit!

Raisa wischte sich eine Träne von der Wange. Schreckliche Zeiten, dachte sie. Sie hätte ihn nicht gehen lassen dürfen, hätte ihn schützen müssen. Dann lachte sie auf. Sie erinnerte sich, gesehen zu haben, dass Maxim sich in Sveta verliebt hatte. Er hatte ihr nachgestellt. Schüchtern, unentschieden, verträumt. Er hatte ihre Andeutungen empört bestritten, aber so was sah man doch, dachte Raisa. Sie erhob sich seufzend, schaltete das Licht aus und ging vorwärts tastend ihrer Nachtschicht entgegen.

## Blatt 41

Im Morgengrauen erreiche ich endlich das Landhaus. Der Weg hierher war beschwerlich, und ich wäre wohl besser mit dem Wagen gefahren. Natürlich ist eine Nacht im Wald auch immer ein Abenteuer, ein Erlebnis, das neue Ideen produziert und alte Ängste aufzeigt. Aber dafür hätte ich ausgeschlafener sein sollen.

Der Morgen erfrischt mich. Meine Lebensgeister kehren zurück. Eine Stunde hatte ich in einem Jägerhochsitz zusammengerollt geschlafen, bis mich das Fauchen eines Tiers wachrief. Stockfinstre Nacht. Mondlose Stille. Ich war die Leiter hinabgeglitten und musste einen großen Bogen um eine Viehweide machen. Ich ahnte die Rinderherde dort und wollte unbedingt vermeiden, in sie hineinzugeraten. Ich hörte die Tiere atmen. Hörten sie mich auch? Neuerdings hielten die Bauern die Rinder wieder in ganzen Familien. Die Bullen waren dabei gar nicht das Problem. Kühe mit Jungtieren, hieß es, seien viel gefährlicher. Nichts hielt die auf, wenn es galt, ihren Nachwuchs zu verteidigen. Wie ein gemütlicher Hurrikan drehte sich die Herde dann im Kreis um ihr Zentrum – die Kälber. An kalten Tagen dampfte es heiß von ihren Rücken. Fast stumm rückten diese Formationen zusammen und pulsierten in ihrem steten Kreisen. Tödlich für den Menschen, der sich näherte. Selbst die Bauern trauten sich da oft nicht mehr auf die Koppel.

Schon von Weitem sehe ich unser Auto auf dem Hof stehen. Mit etwas Glück hat M. die Nacht zum Tag gemacht und wird noch bis zum Mittag schlafen. Ich freue mich auf mein Bett. Merkwürdigerweise hängt das Netz samt Gemüse und Hähnchen noch immer am Außenspiegel, als hätte M. es vor der Rückfahrt vom Tanzvergnügen nicht abgenommen. Etwas sauer ziehe ich die Griffschlaufen über den Lack. Das volle Netz wiegt schwer. Die Lederhenkel schneiden in die Hand.

Leise schleiche ich ins Haus. Um M. nicht zu wecken, schlüpfe ich aus den Schuhen und trage sie. Ich wundere mich, dass die Vordertür offensteht, und werfe im Vorbeigehen einen Blick ins Wohnzimmer. M. ist auf der Couch eingeschlafen, denke ich. Er sitzt mit dem Kopf im Nacken auf die Rücklehne gesunken, in der Haltung eines Pianisten, der im konzentrierten Spiel gen Himmel schaut. Ich bleibe stehen und betrachte seine Hände, die irgendwie unnatürlich auf der seitlichen Armstütze liegen und auf seinem Knie. Ich trete einen Schritt zurück, um besser in den Salon sehen zu können. Langsam lasse ich das Netz herunter. Beim Ablegen fällt es zur Seite. Die Kohlrabis kullern über die Diele bis zur Vordertür. M. bewegt sich nicht.

Meine Ohren weiten sich. Ein ungutes Gefühl schnürt mir den Hals zu. Es macht die Sinne wach und stellt die Nackenhaare auf. Lässt meine Phantasie vor dem erblassen, was ich zu sehen bekomme. Ich höre wieder das Fauchen, das mich in der Nacht auf dem Hochsitz weckte. Erst nach einiger Zeit merke ich, dass ich es bin, der hier so schreit. Mir ist, als würde ich sterben vor Angst.

Mein Chef ist tot! M. ist ganz eindeutig tot. Er sieht aus, wie er immer ausgesehen hat, wenn er sich zurücklehnte, um nachzudenken. Langsam trete ich näher. Bleibe stehen.

Schaue mich um. Die Fenster sind geschlossen. Aber man sieht durch sie hindurch bis weit ins Land hinaus und kann, denke ich, also auch aus großer Entfernung genau zu uns hineinschauen. Mein Körper duckt sich. Der Gedanke, beobachtet zu werden, krampft meinen Magen zusammen.

Ein Sprung zurück. M. hat sich bewegt. Er ist zur Seite gerutscht. Der Kopf kippt, einen Halbkreis beschreibend, auf die Seite. Seine offenen Augen richten sich auf mich. Aber sie sehen nichts mehr. Und ich bemerke jetzt: Das rechte Auge fehlt. An seiner Stelle ist nur ein schwarzes Loch. Ekel presst mir die Lippen zusammen. Ich höre das Knirschen meiner Zähne und öffne den Mund. Ich rufe seinen Namen. Laut. Lauter. Am lautesten. Ich weiß nicht, was mich dazu bewegt. Ich rufe seinen Namen und erschrecke, wie laut ich rufen kann.

Augenblicklich verlasse ich das Zimmer und stehe kurz darauf am Weiher. Ein Schwanenpaar stößt sich vom Ufer ab und schwimmt in die Mitte des zitternden Gewässers. Mit gereckten Hälsen sondieren sie die Lage. Ich betrachte die Schuhe in meiner Hand und werfe sie in den Staub, um hineinzuschlüpfen. Als ich losgehe, frage ich mich, ob ich nicht noch einmal nachschauen soll. Auf den Gedanken, den Wagen zu nehmen, komme ich nicht. Ich laufe den Zufahrtsweg vor bis zu einer unbefestigten Waldschneise.

Rennend gelange ich an eine Specksteinstraße, Vorbote gesuchter Zivilisation. In dieser Einöde erscheint die Straße wie eine Autobahn. Polternd rammelt ein Lkw an mir vorbei. Der Kipper hat ein verschmutztes russisches Kennzeichen. Auf mein Winken ernte ich nur ein Vogelzeigen. Ich laufe weiter. Renne, bleibe stehen, laufe wieder. Höre mich sprechen. Verstehe nichts. Dann sehe ich den Postwagen auf mich zukommen. Um diese frühe Zeit. Na klar. Auf die Post ist Verlass, denke ich. Die ist immer unterwegs, wenn man sie braucht. Ich winke. Der Wagen hält in einiger Entfernung.

Als ich auf das Auto zulaufe, legt die Postfrau den Rückwärtsgang ein und gibt Gas. Ich bleibe stehen. Sie hält auch. Dann öffnet sie die Tür.

Was wollen Sie?, schreit sie herüber.

Im Landhaus ist ein Verbrechen geschehen, rufe ich.

Die Postfrau erkennt mich. Langsam rollt der Wagen näher. Sie steigt aus und betrachtet mich argwöhnisch. Skeptisch hält sie ihr Handy bereit. Unklar, ob sie telefonieren oder mich im Zweifel damit niederschlagen will.

Ein Verbrechen?

Ich merke, dass mein Zustand sie zweifeln lässt, und erläutere, dass ich seit zwei Wochen mit einem Regisseur zusammenarbeite. Der Mann, dem sie die Post gegeben hat. Sie schüttelt den Kopf und behauptet, dass sie die Post *mir* ausgehändigt habe. Sie scheint sich an M. nicht zu erinnern. Ich will mich nicht streiten und bitte sie, die Polizei zu rufen, denn ich hab hier kein Netz.

Was ist denn passiert?, will sie wissen.

Das weiß ich selber nicht genau. War unterwegs, als es geschehen ist.

Was denn?

Ich merke, wie mir Tränen in die Augen schießen.

Er ist tot, sage ich.

Die Frau glaubt nun, dass es mir wirklich schlecht geht. Sie lässt mich auf der Rückbank Platz nehmen. Ich höre sie die Polizei verständigen. Sie rudert mit dem linken Arm durch die Luft, während sie das Telefon ans rechte Ohr klemmt.

Mir graut davor, es M.s Freundin zu erklären. Wir haben uns mehrfach getroffen. Eine kluge Frau. Eine hervorragende Köchin. Ein ausgeglichener Mensch. Die Idealbesetzung für M.

Die Postfrau lacht unvermittelt auf. Bumm, bumm, bumm, die Russen kumm', sagt sie ins Telefon. Ich schaudere. Mein Lied in ihrem Mund! Sie summt es noch, als sie schon aufgelegt hat. Selbstvergessen und nur für sich. Zumindest nicht für mich. Ich scheine für sie Luft zu sein. Landluft. Sie öffnet die Beifahrertür, steckt den Kopf herein und kramt auf dem Sozius. Dabei sehe ich ihre weichen Oberarme, die schweren Brüste in der Bluse. Sie trägt einen festen Zopf. Französisch geflochten. Ihre Haare sind stark und schwer zu bändigen. Ob sie Kinder hat, frage ich mich. Bestimmt, denke ich. Schöne dicke Landkinder. Dafür ist sie doch auf der Welt. Dafür und für die Post.

Während ich überlege, wie viele es sein könnten, teilt sie mir mit, dass wir warten sollen, auf die Polizei, und bietet mir einen Kaffee aus der Thermoskanne an. Den nehme ich gern. Er ist kochend heiß.

Gute Kanne, sage ich, hält die Temperatur.

Die Frau mustert mich befremdet. Dann reicht sie mir ein Kuvert nach hinten.

War gerade auf dem Weg zu Ihnen.

Ich greife nach dem Brief. Mutter!

Blatt 42

*R. a. 22.2.71 Hannelore! Gst. habe ich den Brief von Dir erhalten. Vati war im Stall. Zum Glück! So hat er es nicht mitbekommen. Du sollst nicht mehr schreiben! Es ist das Beste, Du machst, was Vati sagt. Ich bin selber auch ganz durcheinander. Wegen dem, was Du uns in Deinem lt. Brief mitgeteilt hast. Es gibt nichts mehr zu sagen. Als Vati es erfahren hat, ist er ganz böse gewesen. Rüdiger hat geweint. Er hat Vati geholfen, Dein Bett vom Heuboden zu holen. Sie haben es hinter die Scheune gestellt. Vati will Dich nicht mehr hierhaben. Er hat Ludwig, Margarethe u. Richard mitgeteilt, dass Du gestorben bist. Ludwig hat es nicht geglaubt. Da hat Vati den Siebenriemer von der Wand genommen. Mehr war nicht nötig.* (Absatz) *Das ist aber auch ein starkes Stück! Konntest Du nicht besser aufpassen? Noch dazu ein Unbekannter!!! Als ich wegen der Krampfadern ins Ambo bin, wussten sie es alle schon. In der Stadt ist es rum. Bei Gerlachs gab es Weckpilze. Gst. hat es geschneit u. auf Deinem Bett liegen nun ca. fünf Zentimeter Neuschnee. Die Matratzen sind sicherlich verdorben. Ich darf Dir auch nicht mehr schreiben. Vati kommt*

Mitten im Satz bricht der Brief ab. Die Angst meiner Großmutter vor ihrem Mann wird spürbar. Die Worte der Mutter meiner Mutter stechen ins Herz. Sie gibt ihre Ausweglosigkeit an die Tochter weiter, reißt sie mit sich hinab. Gibt ihr indirekt die Schuld an ihrem Lebensunglück. Direkt tut sie das. Direkt! *Ein Unbekannter ...* Mir ist sofort klar, wer damit gemeint ist. Wie oft habe ich Mutter bekniet mir zu verraten, was sie von ihrer Familie entzweit hat. Nichts konnte ich in Erfahrung bringen. Sie schwieg beharrlich, ließ mich nicht mal ansatzweise erahnen, was vorgefallen war. Auch ihre Geschwister hielten gegen sie zusammen. Also auch gegen mich. Von denen erfuhr ich nichts.

Vor Jahren hatte ich einen meiner Cousins getroffen. Ich hatte gehofft, mich über die nächste (meine) Generation an das Zentrum des Zerwürfnisses heranzuarbeiten. Ich freute mich, ihn zu sehen, aber die Freude war nicht seinerseits. Ich spürte, er traf mich nur aus Sensationsgier. Er gab mir deutlich zu verstehen, dass, sobald ich Anspruch auf einen Erbteil erhöbe, die Angelegenheit beim Familienanwalt landen würde. Nicht dass mir nichts zustünde, aber es sei einfach nicht hinnehmbar, dass meine Mutter etwas bekomme. Über ihr Verhalten sei das Leben seiner Großeltern zerstört worden. Er fügte hinzu: *Unserer* Großeltern. Und es wäre längst an der Zeit für meine Mutter, Demut zu zeigen oder, und das wäre noch viel besser, zu verschwinden. Ich sagte ihm, dass ich von nichts eine Ahnung hätte und einfach nur das Interesse verspürte, meine unbekannten Verwandten kennenzulernen. Der Cousin fühlte sich beleidigt und nahm mir meine Naivität nicht ab. Er bat mich, weitere Kontaktbegehren direkt an den Anwalt zu richten. Er habe dafür keine Zeit übrig.

– Es ist davon auszugehen, dass das Wissen über meine Herkunft in der Welt ist. Nicht alles bei einem Menschen, aber bei vielen jeweils ein Stück. Ich aber weiß gar nichts. –

Die Sirenen der Polizei sind schon lange vor Ankunft der Einsatzkräfte zu hören. Der Wind trägt sie bis zum Postauto. Dass es aber gleich drei Fahrzeuge sind, erstaunt mich dann doch. Zwei rasen an uns vorbei. Das dritte hält direkt vor dem gelben Wagen. Ich sehe den vorbeifahrenden Autos hinterher. Sie begeben sich ohne Verzug zum Landhaus, während der mir bereits bekannte Landpolizist auf mich zukommt. Er grüßt nickend und fragt, was los ist. Wir müssen ein Stück zur Seite treten, da der Lkw, der mich vorhin nicht mitnehmen wollte, nun in die Gegenrichtung an uns vorbeirauscht. Ich glaube, den russischen Fahrer zu erkennen, doch denke ich nicht weiter darüber nach.

Ich schildere, was vorgefallen ist, und erkläre, dass ich nicht genau wisse, wann es passiert sei, da ich unterwegs war.

Haben Sie gestritten?

Da ich stutze, wiederholt der Polizist die Frage.

Hatten Sie Streit?

Streit?, formuliere ich seltsam berührt.

Ja, Streit, sagt er: S T R E I T – Streit!

Nein! Wie kommen Sie denn darauf?

Nun ja, es klingt schon ein wenig ungewöhnlich, dass Sie, anstatt auf Ihren Freund zu warten, die halbe Nacht durch den Wald nach Hause laufen.

M. ist doch nicht mein Freund, kläre ich den Mann auf. Er ist mein Chef, er hatte zu tun, und ich hatte Lust zu laufen und habe, um ehrlich zu sein, die Entfernung etwas unterschätzt.

Der Polizist wird angefunkt und nickt. Dann lacht er kurz auf und antwortet. Ich kann ihn nicht verstehen, nur dass er seinen Kollegen unser postwendendes (bei dem Wort lacht er erneut) Kommen ankündigt. Er lässt mich auf die Rückbank seines Wagens und geht zur Postfrau. Die beiden unterhalten sich kurz. Scheinen sich zu kennen. Tun vertraut. Auf eine Frage hin schüttelt sie den Kopf.

Nur den Mieter, sonst keinen!, kann ich hören, und sie schaut, wie mir scheint, voller Mitleid zu mir.

Habe ich ihre mütterliche Ader berührt? Ist sie tatsächlich Mutter? Sorgt sie sich um andere mehr als um sich? Gibt es ein Leben nach dem Tod?

Eine Wagentür knallt.

## Blatt 43

Der Polizist wartet, bis die Postfrau abgefahren ist, dann steigt er zu mir in den Wagen. Noch sagt er nichts, mustert mich nur stumm über den Rückspiegel und legt den Gang ein. Er hört einen Radiosender, der sehr löchrige Kommentare abgibt, da er bei jedem Funkkontakt abbricht.

Was haben Ihre Kollegen gefunden? Ich halte es nicht mehr aus und frage neugierig nach, als wir anfahren.

Der Polizist legt den Finger auf den Mund. Er antwortet einfach nicht. Er fährt denselben Weg, den ich heute Morgen, nachdem ich M. entdeckt hatte, gelaufen bin. Die Entfernung kommt mir jetzt unglaublich kurz vor. Mehrfach drehe ich mich in alle Himmelsrichtungen, um die Abstände zu prüfen. Der Polizist beobachtet mich sorgenvoll im Spiegel.

Wir erreichen das Landhaus. Die anderen Einsatzwagen stehen davor. Mein Polizist steigt aus und schließt mich mittels seiner Fernbedienung ein. Die Zentralverriegelung schnappt schnarrend zu. Ich sitze gefangen, der Beamte verschwindet im Haus. Ich wundere mich, denn die Klimaanlage bullert trotzdem weiter warme Luft in den Wagen. Die Luftfilter stinken und müssen dringend gewechselt werden. Ein älterer Polizist steht neben einem anderen Fahrzeug und versucht sich eine Strickjacke anzuziehen. Er hat Probleme, da die Jacke viel zu klein und wahrscheinlich von einem Kollegen ist. Er legt seine Mütze aufs Wagendach, um sich freier zu bewegen. Dann dreht er sich mehrfach unzufrieden um sich selbst und nestelt an den Ärmeln. Es ist zwecklos. Er merkt nicht, dass ich noch im Auto sitze und ihm bei seinem Jackenballett zuschaue. Er fühlt sich unbeobachtet und stampft zweimal wütend mit dem Fuß auf. Er macht sich lächerlich. Dann schnallt er seinen Fehler. Er greift in den Wagen und holt eine andere, größere Jacke hervor. Die passt ihm gut. Er setzt die Mütze wieder auf, klatscht geräuschvoll die Hände zusammen und reibt sie wie beim Feuermachen aneinander, bevor auch er ins Landhaus geht. Ich stelle mir vor, zu ersticken. Der Kampf gegen die Abneigung der Einheimischen ist aussichtslos und zäh, wie das Durchqueren einer meterdicken Butterwand.

Gibt es Hoffnung? Zum Trost schaue ich in den Himmel.

Blätter fallen. Mitten im Frühling. Ich döse in der Hitze der ventilierenden Air Condition. *Die Zeit vergeht, der Sand verrinnt, aber das alte Weib stirbt nicht!* lese ich auf dem Kuvert in meiner Hand. Mein Hals ist trocken. Die Lider sind schwer. Mutter sagte einmal, da, wo sie herkomme, lebten die Menschen nach dem Grundsatz: Findest du einen Nagel in der Wand, so nutze ihn! Mir ist, als suchte ich ein Leben lang nach Nägeln. In der Wand. Aber da sind nicht einmal Wände. (Nur Freiheit.)

Das Briefpapier ist feucht von meinem Handschweiß. Ich greife um und finde dabei im Schoß ein kleines Foto. Es muss herausgerutscht sein. Ich sehe, wie meine Finger es berühren, wie sie es greifen und vor meine Augen führen. Ein kleines, undatiertes Foto in Schwarz-Weiß, mit einem Zackenrand, der noch heute scharf ist wie Schneidegras. Es zeigt eine Frau in Kittelschürze, vermute mal violett. Sie hat eine Brille auf der breiten Nase, vermute mal braun. Vermute mal die Tante Oma? Sag bloß: die Mutter meiner Mutter!

Stille.

Habe ich das Foto schon gesehen? Träume ich die Bilder meiner Mutter? Sind meine Träume schon geträumt worden? Erlebt worden? Verändert und abgenutzt? Lassen sich Gedanken übertragen? Wer träumt hier eigentlich? Ich bin mir jetzt sicher, ich habe das Foto noch nie gesehen. Auch ist mir die Frau noch nie begegnet. Aber im Traum sah ich keinen Menschen öfter als die Tante Oma. Ich schwöre. Am Mundwinkel Spucke. Die Zunge leckt sie weg. Ich habe Durst.

Es gibt Eltern, die werden erst als Großeltern gut. Wenn überhaupt! Meine Mutter hatte das im Brustton der Überzeugung zu mir gesagt, nachdem sie bereits mehrere kleine Eierliköre (selbstgemacht) von einer Untertasse geschleckt hatte.

Die Wagentür wird aufgerissen. Ich zucke zusammen und schaue blinzelnd hinaus. Die Polizisten haben sich mittlerweile vor dem Haus versammelt. Sie rauchen, quatschen und sehen gelangweilt aus. Kein Krankenwagen, kein Leichenwagen. Nicht mal, dass einer telefoniert.

Mein Privatpolizist bittet mich auszusteigen. Hinter ihm betrete ich das Landhaus. Jemand fotografiert im Arbeitszimmer. Ich sehe das Blitzlicht, aber nicht den Fotografen. Der Polizist steigt über das Gemüse in der Diele und sagt: Vorsicht! Im Durchgang zum Salon bleibt er stehen.

Er schaut mich an und fragt:

Wo ist denn nun die Leiche?

Ich blicke in Richtung Couch.

Da drüben, sage ich.

Er nickt und bittet mich, sie ihm zu zeigen. Ich gehe in den Wohnbereich und schaue auf das leere Möbel. Nichts. Ich trete etwas näher, aber er hält mich am Arm zurück. Ich zeige auf die Stelle, an der M. am Morgen noch gesessen hat.

Dort saß er!

Man fordert mich auf, mir einen Stuhl zu nehmen. Ich setze mich. Der Polizist beginnt mich auszufragen. Name, Alter, Herkunft. Ich antworte wahrheitsgemäß.

Was haben Sie in der Uckermark zu verrichten?

Er sagt wirklich *zu verrichten*, denke ich, während ich antworte.

Wir arbeiten an einem Filmstoff!

Wer ist wir?

Der Geschädigte und ich. Eine relativ große Sache. Teuer, aber geheim, weil derzeit noch nicht reif genug.

Aber es gibt bis jetzt keinen Geschädigten, wirft der Beamte ein.

Doch, sage ich.

Der Polizist blinzelt mich nachdenklich an. Empfindet mich wohl als impertinent. Ich spüre seine Verachtung.

Roland!?, ruft er.

Ein weiterer Beamter in Jeans und Kapuzenpulli betritt den Salon. Er hält den Revolver von M. in der Hand und legt ihn vor uns auf den Tisch.

Wem gehört der?

Der ist von M., sage ich.

Wo ist denn dieser M.?, fragen die beiden im Chor.

Ich reibe mir die Nase. Was wird das denn jetzt?, denke ich. Haben die mich nicht verstanden? Oder soll ich alles noch mal singen?

Ich hab Ihnen doch schon gesagt, mein Chef lag hier auf der Couch, als ich heut Morgen nach Hause kam. Meiner Meinung nach tot. Da bin ich ... losgerannt, um die Polizei zu verständigen. Also Sie.

Roland winkt ab und verlässt den Salon. Zeitverschwendung, höre ich ihn sagen.

Mein Polizist fragt, warum dieser M. eine Pistole habe.

Er hatte Angst, da es sich bei unserem Stoff um eine Geschichte handelt, die einigen Menschen nicht schmeckt, erwidere ich. Wir beleuchten da ein Verbrechen, das vor Jahren unter der wegschauenden Mithilfe des KGB geschehen ist. Verstehen Sie: der russische Geheimdienst! Ich selber glaube ja nicht, dass wir in Gefahr sind. Aber er war da anderer Meinung.

Wer?

Na M. natürlich! An dem Abend, als Sie uns zum ersten Mal aufgesucht haben, hat er die Waffe gekauft. Ich wusste nichts davon. Ich weiß auch nicht, von wem. Das wollte er mir nicht sagen. Zu meiner eigenen Sicherheit.

Der Polizist fährt sich übers Gesicht.

An welchem Abend?

An dem Abend, als Sie uns gefragt haben, ob wir Schüsse gehört hätten. Ich hab welche gehört, war mir aber nicht ganz sicher. Das müssen Sie doch noch wissen!

Der Polizist macht sich eine Notiz.

Erst im Nachhinein habe ich erfahren, dass M. kurz zuvor diesen Revolver gekauft hat. Er hat wohl auch geschossen, zu Testzwecken, wie er sagte.

Der Polizist scheint sich an M. partout nicht erinnern zu wollen. Mir ist das schleierhaft, da er doch eigentlich immer einen bleibenden Eindruck hinterlässt.

Dann gehört die Waffe also diesem M.?

Ja doch!

Dann werden wir sie mitnehmen!

Aber natürlich, ich bitte darum!

Der Polizist erhebt sich, weil unsere Vermieterin aufgeregt Zugang zum Haus begehrt. Sie kommt auf mich zu und fuchtelt mit dem Finger.

Wer Ärger macht, fliegt raus!

Der Polizist beruhigt sie, und ich höre, wie er mich flüsternd verteidigt.

Wir haben doch alle schon mal zu tief ins Glas ...

Er zwinkert ihr kumpelhaft zu. Die Frau spannt ab. Er will von ihr wissen, ob sie einen gewissen M. kenne, der auch hier eingemietet sein soll. Sie zuckt die Schultern. Den Vertrag habe sie mit einer Berliner Firma gemacht. Mehr wisse sie auch nicht. Aber: Alles sauber!

(An Blatt 43 hängt mit Tesafilm ein Eierlikör-Rezept in altdeutscher Schrift, der Schrift aus Poesiealben. *Primasprit* ist doppelt unterstrichen.)

## Blatt 44

Bin ich froh, dass sie bei der Produktion anrufen, um nach M. zu fragen! So erfahren sie, dass sich der Regisseur derzeit in einem Schreiburlaub aufhält. Er habe sich abgemeldet, um einen Stoff zu entwickeln. Man wisse aber nicht, wie lange er wegbleibe. Das sei aber nicht ungewöhnlich. Der Stoff, an dem er arbeite, ist brisant, ergänzt die Sekretärin, da wolle er keine Störung. Ob er allein sei, erfragt mein Polizist. Soviel sie wisse, ja, antwortet sie. Mein Polizist bedankt sich. Dann führt er mich ins Nachbarzimmer.

Fasziniert stehen zwei Beamte vor unserem Wandtafelbild. Einer macht Fotos: Totalen und Details. M. bannt immer alles, was wir ersinnen, auf Karteikarten und fügt es zu einem großen Ganzen an der Wand zusammen. So ist dieses erstaunliche Gebilde aus Zetteln, Fähnchen, Fotos und Pfeilen entstanden, das in der Mitte die zentrale Frage stellt: *Wo bist Du?*

Die Polizisten fragen mich, was es mit dieser Wand auf sich hat, und ich erkläre ihnen alles. Jedenfalls soweit sie mir folgen können.

Irgendwann gibt es einen Anruf, dann geht alles sehr schnell. Sie packen ein und scheinen das Interesse an mir vollkommen verloren zu haben. Man werde sich melden. Wegen des Rumgeballers und unerlaubten Waffenbesitzes müsse ich eventuell noch mal nach Angermünde. Ich protestiere, da die Waffe doch gar nicht mir gehört. Man rät mir, die Sache nicht noch schlimmer zu machen.

Den Revolver nehmen sie mit. Falls der Herr M. wieder auftauche, möge ich bitte ein Zeichen geben. Er könne sich sein Eigentum dann persönlich bei ihnen abholen. Sie würden sich gern mit ihm verständigen. Ich verabschiede mich von meinem Polizisten, während er in sein Auto steigt. War mir eine Freude, mit Ihnen zu zaubern, sagt er ironisch durchs offene Fenster und schlatzt vom Hof.

Die Vermieterin schleppt Leergut in Kartons zu ihrem Niva. Die Menge ist mir peinlich. Sie kommt auf mich zu.

Noch so 'n Ding und ich kündige das Mietverhältnis sofort, sagt sie.

Ich nicke ergeben.

Eine Woche Restzeit! Die bin ich gerne bereit, mich zu gedulden. Wenn ... ja *wenn* keine Klagen mehr kommen!

Ich bedanke mich reumütig, und sie lächelt schon wieder beruhigt. Mit einem Blick auf die Weinpullen scherzt sie:

Kreativbeschleuniger?

Ich nicke ihr eifrig hinterher. Sie folgt den Einsatzfahrzeugen, und ich sehe die Wagen als staubende Kolonne am Horizont verschwinden.

Das stille Haus in meinem Rücken wirkt nun noch deprimierender auf mich. Ich sitze auf den Stufen der Veranda. Das Sonnenlicht sticht durch die Pappeln. Mücken sirren in Windstille und Frühlingswärme.

Meine Geschichte entgleitet mir. Was ist passiert? Zuerst wird die Umsetzung einiger Abschnitte moniert, dann zweifelt man das Thema generell an. Zum Schluss ist das Schreiben als Ganzes nicht mehr gut genug. Der Sinn des Lebens stellt sich infrage. Der Kontakt zur bisherigen Leistung schwindet.

Wenn man überhaupt etwas fertigbringen wolle, so M. vorgestern, dürfe man auf keinen Fall Dostojewski lesen.

Neben dem ist alles Nichts!

Auf die Ellenbogen gestützt, halte ich meine Nase in die Luft. Geschichte entsteht doch nur, wenn aus Versehen Licht ins Dunkel fällt, denke ich. Wo es hinfällt, ist Zufall, und wer die Schatten wirft, erst recht. Derjenige, der die Lampe hält, um die Vergangenheit auszuleuchten, schreibt Geschichte. Nichts ist Alles. In der Gegenwart und in der Zukunft. Mein Kinn ist der höchste Punkt. Dostojewski hält die Lampe.

Vom Weiher riecht es nach Kloake und Freiheit. Entengrütze schlägt Blasen. Die Schwaden schieben sich den seicht ansteigenden Hang hinauf. Alles fault in Hitze und Feuchtigkeit. Ich sauge den Duft ein und erinnere mich erfreut an meine Adoptiveltern. Entenfüttern mit hartem Brot. Carolasee. Palaisteich. Elbaue. Mit geschlossenen Augen höre ich die Enten im Sprint das Wasser pflügen. Jede will die erste sein. Schnabel voran, auf die sinkende Beute zu. Ich warf die Gaben schon als Kind zu den Schwachen, Langsamen, Kleinen.

Erst als mein vermeintlicher Vater starb (damals schon über siebzig), erfuhr ich, dass er gar nicht mein richtiger Vater war. Ein stiller Meeresbiologe, der nicht am Meer arbeitete. Meine vermeintliche Mutter beichtete mir die Adoption, um sich selbst zu erleichtern. Das Ergebnis war, dass es mich beschwerte. Sie hatten mich adoptiert. Mit drei Monaten. Anfangs dachte ich noch: Endlich spricht mal jemand aus, was ich seit Jahren vermutet habe. Ich redete mir ein, es immer schon gespürt zu haben. Doch später war da nur noch Leere. Ein Gefühl, das keins war. Ich mochte die beiden als meine richtigen Eltern. Mit ihnen als *Adoptiv*eltern aber konnte ich nichts anfangen. Emotional nicht und sozial schon gleich gar nicht. Sie waren mir nichts mehr wert. Sie wurden mir egal. Vater (adoptiv) war gestorben und zum Stein mit goldener Inschrift geworden. Mutter (adoptiv) trauerte uns beiden hinterher. Sie ging oft in die Oper oder zu Lesungen. Sie weinte viel. Als ich beschloss, die ganze Wahrheit über meine Herkunft rauszufinden, brach der Kontakt zu ihr ab.

Den ersten glücklichen Moment nach dem Verlust meiner Adoptiveltern hatte ich, als ich erfuhr, dass meine leibliche Mutter am Leben war. Ich fand heraus, wo sie wohnte, und zog mit Geschick und Zufall in die Wohnung nebenan. Lange wusste sie nicht, wer ich war. Sie lebte allein. Ich konnte sie studieren. Das waren glückliche Zeiten, spannende Wochen.

Das Schwanenpaar schlägt mit den Schwingen. Ich verspüre großen Hunger auf Geflügel. Im Flur sammle ich das Gemüse ein. Das Huhn ist aus dem Packpapier gesuppt. An einem Bein führe ich es ganz nah an meine Nase. Verdorbenes Fleisch riecht strenger. Schnell aufgesetzt, wird es noch zu verwenden sein. Der Gedanke an die Küchenarbeit stimmt mich zuversichtlich gerade in Bezug auf unsere Geschichte. Ich werde für zwei Personen kochen. Man weiß ja nie. Warum auch immer.

Hinten scheißt die Ente.

## Blatt 45

Innen. / Außen. / Tag. Mit einem Senffleck auf dem dunkelblauen Anzug hatte es angefangen. Später war Holger kaum mehr wiederzuerkennen. Der sonst so Akkurate. Die Kleidung unsauber, das Erscheinungsbild verwahrlost. Er ließ sich gehen, ohne es zu merken. Dreckig, hätte man ihn nennen können. *Ungepflegt!* – schrieb die Presse und fragte rhetorisch: *War er je anders? Wird er je wieder anders sein? Hat er den Sauberen nur gespielt?* Das Foto zu Holgers vernichtendem Porträt im STAR war zum Zeitpunkt des Erscheinens bereits vier Monate alt. Er hatte getrunken, war gestolpert, lang hingeschlagen und zu allem Unglück wohl ohne Schutzengel unterwegs: Er wurde dabei fotografiert!

Dass Holger sein Mandat im Stadtparlament mit dem heutigen Tag ruhen lässt, ist der Presse nur noch eine winzige Randnotiz wert. Überschrift: *Holger Friebe gibt auf!*

Er hat einfach den Fehler gemacht, sich zu wehren. Arrogant und großspurig wie gewohnt. Die Opposition hat die Messer gewetzt. Die Presse überbrückt das Sommerloch, das dadurch keins mehr ist. Das Mandat ruht nun also und mit ihm der Mensch. Man glaubt, Holger erlegt zu haben. Und jetzt beginnt man zur nächsten Jagd zu blasen: auf seinen Vater.

Innen. / Außen. / Tag. Badezimmer. Dagmar ist am Morgen mit dem Verlangen aufgewacht, Holger zu treffen. Sie konfrontiert ihn telefonisch mit dieser Bitte, und er ist sofort willens. Er geht sogar so weit, sie nicht nur auf neutralem Boden sehen zu wollen. Er will nach Hause. Ganz eindeutig. Dagmar steht vor dem Spiegelschrank und sieht sich dreifach. Der Zweifel nagt.

Der Blick von Jonas traf sie schwer. Er hat spitzgekriegt, dass Papa nach Hause kommen wird, und wollte nicht in die Kita. Ihn dennoch dort zu lassen ist Verrat. Als die Tür der Kindertagesstätte Regenbogenland hinter ihr ins Schloss fiel, fühlte sie sich wie ein afrikanischer Diktator, der seine Macht missbraucht.

Ihr stehen die Haare zu Berge. Dreifach. Im Spiegel. Mützenwetter, denkt sie und dreht sich den Kamm in die noch kurze Schüttelfrisur. Das Haar hat nach der Radikalkur wieder an Stärke gewonnen. Es klingelt.

Holger! Dagmar denkt an Sex. Sie spricht zu ihren Spiegelbildern: Hallo, hallo! Zum Test senkt sie die Stimme. Die sitzt! Die Stimme sitzt so tief, brummt sie albern, dass ich mich wundern muss, warum sie nicht den andren Ausgang nimmt. Dagmar kichert kindisch. Verflucht, denkt sie, bin ich hibbelig! Es prickelt. Seit Tagen schon. Und sofort wieder das Gefühl, die vermisste Tochter zu verraten, etwas Unrechtes zu tun, das Leben nicht zu verdienen.

Sie geht in den Flur. Wenn das mal kein Fehler ist, denkt sie. Sie öffnet, klemmt sich lasziv die Türkante an die Wange und schaut ihn schmachtend an. Sie sieht sofort, es geht ihm schlecht. Er leidet, und Leiden hat er nie gekonnt. Sie bittet ihn herein, nimmt ihm das Jackett ab, legt es auf die Waschmaschine, als wäre er, wie früher, nur mal kurz zu Hause, und zeigt auf die Terrasse. Sie hat Kuchen da.

Holger steigt über die hohe Schwelle der Balkontür hinaus ins Freie. Er dreht den Rücken zum Stuhl und sackt schwer auf den Bastsitz. Die spitzen Blätter des Oleanders piken ihn am Hals. Trotzdem hat er das Bedürfnis, für immer so sitzen zu bleiben. Eine Wallung lässt ihn erschauern. Eine kurze, weinerliche Phase. Wie früher, wenn er, vor seinem Vater geflohen, an der Seite der Mutter wehmütig darüber nachsann, dass die großen Ferien auch schon wieder vorbei waren.

Na, Schwerstarbeiter? Dagmar hat ihre Sonnenbrille (Frühstück bei Tiffany) aufgezogen und serviert Kaffee.

Es ist schön dich zu sehen! Holger stelzt durch die Sätze. Ich habe dich vermisst!

Dagmar sagt nichts, obschon sie die Lüge spürt, die sein halbherziges Werben neblig umgibt. Versteckt hinter der Sonnenbrille, nippt sie an ihrem Kaffee.

Holger berichtet, dass er aus der Studentenverbindung ausgeschlossen werden soll. Das Corps entlasse ihn cum infamia, da er sie angeblich belogen habe.

In Schande! Stell dir vor, Daggi! Jahrelang haben die sich in meinem Licht gesonnt, und dann reicht eine angebliche Falschaussage, um mich zu beerdigen. Die lesen Zeitung, als stehe da die Wahrheit drin! Holger schwitzt.

Dagmar legt ihre Hand zum Trost auf sein Knie.

Ich hab die Brüder nie leiden können, sagt sie. Na ja, mit dem einen oder andern konnte man ab und zu reden. Aber am Ende ... Ich kam mir immer vor, wie ne Schnecke unter Störchen.

Holger hebt den Kopf. Er muss lachen. Laut. Ganz spontan. Dagmar schaut weg. Sie muss auch lachen.

Wie geht es Jonas?

Gut. Sehr gut sogar.

Sie reicht ihm ein gemaltes Bild: Mutter, Vater, Baby und Jonas.

Hat Jonas aus der Kita mitgebracht. Keine Ahnung, was die ihm da einreden. Er hat's mir geschenkt und dabei über meinen Kopf gestrichen. Stell dir vor, tröstet mich der kleine Bengel!

Holger holt tief Luft.

Ich bin nicht gerade nett gewesen, zu dir, gesteht er.

Das kann man getrost so unterschreiben, erwidert sie.

Das war nicht fair von mir, stöhnt er.

Ja, sagt Dagmar. Aber unfair reicht als Bezeichnung eigentlich auch nicht.

Stimmt, das war schon niederträchtig, ereifert er sich.

Sie schweigt.

Es tut mir leid, beteuert Holger.

Das glaub ich dir nicht!

Doch, sagt er. Sehr sogar! Wenn es etwas Positives gibt an diesem Albtraum mit Mariechen, dann die Erkenntnis, dass ich mich selber nicht mehr ausstehen kann. Anfangs hat mir das furchtbar wehgetan ...

Er schaut über die Balkonbrüstung auf die spitz zulaufende Krone einer Pappel.

Und jetzt?, forscht Dagmar.

Diese Erkenntnis tut mir einfach gut, lügt Holger.

Er lügt einfach, wie es seine Art ist. Diese unnachahmlich verantwortungslose Art zu lügen.

Ich mach Schluss mit der Partei. Ich will zurück in meinen Beruf. Zumindest für eine Weile.

Als Giftmischer? Dagmar klingt erstaunt.

Ja, in meine alte Apotheke, sagt Holger resigniert.

Blatt 46

(Ebenda.) Allein schon seine Larmoyanz macht Dagmar unmissverständlich klar, dass dieser Mann in ihrem Leben keine Rolle mehr spielen soll und wird. Nach dem Kaffee wird sie auf sein Drängen eingehen, wird sich von ihm ins Schlafzimmer schieben lassen. Sie werden übereinander herfallen, wird sie Holger glauben machen und ihm ein letztes Mal zeigen, dass sie eine Frau ist, wie er sie nicht verdient. Er wird denken, dass sie noch einen ganz passablen Körper hat, in Schuss ist, wie er früher immer gern betonte, trotz der zwei Kinder! Und sie wird ihm nicht sagen, dass sie weiß, wie er über sie denkt. *Sushi Bar* haben seine Corps-Kameraden die Treffen genannt, zu denen junge Frauen geladen waren. Dass sie es weiß, wird sie für sich behalten, und er wird denken, er habe sie noch immer in der Hand. Aber sie weiß genau, was gelaufen ist und wie sie damals zueinandergefunden hatten. Nachdem die Tagesordnungspunkte abgearbeitet waren, hatte der Erste Vor-Ort-Sprecher der gastgebenden Burschenschaft den Gong geschlagen, was so viel hieß wie: Die Sushi-Bar ist eröffnet! Roher Fisch – junge Frauen. Deshalb hat Holger vorhin auf der Terrasse lachen müssen. Die nackte Schnecke unter Störchen.

Er wird sich prächtig fühlen, bevor sie ihn für immer rausschmeißt. Wird glauben, er habe sich wieder im Griff, und sich aufmunternd einreden, wie viel Leichtigkeit so eine kleine Nummer doch immer gleich verbreitet. Heilende Wirkung, wird er denken. Aber Holger kann dann seinen zweiten Schuh nicht finden, da sie ihn beim Ausziehen in den Wäschekorb befördern hat. So hat sie Zeit genug, den Wohnungsschlüssel von seinem Bund zu drehen, während er pfeifend das Zimmer absucht.

Er wird sich vornehmen, Dagmar warmzuhalten. Sie wird aus dem Bad rufend fragen, ob er mitkomme, Jonas abholen. Sie weiß, er muss Nein sagen. Und bedauernd wird er dann auch ablehnen, er wolle (angeblich) nichts überstürzen, wird er sagen, und müsse gründlich nachdenken. Das verstehe sie, wird sie rufen, und er wird spüren, dass das ganz und gar nicht der Fall ist. Sie wird also lügen, er wird also lügen. Die Basis für gute Parteiarbeit, wird er insgeheim denken (und lachen). Alles beim Alten! Den fehlenden Schuh wird er erst auf ihren Hinweis hin finden. Er müsse los, wird er rufen. Warte, ich bring dich zur Tür, wird ihre Antwort sein. Das sei lieb, wird er heucheln! Nur sie wird wissen: Es war das letzte Mal!

Es ist doch einfach mal so: Wenn es Hühnersuppe noch nicht gäbe, müsste man sie erfinden. Und das heiße Wannenbad gleich mit. Ich schaue aus der Badewanne in die Wipfel der Eschen am Weiher. Die mächtige Weltesche, denke ich und frage mich, was mich so ruhig sein lässt. Es ist etwas passiert, das ich nicht erklären, geschweige denn aufhalten kann.

M. ist bis jetzt nicht erschienen. Er hat dort gesessen, wo ich ihn gefunden habe. Ich weiß es genau, aber er war nicht mehr da. Das ist nicht zu leugnen. Oder doch? Es hat ja alles seine Zeit gedauert. Im Bademantel laufe ich durchs Haus. Waren die Russen hier? Ist das Unerklärliche einfach nur das Geheime?

Unweigerlich fällt mir das alte Ehepaar aus der Sendung *Wo bist Du?* ein. Ich hatte sie kontaktiert. Vor Jahren schon. Sie aber reagierten verängstigt. Es dauerte eine ganze Weile, bis sie mich ins Vertrauen zogen. Den Grund ihrer Angst konnten sie mir nicht erklären. Sie hätten die *Freunde* eigentlich immer gemocht, bekam ich stets zur Antwort. Gemocht? Warum auch nicht? Vor allem die russische Sprache läge ihnen am Herzen. Das Klangvolle der Worte. Das Melodische des slawischen Akzents.

Als das Eis gebrochen war, schlossen sie mich in ihr Herz. Sie waren äußerst zuvorkommend mir gegenüber. Sich selbst gegenüber. Der Welt gegenüber. Der Tod eines Kindes mache das eigene Leben sichtbar, hatte mir der alte Herr gesagt. Er liebe nur noch seine Frau und das Leben mit ihr. Seine verlorene Tochter solle es ihm nachsehen, aber er wäre sonst nicht mehr hier auf Erden. Der Tag, an dem das Unglück geschah, sei für ihn ein Tag voll verschenkter Lebenszeit gewesen. Schon den Morgen habe er wie abwesend verbracht. Mit Dingen, die in ein erfülltes Leben nicht gehörten. Er sei unaufmerksam für die Küche seiner Frau gewesen. Er habe die Kleine sitzen lassen im Trabant, ohne die Konsequenzen zu bedenken. Natürlich sei er für seine Gedankenlosigkeit auch wirklich hart geprüft worden, sagte er und lächelte, von diesem Gott, an den er gar nicht glaube.

Er wollte wissen, was mich sein Schicksal interessierte. Mal abgesehen davon, dass ich diese unheimliche Begebenheit der Welt erzählen und mittels Öffentlichkeit Bewegung in den Fall bringen wolle, interessiere mich vor allem das Schicksal seiner Tochter, erklärte ich aufrichtig. Das verstand er nicht sofort, bis ich ihm schilderte, wie ich, seit ich wirklich denken konnte, nach (m)einem Vater suchte. Meine leibliche Mutter sei mir dabei leider keine große Hilfe. Aus

Gründen, die ich nicht verstünde, verweigere sie mir die Auskunft. Nicht dass er mich falsch verstehe: Sie verweigere mir die Auskunft, nicht aber ihre Liebe!

Der Mann schaute mich an. Ich solle seine Geschichte ruhig erzählen, ermunterte er mich daraufhin, als sei es die meine.

Was immer Sie herausfinden, Herr Stadt, es wird meine Frau und mich ebenfalls voranbringen!

Ich erinnere mich an das Gespräch, während mir kalt wird. Was wohl aus ihm geworden ist? Vielleicht hat man seine Tochter mittlerweile gefunden? Eventuell findet man sie gerade jetzt? Man hofft, weil man nicht weiß. Die Minute des Wiedersehens könnte aber auch jeden noch kommenden Tag verschönern.

Ich suche ein paar frische Sachen und lege mir eine Decke über die Schulter. So setze ich mich vor den Laptop, in der Hoffnung dass alles wieder wird, wie es vor zwei Tagen noch war: M. stiefelt über die Veranda. Einen Fasan oder Hasen am Haken, lachend und mit der Vorfreude auf ein Wildgericht. Er schilt mich, dass ich ihn mit den Landpomeranzen und ihren verschlagenen Bauerngatten auf dem Schwof im Stich gelassen habe, und zeigt mir dann eine erste Fassung seines Tanzfilms *In the mood for Uckermark* oder *Moving Mark*, den er gleich im iPhone geschnitten hat, und verkündet stolz, auf welchem Sender seiner Wahl der Streifen demnächst zu sehen ist.

Da es mir nicht gut geht, wird er mir etwas kochen und mich auffordern, das Monster in meinem Herzen mit an den Tisch zu bitten. Dann wird er mir sein nächtliches Abenteuer, das zwischen kalten Raufasertapeten in einem Bauernschlafzimmer stattgefunden hat, in ganz herrlichen Details und als Zeichen seines tiefen Vertrauens ungeschminkt beschreiben. Er wird nicht stolz drauf sein, aber auf erschreckende Weise mit sich zufrieden. Le centre du monde est partout! Der Schinken ist gekloppt, wird er sagen und den Laptop aufklappen.

An die Arbeit, Titelgott, wie schnell ist nichts getan!

## Blatt 47

Bunt. Rasant. Sauber. Als Sveta im Frühjahr des Jahres für eine Woche nach Deutschland kam, waren die Knospen der Linden gerade aufgeplatzt und die kleinen haarigen Blätter zart daraus hervorgesprossen. Neugierig zu erfahren, was sie auf dieser Welt abgesehen von Fotosynthese sonst noch erwarten würde, streckten sie ihre lindgrünen Gesichtchen den Neuankömmlingen entgegen.

Sveta stand am Flughafen Klotzsche vor der alten Linde. Ihr schien der deutsche Baum vollkommener von Wuchs und klarer strukturiert. Im Erscheinungsbild der weißrussischen Linde weit überlegen. Voller. Runder. Gesünder. Sie wusste nicht, ob es sich um eine Sinnestäuschung oder einen Fakt handelte. Alles war reiner. Genauer. Abgezählter. Sie war sicher, in Deutschland konnte man von der Straße essen und aus den Flüssen trinken.

Dieses unmittelbare Gefühl sei ein Ergebnis des Kontrasts. Ihr sei es beim ersten Mal genauso ergangen, sagte Raisa d. Ä. Damals habe sie sogar ein paar Samen mit nach Hause genommen. Ob Sveta sich an das Wäldchen neben ihren Kartoffelfurchen erinnere? Die deutschen Bäumchen sähen ihren russischen Artgenossen mittlerweile doch erstaunlich ähnlich. Die Schönheit sei dieselbe.

Sveta nickte. Mit schiefgelegtem Kopf schaute sie noch kurz auf den Baum und stiefelte dann mit ihrer Tochter auf dem Arm der Gruppe hinterher.

Ein Vater mit zwei Kindern hatte sie in einem Kleinbus abgeholt, in den sie alle hineinpassten. Er stellte sich einnehmend freundlich als Uwe vor und unterhielt sich unentwegt mit der Frau Lermentowa, die er anscheinend von früheren Besuchen kannte. Er redete pausenlos, während er fuhr, wechselte sprunghaft die Themen, um bei diesem Gespräch, wie er gestand, sein eingerostetes Russisch zu praktizieren. Sveta hatte sich mit der kleinen Raisa in eine hintere Bank gezwängt. Die Mädchen und Jungen der Gruppe hingen an den Fenstern und starrten ins deutsche Land. Sie staunten über Lichter und Aufschriften, über Kleidung und Farben, zeigten begeistert auf alles Mögliche. Auch ihnen schien das Grün der Bäume grüner als daheim. Der Vater mit seinen beiden Kindern auf der Vorderbank lachte laut und erklärte, dass es in Deutschland Menschen gebe, die nichts anderes täten, als die Blätter der Bäume grün zu streichen. Die Kinder staunten, bis Raisa d. Ä. sie aufklärte: Daheim lasse der Frühling noch auf sich warten. Daher wirke das Grün hier grüner. Nun schauten die Kinder nicht mehr so freundlich auf den Fahrer. Wollte der sie verarschen? Sie mussten hier wohl auf der Hut sein. Außerdem verkündete Uwe euphorisch, dass er im Quartier einen echten Samowar aufgestellt habe (elektrisch!), mit dem sie Sudtee kochen könnten. Und Marmelade zum Süßen dazu. Die Kinder ignorierten ihn und schauten weiter hinaus. Ekliger als Sudtee mit Marmelade fanden sie nur Kohlrübensuppe. Aber das sagten sie dem seltsamen Deutschen nicht, denn Raisa hatte sie ermahnt, höflich zu sein. Wenn ihnen etwas missfalle, hatte sie auf der großen Reisebelehrung gefordert, sollten sie sich einfach abwenden und den Schnabel halten.

Da Sveta relativ kurzfristig zur Reisegruppe hinzugekommen war, hatte man für ihre Unterbringung auf die Schnelle eine kleine Laube hergerichtet, die direkt neben dem alten Schullandheim stand. Ein Bungalow mit Küche und Dusche. Essen werde man aber natürlich gemeinsam, beteuerte Uwe, bevor er sich mit seinen beiden Kindern verabschiedete. Die anderen waren mit Raisa d. Ä. im Haupthaus untergebracht und auch gleich zum Ablegen der Sachen sowie zur Inspektion der Räume losgezogen.

Sveta betrat den Bungalow und legte die schlafende Raisa auf das Doppelbett. Sie formte mit der Zudecke eine Barriere, damit sie nicht vom Bett fallen konnte, und sah sich um. Die kleinen Zimmer schwitzten den Schweiß der Vormieter. Es erinnerte sie an ihre Datsche. Wie lange war die nun schon zerstört? Man hatte ihr frische Bettbezüge bereitgelegt und einen Elektroheizer hingestellt. Sveta lüftete. Sie setzte sich ans Fenster und betrachtete die alten Apfelbäume, die, in angenehmer Unordnung gesetzt, den Garten bis zum akkuraten Zaun bestanden.

Ihre Tochter gab einen Laut von sich. Es klang wie eine Beschwerde. Doch sie schlief fest. Noch bevor sie abgereist waren, hatte Raisa d. Ä. erwirkt, dass ein befreundeter Arzt das Kind untersuchte. Der hatte ihr eine Infusion verabreicht und die Sorge zerstreut, das Mädchen könnte schon auf der Reise in gesundheitliche Schwierigkeiten geraten. Er sagte aber auch, dass die Kleine bei diesem Blutbild und ohne Behandlung kaum mehr länger als ein halbes Jahr zu leben habe. Sveta reagierte äußerlich gelassen. Sie hatte sich vorgenommen, das Leid nicht in sich aufzunehmen. Es gelang ihr immer besser. Dass sie mit der Kleinen bis nach Deutschland gekommen war, schien ihr wie ein Wunder.

Am Haupteingang versammelten sich ein paar einheimische Schüler und warteten auf ihre diesjährigen Gäste. Sveta sah einen älteren Herrn, der Fotos machte und den Raisa, nachdem sie aus dem Haus getreten war, begrüßte, als sei er der Chef der Deutschen. Er sah auf seine Uhr und zeigte zu einem bunten Reisebus. Raisa d. Ä. hatte noch kurz in Richtung des Bungalows geschaut, dann aber wohl entschieden, sie nicht zu stören. Sveta sah den Bus abfahren. Da ihre Tochter, wie sie glaubte, noch mindestens eine Stunde schlafen würde, beschloss sie, sich ein wenig in der Umgebung umzuschauen.

Dann der Gedanke. Zum ersten Mal. Siedend heiß. Sveta stand auf der fremden Straße. Vorn am Kiosk sah sie eine Kitagruppe im luftbereiften Schiebewagen. Sechs Wänster. Kerngesund und pudelwohl. Was wäre, wenn? Ja, dachte Sveta – dann hätte sie Hoffnung. Nein, schalt sie sich – das wäre verrückt! Das geht nicht! Sie durfte das nicht. Es war Sünde. Aber wenn es nun niemand erfuhr? Sveta lief zum Bungalow zurück. Raisa lag unverändert auf dem Doppelbett. Aber sie hatte die Augen auf. Sveta betrachtete sie. Ihr Mädchen schaute skeptisch. Konnte sie ihre Gedanken lesen? Die Kleine ahnte nichts vom Krebs in ihrem Blut. Wie denn auch. Aber sie ahnte die Absicht der verzweifelten Erwachsenen.

Sveta wollte das Zimmer erneut verlassen. Raisa protestierte. Da setzte sie sich ans Fenster. Ihre Knie zitterten. Es schien ihr, als sei es schon entschieden. Als habe sich der Entschluss beim ersten Denken verfestigt. In Stein gemeißelt, dachte sie, in Stein. Raisa rumorte. Hast du Hunger meine Kleine?, fragte Sveta so ruhig wie möglich. Sie machte ihr Milch warm, nahm sie endlich auf den Arm und fütterte sie.

Bei ihrer Rückkehr entschuldigte sich Raisa d. Ä., dass sie Sveta nicht mitgenommen hatten. Sie waren in einem Moritzburg genannten Jagdschloss gewesen und es hätte ihr sicher gefallen. Sveta beruhigte sie. Es sei sehr schön gewesen. So hätte sie etwas Zeit für sich und das Kind gehabt. Und wenn sie ehrlich sein dürfe, würde sie auch gern weiterhin, falls die Reiseplanung es zulasse, den Aufenthalt hier weitestgehend mit ihrer Tochter zu zweit verbringen. Laisa d. Ä. stimmte dem vorbehaltlos zu. Sveta solle nur sagen, was sie brauche. Es gäbe ein, zwei Veranstaltungen, bei denen es angebracht wäre, sie dabeizuhaben. Ansonsten solle sie sich ruhig ein paar schöne Tage machen mit dem Kind. Sveta half ihr daraufhin und spielte mit den Kindern, während sie aufs Abendbrot warteten.

## Blatt 48

Die Nacht über lag Sveta wach. Sie hatte sich neben die Kleine gekuschelt, die immer sofort einschlief, wenn ihre Mutter da war. Auch Sveta hatte eine halbe Stunde geschlummert, war aber mit der fixen Idee hochgeschreckt, die sie fortan nicht mehr losließ: Morgen musste es sein! Die Gruppe würde am nächsten Tag einen Ausflug in die Porzellanmanufaktur nach Meißen machen. Sveta hatte abgesagt, obgleich sie sich sehr, sehr gern angeschaut hätte, wie das weiße Gold (so Raisa d. Ä.) hergestellt wurde. Sie hatte einen leichten Infekt vorgeschoben. Lieber wolle sie in der Umgebung und an der herrlichen Frühlingsluft einen Spaziergang machen. Besorgt erkundigte sich Raisa Lermentowa, ob sie Medizin brauche, aber Sveta meinte, sie habe alles. Auch als sie anbot, die Kleine mitzunehmen, lehnte Sveta das ab. Nun aber, wach im Bett, schien ihr dies eine willkommene Hilfe. Sveta sah einen Käfer unbeweglich auf der Tapete. Sie berührte ihn behutsam mit dem Finger. Er fiel in die Ritze zwischen Bett und Wand. Sie drehte sich von ihrer Tochter weg, brachte Abstand zwischen ihren Körper und den des Kindes. Sie glaubte, wieder einzuschlafen.

Die Sendung mit dem älteren Ehepaar aus Deutschland geisterte durch ihren Ammenschlaf. In Deutschland habe ein krankes Kind mehr Aussicht auf medizinische Versorgung ... Hier werde ihm geholfen ... Ein hoffnungsloser Fall sei es gewesen ... Jetzt lebe sie immer noch! Sveta sah sich aus dem Haus treten. Sie wusste, was zu tun war. Sie ging bis zur Straße. Am Kiosk stand noch immer der Wagen mit den Kindern. Mit der kleinen Raisa auf dem Arm wagte sie sich zu den Wänstern. Der Mann, der die Aufsicht hatte, schaute ein Tennismatch im Fernseher überm Verkaufstresen. Sveta zögerte nicht lange und setzte Raisa zwischen zwei Mädchen. Das geschieht so lautlos, dachte sie erstaunt. Sie hob ein rotwangiges Kind vom Sitz. Das fremde Mädchen sagte gar nichts. Es schaute sie nur mit großen Augen an. Sveta eilte über die Straße. Ein letzter Blick zurück, bevor sie um die Ecke bog. Die kleine Raisa schaute ihr nach.

Sveta erwachte. Ihre Tochter saß wimmernd neben ihr. Sie beschloss, zu handeln. Sie steckte das schlaftrunkene Mädchen in den grünen Skianzug und ging mit ihr zur Straßenbahnhaltestelle. Wieder spürte sie nichts. Hörte sie nichts. Die kleine Raisa lutschte am Daumen. Sveta zog ihn heraus. Da sie ihr Weinen nicht ertrug, setzte sie ihre Tochter in das steinerne Wartehäuschen und floh. Eine Frau rief ihr nach. Sveta schaute sich nicht um. Die Frau rannte ihr hinterher. Hartnäckig. Sie holte Sveta ein, packte sie an der Schulter und riss sie herum.

Sveta erwachte erneut. Sie schaute in die klaren Augen von Raisa d. Ä., die sie zum Frühstück abholen wollte. Sveta versuchte, etwas zu sagen, aber ihr Hals schmerzte. Raisa fühlte die Temperatur ihrer Stirn. Fieber habe sie ja schon mal nicht, zum Glück. Aber vielleicht sollte sie die Kleine heute wirklich besser mitnehmen? Sveta war nun hellwach.

Ja, sagte sie, das wäre vielleicht das Beste!

Gemeinsam gingen sie zum Frühstück. Es war aufregend, in der Fremde zu essen. Sveta schaute auf die Wagen mit den Speisen. Hier gab es alles, was man sich nur wünschen konnte. Und einiges, was Sveta noch nicht kannte. Aber das Essen schien ihr fad. Es schmeckte viel weniger herzhaft als zu Hause. Das Scharfe war im Vergleich ein blasser Abklatsch heimischer Schärfe. Das Saure war auch nur halbsauer. Und die Eier waren gleich ganz ohne Geschmack.

Bevor die Schülerdelegation der deutschen Partnerschule eintraf, übergab Sveta ihre Tochter in die Obhut der Chefin und verzog sich dann in den Bungalow. Sie hatte ihre Reisetasche ausgepackt und sich eine Windjacke übergestreift, die sie im Schrank gefunden hatte. Sie verkleidete sich für den Tag und wartete auf die Abreise der Gruppe. Wenn sie wusste, worauf sie wartete, machte ihr das Warten nichts aus. Sie wartete gern, auch über Tage.

Vor ihr stand die leere Reisetasche. Sveta überlegte, ob sie die mitnehmen sollte oder ob das Ding sie bei ihrem Vorhaben eher störte. Es war die Tasche, in die sie vor einer gefühlten Ewigkeit eilig ihre Habseligkeiten hatte stopfen müssen, bevor ihre Datsche planiert worden war. Sie liebte die Tasche sehr. Obwohl sie nicht wusste, woher sie kam, war sie ihr, einem Erbstück gleich, ans Herz gewachsen. Eine geräumigderbe Tasche, die, oft genutzt, mit ihrer Fleckigkeit modernen Charme besaß. Sveta entschied, das gute Stück im Bungalow zu lassen, um die Hände frei zu haben.

Später fuhr sie mit der Straßenbahn und ließ sich von einem hilfsbereiten Hundebesitzer den Fahrkartenautomat erklären. Sie verstand kein Wort. Da sie aber merkte, dass er die Angelegenheit für sie regeln würde, gab sie ihm ihr Portemonnaie. Mit dem Fahrschein kam sie genau bis an den Fluss, der die Stadt durchzog. Dort wanderte sie ziellos am Ufer entlang und hoffte auf eine Gelegenheit.

An der Anlegestelle für Dampfschiffe hätte Sveta es beinah geschafft. Eine Frau hatte ihren Kinderwagen oben an der Straße abgestellt, um nach den Abfahrtszeiten an der Tafel unten am Ufer zu schauen. Dann sprach die Frau einen Mann an, der mit dem Finger auf ein Schalterhäuschen zeigte. Sie schaute zu ihrem Wagen und entschied, ihn dort oben stehen zu lassen. Sveta hatte sie beobachtet und trat nun entschlossen hinzu. Sie schlug die Decke zurück und fand ein leeres Bettchen vor. Erschrocken schaute sie zu der Frau, die vom Fluss her schrie. Jetzt sah sie, dass die ihr Kind vor die Brust gebunden trug. Sveta sprintete vom Ufer weg, durchlief einen Hofdurchgang und verschnaufte erst im schattigen Grund eines Kellerabtritts. Sie zitterte am ganzen Leib. Niemand folgte ihr. Sie musste vorsichtiger sein. Weiter! Die Zeit drängte. Sie scannte die Gegend nach Möglichkeiten ab. Einen Kinderwagen sah sie nur durch die Gitterstäbe eines Balkons. Unerreichbar im dritten Stock.

Während sie durch die Straßen und Gassen lief, überprüfte sie nochmals die Richtigkeit ihrer Entscheidung. Wenn sie ihre Tochter hierließe, würde man sich um sie kümmern müssen. Man müsste sie wieder *ganz* machen, wie sie es nannte. Aber sie konnte ja nicht ohne Kind nach Hause zurück. Ein ganz und gar gesundes Mädchen müsste es sein, ein Jahr alt. Ungefähr. Man würde sich an der Grenze wundern, wenn sie ohne ein Kind ankäme. Doch mit einem Kind schien ihr alles sehr einfach. Nur eben erst mal eins finden!

An einer Haltestelle sah sie zwei Frauen aus dem Bus steigen. Sie hatten gleich vier oder fünf Kinder dabei und hielten sie schreiend und rufend auf Kurs geradeaus. Sveta folgte ihnen, obwohl die Kinder zu alt waren für ihren Plan. Sie kamen an einer Schlange an, die sich vor einem Gebäude in einem Park neben dem Fluss gebildet hatte. Sveta ging unauffällig an den Wartenden vorbei, stellte sich vor den Eingang und beobachtete das Prozedere. Nach einer Weile war ihr klar, wie die Abläufe am Einlass funktionierten. Sie zählte das Geld in ihren Taschen und freute sich, dass es für sie reichen würde. Eine Frau schrie nach ihrem Sohn, der, die Absperrung missachtend, aus dem Spieleparadies nach draußen rannte. Sie lief ihm schimpfend hinterher und zog ihn wieder rein. Am Eingang hob man lächelnd den Zeigefinger. Sveta wurde gewahr, wie laut es hier war. Sie wählte den linken Schalter, schob, als sie an der Reihe war, Geld unter der Glasscheibe hindurch und zeigte freundlich einen Daumen. Eine Erwachsene? Sveta nickt. Ihren Bon musste sie dann noch unter die elektronische Registrierung halten. Es piepte, ein grünes Lämpchen leuchtete und sie trat ein.

Blitze aus einem Fotoautomaten flackerten wie Stroboskoplicht in die düstere Schleuse zwischen Kasse und Hauptgebäude. Jeder Gast wurde fotografiert, und nicht wenige der Eintretenden schrien scherzend um Hilfe oder mimten den Geblendeten für ihre Kinder. Es war ein Schieben und Drängen, ein Wogen und Lärmen. Geschickt gelang es Sveta aber, dem Ablichten zu entgehen. Sie ließ eine Münze zu Boden fallen und spielte gebückt die Suchende. So gelangte sie (mit freundlicher Unterstützung des Einlasspersonals) am Fotoautomaten vorbei.

Im wogenden Strom der lärmenden Kinder und ihrer in der Regel auf taubstumm geschalteten erwachsenen Begleitungen begab sich Sveta ins Zentrum der Anlage, wo es für ihren Geschmack viel zu voll war. Staunend ging sie durch die verschiedenen Spielwelten. Hier konnten sich Kinder wie Maikäfer fühlen oder in Millionen von kleinen bunten Bällen schwimmen, sie konnten wie die Affen klettern oder in Miniaturautos Rennen fahren wie die Großen. Sie konnten sich mit Micky Maus fotografieren lassen und jede Farbe Eis probieren.

## Blatt 49

Sveta brauchte eine halbe Stunde, um wieder normal atmen zu können. Sie hatte sich interessiert treiben lassen und dabei jeglichen Blickkontakt mit anderen Menschen vermieden. Von einem aufdringlichen Clown nahm sie einen Lolly entgegen, um ihn kurz darauf in einem Mülleimer zu entsorgen, der das Maul eines Delfins zur Öffnung hatte und sich akustisch bedankte. Sveta hatte Durst bekommen und ein Wasser erworben, das ihr teuer vorkam, da sie nicht bemerkte, dass ihr auf das Glas zwei Euro Pfand berechnet wurden.

Und dann sah sie im Café endlich einen Kinderwagen. Sie setzte sich an den Rand des abgegrenzten Gastbereichs und trank ihr Wasser. Sie betrachtete die Leute, denen der Wagen gehörte. Die rosa Farbe des Deckbetts sowie des kleinen Mützchens (rot-weiß gestreift) auf dem Tisch machten sie sicher, dass es sich bei dem Kind um ein Mädchen handelte. Im Wagennetz lag ein Windelpaket der Kategorie 4 für Kinder von zehn bis zweiundzwanzig Kilo. Ein älterer Herr war gerade dabei, sich zu verabschieden. Er hatte einen Anruf bekommen und musste den gemeinsamen Familiennachmittag wohl unfreiwillig abbrechen. Die Eltern blieben für einen Moment allein. Dann sah Sveta, wie sie sich bei den Händen fassten und zur Kinderstadt liefen. Von dort, aus dem zweiten Stock, winkte ein Junge. Ihr wurde klar: Das Paar war auf dem Weg zu seinem Sohn.

Entschlossen stand Sveta auf und ging geradewegs auf den Wagen zu. Als sie schon verräterisch nah war, kam unverhofft der ältere Herr zurück. Geistesgegenwärtig tat sie so, als müsse sie sich einen Weg durch die vielen Stühle bahnen. Sie verließ das Café unauffällig. Der Herr hatte nur seine Lederhandschuhe vergessen. Sie beobachtete, wie er sie aufnahm, sich umdrehte und zur Kinderstadt winkte. Da stand die Mutter und hob zum Gruß die Hand. Der Herr entfernte sich zügig, während die Frau in einem der Minihäuser verschwand.

Schnell musste Sveta sein. Und Sveta war schnell. Sie schlug das Deckbett zurück, sah das schlafende Mädchen entspannt ausgestreckt vor sich, hob es an und drückte es behutsam an sich. Dann zog sie die rosa Decke mit Schmetterlingsapplikation aus dem Wagen, nahm im Vorbeigehen das rot-weiße Mützchen vom Tisch und wickelte das Mädchen auf dem Weg zum Ausgang in die Decke. Sie erschrak fürchterlich, als in einer ersten Lautsprecherdurchsage alle Gäste des Spieleparadieses wegen der bevorstehenden Schließzeit zum baldigen Verlassen der Anlage aufgefordert wurden. Sie verstand kein Wort, glaubte aber, sie sei gemeint. Schwitzend lief sie weiter, wunderte sich, dass niemand sie aufhielt, und erreichte den Kassenbereich, an dem sich nun ein kleiner Stau in die andere Richtung gebildet hatte.

Alle Kinder waren nach dem Fotografieren mit einem Button versehen worden, auf dem ihr Name und ihr Bild zu sehen waren. Auch das kleine Mädchen trug ihn. *Marie* stand dort. Aus Gründen, die sie sich auch im Nachhinein nicht erklären konnte, gab der Name ihr die Ruhe zurück. Marie gefiel ihr. Schlagartig wusste sie wieder, was sie sich vorgenommen hatte.

Da Marie wegen des Tohuwabohus nun doch die Augen öffnete, schob ihr Sveta den an einer lustigen Kette hängenden Schnuller in den Mund. Marie nuckelte und staunte über die neuen Gerüche der fremden Frau, die andere Nase und die schönen, unbekannten Augen. Ihre Wangen schimmerten rötlich vom Schlaf, die vielen dunklen Haare barg Sveta jetzt unter dem Mützchen.

In einer Reihe mit vielen Kindern und Erwachsenen schoben sie sich langsam zum Ausgang vor. Sveta spürte bereits die frische Luft, die in kurzen Abständen immer dann, wenn die Tür sich automatisch öffnete, ins Innere des Gebäudes strömte. Kurz bevor sie an der Reihe waren, schaute sie so aufgeregt wie möglich auf die Tür und rief laut und fordernd: Uwe. Uuuuuweeee! Der freundlich gestressten Dame am Ausgang hielt sie in panischer Eile ihre Eintrittskarte hin. Die schaute aber nur in Richtung des vermeintlich entwischten Uwes und führte die Karte dabei routinemäßig in den Schlitz der elektronischen Abmeldung ein. Die Tür öffnete sich auch für Sveta.

Ohne sich umzudrehen, lief sie mit Marie hinaus, den imaginären Ausreißer einzufangen. Dabei rief sie noch mehrmals Uwe und verschwand dann zügig in der einsetzenden Dämmerung. Hätten die Herren von der Security am Eingang ein Ohr für diese Situation gehabt, sie hätten ihr nun einsetzendes, fast wahnsinniges Lachen gehört. So aber erinnerte sich im Nachhinein niemand mehr daran.

Außer Marie.

Am nächsten Morgen ist M. noch immer nicht zurück. Ich sitze auf der Couch, genau an der Stelle, an der er gesessen hatte. Ich lege den Kopf in den Nacken und platziere die Hände auf den Knien. Ich muss lachen. Unterbreche den Selbstversuch. Was soll der Scheiß? Wenn er hier nicht mehr gesessen hat, als die Polizei kam, wo ist er dann? Das Auto hatte mit dem Gemüse am Außenspiegel vor dem Haus gestanden. Er war also hier. Er ist nicht tot, so viel steht fest. Oder jemand hatte sehr, sehr gründlich sauber gemacht. Die Pistole ist jedenfalls erst mal aus dem Haus.

Sein Zimmer steht offen. Das Bett ist unberührt. Seltsam. Es sieht aus wie das Bett meiner Mutter. Leer. Aber bestimmt hat M. sich eine Tänzerin geschnappt. Hundert Pro! Eine, die ihn noch rangelassen hat. In seinem Alter. Oder eine, die so alt ist wie er: vierundfünfzig. M. behauptet oft, er sei erst fünfundvierzig. Das nimmt man ihm nur ab, weil er es so sensationell ernst verkündet. Man könnte meinen, er glaubt es selbst, wenn er es so sagt, obwohl er doch eigentlich schmucke vierundfünfzig ist. Und falls ihm jemand mal auf die Schliche kommt, leugnet er genauso perfekt und spricht von einem Zahlendreher oder schlicht vom Verhören. So fräst er sich in die Herzen. Mich wundert, wie ungern die Menschen alt werden. Mich wundert das wirklich. Immer schon. Treu sei er nicht, aber zuverlässig untreu. Das strahle dann auch schon wieder etwas Grundsolides aus. Ich höre ihn noch lachen. Ja! So einer ist der M. Einer, der sich in der Musikgeschichte auskennt wie kein Zweiter, aber beim Alter schamlos lügt. Da flögen die Weiber drauf, war er sich absolut sicher. Gerade hier auf dem Dorf. Die könnten Vivaldi nicht mal schreiben, hatte er mir noch zugeraunt, wenn sie aber seine Musik hörten, lösten sich ihre derben Schlüpfer vor Nässe auf wie Esspapier.

Ich schmiere mir Brote und versuche den Tag zu beginnen. Der Computer ventiliert. Ich berühre eine Taste, sehe die Worte der Nacht. Esse, lese, verbessere. Schreiben heißt umschreiben – M. lässt grüßen! Aber von wegen! Was lasse ich mich auch ein auf diesen Greis? M. ist einfach zu alt für einen frischen Gedanken. Geistig unbeweglich erscheint er mir jetzt. Auf einmal. Jede Auseinandersetzung mit ihm scheitert. Scheitert am mangelnden Mut, die mehr oder weniger fortgeschrittene Moderne in den Kreis der Eventualitäten einzuschließen. Denn der Mann ist einfach alt. Punkt. Aus. Ende. Zu viele Erfahrungen. Zu großes Wissen. Kein Platz mehr fürs Staunen. Zu streng hält er die Gesetzmäßigkeiten unserer Arbeit ein. Ein Drehbuch sei nichts weiter als die Anleitung zur Verfertigung eines Films, dröhnt er in meinem Kopf. Ein Scheißdreck! Es ist viel mehr als eine bloße Anleitung. Aber dafür muss man erst mal *lesen* können. Vom Sehen, Riechen, Schmecken ganz zu schweigen. Ich merke bestürzt, dass er nie etwas begreifen wird, was mich betrifft. Dafür ist er einfach schon zu welk. Im Kopf, im Bauch und zwischen den Beinen.

Dabei hab ich ihn nie gekannt.

## Blatt 50

Noch in weiter Entfernung, aber mit ganz unverkennbarem Kurs auf unseren Hof zu, höre ich ein Fahrzeug. Mit einem Meter Abstand luge ich aus dem Fenster. Ist es M.? Und wenn nicht, wer dann? Ich reiße den Laptop vom Tisch und renne aus dem Haus zum Holzschuppen. Eine kleine Feldsteinscheune, vor zweihundert Jahren als Kartoffelsilo gebaut. Die Tür lässt sich von innen mit einem rostigen Haken verriegeln. Unter Gewaltanwendung rastet er ein. Ich klettere auf den Holzstapel und lege mich neben das fußballgroße Giebelfenster. Mit Erleichterung stelle ich fest, es ist nur die Post! Aber ich sehe auch, dass die Postfrau nicht allein im Wagen sitzt. Neben ihr klammert sich jemand am Haltegriff fest. Mehr kann ich nicht erkennen. Ich zögere, mein Versteck zu verlassen.

Der Wagen hält genau dort vor dem Haus, wo ich ihn von meinem Fenster aus nicht sehen kann. Die Türen des Postautos schlagen zu. Sie sind ausgestiegen, denke ich und höre die Klingel rasseln. Sie warten. Lauschen. Und klingeln noch mal.

Hallo?

Der Mann hat gerufen. Interessant. Sie unterhalten sich. Ich höre nicht viel.

... muss ja da sein ... Auto steht ... schläft vielleicht ...

Sie klingeln wieder. Ich möchte erst wissen, wer der Mann

ist, denke ich, als sie den kleinen Hügel neben dem Haus hinaufkommen. Der Kerl schaut wirklich in jedes Fenster. Die Postfrau geht an meinem Scheunengiebel vorbei zur Hintertür des Landhauses. Sie drückt die Klinke und öffnet.

Hallo? Po-host! ... Hier ist niemand, sagt sie dem Mann, der sich nun wieder vor das Haus begibt. Sie bedankt sich bei ihm, dass er sie begleitet hat.

Scheint ein Kollege von ihr zu sein, denke ich. Oder der Bruder? Hier auf dem Land zählt die Familie noch, vermute ich zumindest. Doch warum die Begleitung? Hat sie Angst? Wovor? Warum?

Vor dem Haus unterhalten die zwei sich weiter. Ich kann nichts verstehen. Der Briefkastenverschluss quietscht. Fleißig, denke ich, Mutter hat wieder geschrieben. Ich höre die Türen des Wagens schlagen. Der Rückwärtsgang kreischt einrastend. Der Motor jault auf. Dann semmelt die gelbe Kutsche vom Hof.

Der Staub legt sich, und ich verlasse neugierig meinen Posten. Unter mir kullert Holz. Ich muss mich abstützen. Der Laptop schlägt ungünstig an. Wenn Mutter auf mein Bitten hin reagiert hat, habe ich Grund zur Hoffnung, etwas Neues zu erfahren. Das regt mich auf. Im Hausflur ist es angenehm kühl. Ich öffne die Tür und schaue in den Briefkasten. Schon am Kuvert erkenne ich den Absender. Wer sollte mir auch sonst hierher schreiben?

Dann sind Sie also doch zu Hause!

Ich fahre zusammen. Mist. Alter Bauerntrick. Gleich wird der Kerl mich raten lassen, wer von uns beiden der Idiot ist. Ich, ich, ich, denkt es in mir.

Ja, sage ich heiser. Hab gepennt.

Er lächelt mit hochgezogenen Brauen. Durchschaut fühle ich mich. Nackig und erwischt.

Warten Sie schon lange?

Nein, sagt der Herr und zückt einen Ausweis. Sein Name sei Alvart, bekomme ich zu hören. Kripo. Ich betrachte das Papier. Nicke. Was muss ich jetzt sagen? Ihn reinbitten? Eigentlich nicht, oder? Aber unhöflich will ich auch nicht sein.

Sind Sie Johann Stadt?, fragt er.

Ja.

Ich hätte da ein paar Fragen an Sie.

Okay.

Jetzt schaue ich auf. Wie peinlich! Der gelbe Wagen kommt zurück. Hat hinterm Weiher gewendet. Die haben sich also abgesprochen.

Wollen Sie reinkommen?

Ich tue verschlafen und bin so freundlich wie möglich.

Warum nicht, antwortet der Mann. Ebenfalls freundlich.

Ich blinzele (wegen der grellen Sonne), trete ins Haus und schließe hinter ihm die Tür. Die Postkuh bleibt draußen. Wär ja noch schöner! Die Blamage ist eh schon groß genug. Als wüsste Alvart, wo es langgeht, verschwindet er in der Küche.

Aha!, höre ich ihn im Arbeitszimmer sagen und folge über den Flur.

Vorgebeugt betrachtet er unseren Schlachtplan an der Wand. Wie der Mann dasteht. So gebogen. Ist mir vorhin schon aufgefallen, als er versuchte, durch die Fenster ins Haus zu schauen. Entweder Magenschmerzen oder Plattfüße. Irgendwie krank, vom Hintern her.

Cooler Trick, da draußen, sage ich und gebe meine Deckung auf.

Alvart winkt ab:

Ich muss Sie halt unbedingt was fragen. Er zeigt mit dem Finger auf die Karteikartenlandschaft an der Wand. Sie interessieren sich für vermisste Menschen?, forscht er scheinheilig.

Ja, sage ich.

Das geht mir genauso.

Er biegt ein Foto leicht zur Seite, um den daruntergepinnten Vermerk zu lesen. *Badewanne zu klein.* Er staunt.

Vertikal! Horizontal! Sie arbeiten nicht nur oberflächlich, lobt er mich, sondern auch in die Tiefe.

Ziemliches Chaos, sage ich.

Ja, meint er.

Vor allem für Personen, die sich nicht auskennen, ergänze ich.

Er lacht.

Punkt für Sie!

Am Lachen erkenne ich ihn wieder und weiß jetzt, wo ich ihn schon mal gesehen habe. Im Beitrag über das entführte Kind an der Landeskrone. Rose. Er ist der Ermittler, der alles herausgefunden hatte, schon zu DDR-Zeiten. Konnte mit seinem Wissen aber leider nicht zur Lösung beitragen, weil die Wahrheit einigen Leuten nicht passte. Fähiger Mann, in voller Blüte abgesägt. Ein Ritter der traurigen Gestalt, denke ich, die personifizierte Vergeblichkeit.

Sind ja beachtlich weit gekommen, sagt er fast ehrfürchtig, als er mit seinem Studium fertig ist.

Ich nicke erstaunt.

Nahe dran, murmelt er zu sich.

Ich freue mich riesig, denn das ist Lob von ganz oben.

Ich erinnere mich an Sie, gestehe ich.

Das möcht ich wohl meinen, sagt Alvart.

Blatt 51

M.s Revolver schwebt plötzlich vor meinem Gesicht. Alvart hat ihn aus der Tasche gezogen und schaut mich durch den Fingerschutz am Abzug an.

Schönes Modell, schwärmt er. Sie haben ihn im Haus gehabt und ein Verbrechen beschrieben, das so nicht stattgefunden haben kann.

Das ist halt mein Beruf, sage ich.

Wieder lacht er, lässt die Trommel rauskippen und dreht sie. Nicht geladen. Webley Royal Irish Constabulary Revolver. Mit geschlossenem Rahmen, Herr Stadt.

Aha! Ich zucke mit den Schultern. Altes Eisen, sage ich.

Und wo haben Sie den her?

Ich antworte wahrheitsgemäß, dass ich den nicht irgendwo herhabe, sondern dass ihn mein Chef M. von jemandem hier in der Gegend gekauft hat. Nachts und ohne mein Wissen. Alvart nickt und steckt den irischen Revolver umständlich in seine Tasche zurück.

Wissen Sie, dass mit dieser Pistole am 5. Dezember 1989 geschossen wurde?

Nein, sage ich staunend.

Alvart beginnt zu erläutern:

Die Dresdner Bürger hatten am Nachmittag dieses Tages gerade die Stasi-Zentrale in der Bautzner Straße gestürmt und waren Willens, die nicht weit entfernte KGB-Villa gleich noch mit abzufackeln. Quasi in einem Aufwasch. Da aber hat sich den Revolutionären ein blasser KGB-Offizier – schmächtig wie Sie, Herr Stadt – todesverachtend in den Weg gestellt. Hatte ganz die Ruhe weg, der Mann, das muss man ihm in jedem Fall lassen. Es sei russisches Territorium, das sie da betreten wollten, hat er den Bürgern gesagt, derweil hinter ihm ein Sowjetsoldat schon die Kalaschnikow durchlud.

Verstehen Sie, Herr Stadt?

Keineswegs. Ich kann überhaupt nicht folgen, und Alvart sieht es mir an.

Sie, Herr Stadt, haben ebenfalls russisches Territorium betreten. Er klingt auf einmal so furchteinflößend.

Ich?

Ja, sagt er. Damals reichte es, demonstrativ ein MG durchzuladen, und die Menge zog ab. Wie verhält es sich mit Ihnen?, will Alvart wissen.

Ich zucke wieder nur mit den Schultern.

Keine Ahnung, gebe ich zu.

Sie können sich aber schon denken, wer das war, oder?

Ich nicke. Putin!

Exakt, Herr Stadt, der feine Herr Wladimir Wladimirowitsch!

Mit gesteigertem Interesse schaue ich auf den Revolver und stelle mir bildlich vor, wie er in der Hand des kleinen großen Führers liegt.

Hat Putin mit dem Revolver geschossen?, frage ich jetzt.

Das wissen wir nicht genau. Auf jeden Fall nicht damals vor der Villa. Wladimir Wladimirowitsch hatte dort ganz ohne Waffe gestanden. Einige Wochen später ist er dann nach Leningrad zurückbeordert worden. Abberufen ins Mutterland. Kommunalpolitiker ist er dort geworden. Alvart schüttelt belustigt den Kopf. Genüsslich wiederholt er: Kommunalpolitiker! Aber als die sein Büro in der Bautzner auf den Kopf gestellt haben, fährt er nüchtern fort, hat das Schießeisen samt Munition in der Lade seines Schreibtischs gelegen. Zwei abgefeuerte Patronen steckten im Schrank. Die Bürger, die an diesem 5. Dezember in die KGB-Villa wollten, haben übereinstimmend ausgesagt, dass, bevor der blasse Geheimdienstler ihnen entgegentrat, im Haus zweimal geschossen wurde. Und diese Abschreckung hat Wirkung gezeigt. Sie sind alle wieder gegangen. Alvart kramt in seiner Hosentasche und befördert eine abgeschossene Patrone hervor.

Das ist eins der beiden Projektile aus Putins Büroschrank. Und Sie können sich nicht vorstellen, Herr Stadt, wie überrascht ich war, dass die Kollegen in Angermünde aus den Kiefern hinter Ihrem Haus Geschosse herausgepolkt hatten, die mit denen dieser Waffe übereinstimmen.

Ich staune ebenfalls.

Während Alvart das erklärt, sind ihm zahlreiche Schweißperlen auf die Stirn getreten, wie Punkte auf einem Fliegenpilz. Sie haben sich an seinen Schläfen zu Rinnsalen vereinigt, die ihm nun vom Kinn auf den Bauch tropfen. Er wischt sich mit einem grau-blau karierten Taschentuch übers Gesicht und sagt: Glutamatallergie! Bedient bläst er die Backen auf und fragt nach dem WC.

Ich zeige ihm den Weg. Es klingt nicht gut, was ich dann höre. Aus Respekt vor diesem Mann begebe ich mich außer Hörweite. Seltsam, was er berichtet hat, denke ich.

Und dieser M. ist wirklich nirgends zu erreichen? Bereits im Flur beginnt Alvart zu sprechen.

Ja, sage ich, ich mache mir auch langsam Sorgen.

Warum?

Na ja, er ist jetzt schon zwei Tage und zwei Nächte weggeblieben.

Ach, der ist doch erwachsen, meint der Kommissar scheinheilig.

Ja, sage ich, aber das Auto steht hier.

Auch wieder wahr, murmelt er. Alvart ist unzufrieden mit der Situation, das spüre ich. Was ich Ihnen außerdem sagen wollte, Herr Stadt, wir haben uns noch mal bei Ihrem Arbeitgeber erkundigt. Die sind nicht gerade gut auf Sie zu sprechen.

Ja, ja, ich weiß! Ich bin denen zu langsam. Aber das ist normal. Produzenten kann es nie schnell genug gehen, und sie haben immer recht!

Alvart nickt.

Dieser M. ist verreist, behaupten die, aber definitiv nicht mit Ihnen, Herr Stadt.

Ja, ja, sage ich lächelnd, das war Tarnung! Wir wollten in Ruhe gelassen werden. M. hatte die Idee. Mir war's recht. Wissen Sie, wenn ich mit einem neuen Drehbuch in die Produktion komme, an dem ich ein halbes Jahr gearbeitet habe, schauen die als Erstes auf die letzte Seite. Und wissen Sie auch, warum?

Stille.

Na, ich denke mal, um zu erfahren, wie es ausgeht, mutmaßt der Kommissar.

Ach, Quatsch! Der Ausgang interessiert die einen Dreck. Denen geht es allein um die Länge. Sie checken die Seitenzahl. Neunzig Seiten – perfekt! Hundertzehn Seiten – interessant, weil Auswertung im Kino möglich. Alles darüber: Abspecken, rausschmeißen, kürzen – viel zu teuer!

Lassen Sie mich raten, Herr Stadt, Ihre Fassung hatte hundertzwanzig Seiten!

Ich schüttle den Kopf.

Hundertsiebenundsiebzig.

Hundertsiebenundsiebzig?

Ja, sage ich.

Alle Achtung!, staunt er. Das erinnert mich an die Aktenmeter meines Falls.

Eben, sage ich. Und wir sind noch nicht am Ende!

Es klingelt. Alvart klatscht belustigt in die Hände.

Oje, ganz vergessen. Die Post!

Der Kommissar eilt behände zum Vordereingang.

Frau Runge, jetzt mussten Sie aber lange warten. Verzeihen Sie. Wir sind gleich so weit.

Im Vorbeigehen greife ich mir eine Milchflasche. Das *weiße Gold der Mark*. Kräftiger Schluck. Erfrischend.

Alvart lässt resigniert die Arme runterfallen.

Wieder nichts, resümiert er ausatmend.

Er will sich verabschieden, aber ich halte ihn zurück.

Sie hatten doch noch eine Frage an mich, erinnere ich ihn.

Alvart nickt.

Welche denn?

Er winkt ab.

Ich wollte Sie fragen, ob es nicht sein kann, dass Sie dieser M. sind?

Ich? Wie kommen Sie denn darauf?

Nun, antwortet der Kommissar, ich gehe immer allen Eventualitäten nach. Ist so ein Hobby von mir.

Und, Herr Alvart, bin ich's?

## Blatt 52

Nach den drei Tagen zusammen mit Raisa und Marie hätte Sveta gerne beide Mädchen mit nach Hause genommen. Aber sie wusste natürlich, dass sie ihre Tochter in Dresden lassen musste. Sie hatte auch schon einen Versuch gestartet, sie in der Medizinischen Akademie *unterzubringen*. Aber sie fühlte sich ständig beobachtet, kein noch so gut gewählter Ablageplatz schien ihr sicher genug. Obendrein hatte sie glücklicherweise rechtzeitig bemerkt, dass das gesamte Gebäude von Kameras überwacht wurde. So war sie wieder nach Hause gegangen, wo Marie bereits auf sie wartete. Sie lag im Schrank in der offenen Reisetasche und spielte mit dem Saum der über ihr hängenden Windjacke.

Sveta hatte die Kinder während der Tage im Bungalow sooft es ging zusammen hinter dem Bett spielen lassen. Da war die Einsicht von der Tür aus verstellt und die Gefahr einer Entdeckung am geringsten. Zwar hatte sie bei den wenigen unverhofften Besuchen der älteren Raisa oder des hiesigen Hausmeisters nicht vermeiden können, dass man die Kinder hörte, aber glücklicherweise war niemand auf den Gedanken gekommen, dass es *zwei* sein könnten. Zumal Sveta peinlich genau darauf achtete, die Besucher so schnell wie möglich aus der Gefahrenzone zu geleiten.

Sie hatte sich einen Wecker aushändigen lassen und schlief nur noch zu den absoluten Kernschlafzeiten. Sie schloss den Bungalow ab, zog die Gardinen zu und hatte viel Spaß mit den beiden Mädchen. Die begrapschten sich liegend im Gesicht, zogen sich gegenseitig die Schnuller aus dem Mund oder drückten sich die ausgestreckten Mäusefäustchen auf die Augen. Marie schlief auf einer kleinen Steppdecke in Svetas geräumiger Reisetasche, die sie ohne Bedenken mit dem Reißverschluss blickdicht verschließen konnte.

Größere Sorgen bereiteten ihr allerdings die Stunden, in denen sie Marie allein im Bungalow zurücklassen musste. Sie hatte Raisa Lermentowa überzeugt, dass sie die meiste Zeit mit ihrer Tochter allein sein wollte. Aber dass Sveta so gar nichts von dem schönen Ort Dresden mitbekam, ließ die Chefin nicht durchgehen. Also willigte Sveta wenigstens in einen Bummel durch die Einkaufspassage der Stadt ein. Und das war ihre Erlösung! Denn während die Kinder in einem runden Kino ein Trickfilmprogramm sahen, entdeckte sie einen idealen Ort zum Ablegen ihrer Tochter. In einer seitlichen Vertiefung der Passage gab es einen vielbesuchten Kinderbekleidungsladen. Hier war es warm, Kameras schien es auch nicht zu geben, und der Verkäufer machte einen vertrauenswürdigen Eindruck. Sveta kaufte nichts, schaute aber eine ganze Weile. Begeistert erzählten die Kinder auf dem Rückweg von fliegenden Bären, hustenden Sauriern und unglaublich salzigem Popcorn.

Sveta drängte zur Eile und war plötzlich unsicher, ob es ein gutes oder schlechtes Zeichen war, dass sie Marie nicht schon von Weitem hörte. Sie stürmte in den Bungalow, setzte Raisa aufs Bett und sperrte die Schranktür auf. Verschlafen blinzelte Marie sie an. Sveta strich ihr über den Kopf und nannte sie liebevoll mein kleines Stiefelchen.

Deine Kleine hat ja richtig rote Wangen bekommen, sagte Raisa Lermentowa auf dem Weg zum Check-in. Sveta lächelte zustimmend, wandte sich aber leicht ab und zupfte Marie die Mütze noch etwas tiefer ins Gesicht. Trotzdem beugte sich die Leiterin vor, um dem staunenden Kind in die Augen zu schauen. Ich habe dir doch gesagt, die Reise würde dem Würmchen guttun! Raisa d. Ä. schaute Sveta strahlend an: Und dir auch, ergänzte sie freundlich und sichtlich zufrieden.

Sveta bedankte sich leise, aber Raisa wischte den Dank mit einer Handbewegung weg. Mit gewohnter Strenge (oder war es Lust?) ordnete sie die Reihe ihrer Schützlinge vor dem Schalter. Sveta traten Tränen in die Augen. Eine Wallung, die sie sogleich zu unterdrücken suchte. Die letzten Stunden in Deutschland hatten ihr Kraft geraubt, wie sonst nichts zuvor in ihrem Leben. Zum einen war sich Sveta, je weiter sie sich räumlich von ihrer leiblichen Tochter entfernte, überhaupt nicht mehr sicher, ob es wirklich, wirklich das Richtige war, sie einfach hierzulassen. Zum anderen hatte sie höllische Angst vor der Entdeckung ihrer Tat. Und wäre die Angst vor der Entdeckung, die ihr Schmerzen in Brust und Kopf verursachte, nur noch eine halbe Stunde weiter angewachsen, sie wäre wahrscheinlich freiwillig zur Polizei gegangen. Sie hätte sich gestellt.

Der Flughafen fraß sie auf. Sie haderte dabei mit sich und redete unentwegt beruhigend auf die kleine Marie vor ihrer Brust ein. Sveta freute sich sehr, sie bei sich zu haben, und erklärte ihr, dass ihre kleine Freundin, mit der sie die letzten Tage gespielt hatte, jetzt sicher schon in einem Krankenhaus untersucht werde und eine Behandlung bekäme, die ihr das Weiterleben ermöglichen würde. Und dann, ja dann irgendwann könnten sie beide Raisa besuchen und sich über das Leben freuen und die getroffene Entscheidung gemeinsam gutheißen. Sveta wurde aufgefordert, ihren Flugschein vorzuzeigen. Sie tat es. Die Milchflasche für das Kind durfte sie trotz Verbots mit in den Flieger nehmen. Die sei ja nur noch halbvoll.

Wieder zu Hause im Heim, würde Sveta mit Marie auf ihr Zimmer gehen. Sie würde die Kleine ins Bettchen legen und ihr ein Lied singen. Die Jungs würden ohne anzuklopfen in die Mansarde stürmen und sie herzlich begrüßen. Sie würden sich über das Bett beugen. Hallo. Hallo, würden sie rufen und: Hat Farbe bekommen, das Küken! Ja, würde Sveta sagen. Foma würde seinen Kopf an ihre Seite drücken. Du auch, Svetjuschka. Ja, würde sie ihm antworten und: War eine schöne Zeit. Sie würde versuchen, die Jungs zur Ruhe zu bewegen, und es würde ihr mit einem unerbittlichen Befehl schließlich auch gelingen. Die Kleine würde die Äuglein schließen und irgendwann später am Tag in ihrer neuen Heimat aufwachen. Foma würde wohl etwas bemerken. Er würde ein bisschen stutzen und Sveta forschend anschauen. Er würde flüstern, dass er es bedauere, dass Raisa sie verlassen musste. Und Juri würde ihn in die Seite stoßen. Halt's Maul, Dummbrot, verdammt! Sveta würde Foma die Hand auf den Scheitel legen und gestehen, dass sie noch Hoffnung habe. Sie würde hoffen, dass all die Informationen nicht stimmten. Foma würde Mariechen unbeholfen über die Wange streichen und flüstern: Raisa darf nicht sterben! Nein, würde nun auch Juri sagen.

Sveta erwachte aus ihrem hoffnungsvollen Tagtraum und sah einem Polizisten durch die geputzte Scheibe des Sicherheitsbereichs direkt in die Augen. Es war vorbei.

Blatt 53

Alvart setzte sich in das von einer dunkelbraun furnierten Schrankwand dominierte Wohnzimmer und wartete. Die Ledercouch war Jahrzehnte alt. Der Geruch erinnerte ihn an das Schlafzimmer seines Vaters. Seit über zwanzig Jahren kannte der Kommissar nun die Eltern von Rose. Er hatte sie auf der Suche nach ihrer Tochter unterstützt und sie von Misserfolg zu Misserfolg begleitet. Jeden Durchbruch hatten sie hoffnungsvoll gemeinsam besprochen, jede noch so kleine Bewegung in dem Fall hin und her gewendet.

Alvart hörte das Ehepaar in der Küche hantieren. Die Frau hatte ihm immer grusinischen Tee serviert, dessen Blätter noch wirklich aus Grusinien importiert waren (an der EU-Verordnung vorbeigeschmuggelt). Ihr Mann hatte immer die beste Eierschecke der Stadt (mit dem zartesten Eischaum) aufgetischt. Der Kommissar hatte bei allen Treffen beides, Tee und Kuchen, über die Maßen gelobt, und sie waren aufrichtig erfreut gewesen, wenn es ihm schmeckte.

Der Mann schien ihm resignierter, aber stoisch. Die Frau war emotionaler, aber leider depressiv. Beide waren früh vergreist und in ihrem Auftreten zu einer solitären Lebensform verschmolzen. Er rechnete nach. Sie waren noch keine sechzig, wirkten aber zusammen wie hundertachtzig. Sie hatten sich auf sein Zuraten im russischen Fernsehen an die Bevölkerung der GUS gewandt, in der Hoffnung, dass sie jemand sah, der mit dem Fall vertraut und nunmehr Jahrzehnte später und straffrei über die Ereignisse sprechen wollte.

Die Frau kam mit dem Tee. Alvart stand auf, sie bat ihn, doch bitte sitzen zu bleiben. Er nahm ihr den Tee ab, und sie hatte wie immer das Sieb vergessen. Sie huschte in die Küche, während der Mann mit strahlenden Augen die Eierschecke exzellent servierte. Wie immer die beste der Stadt. Von Walthers aus Pillnitz. Aber das sei doch nicht nötig, sagte Alvart einmal mehr und freute sich auf den ersten Bissen. Die Frau kam mit dem Teesieb und schenkte mit seiner Hilfe ein.

Nun stellen sie sich bloß mal vor, nicht mal in Moskau gibt es noch grusinischen Tee.

Nicht möglich, parierte der Kommissar.

Ja, sagte ihr Mann, die Sitten verfallen. Alles wird besser, aber nichts wird gut!

Das war seit dem Mauerfall zum Motto dieses traurigen Menschen geworden. Und er ergänzte nun, dass einzig die Schecke von Walthers noch den Standards entspräche.

Alvart hatte Kuchen und Tee gleichzeitig in die Hände bekommen. Nun konnte er weder mit dem einen noch dem anderen beginnen. Bei allem feierlichen Ritual merkte er deutlich, dass etwas Dunkles auf den beiden lastete. Sie sprachen gedämpfter als sonst und schienen ihre Freude mehr zu behaupten. Er fragte, ob es im Anschluss an ihren Auftritt irgendwelche Hinweise gegeben habe.

Die Frau schaute ihren Mann an. Der nickte, und sie begann zu berichten, dass sich der Sohn eines Majors der sowjetischen Streitkräfte bei der Redakteurin gemeldet habe. Sein Vater sei in den Achtzigern in Dresden und Görlitz stationiert gewesen und kurz nach dem fraglichen Zeitraum in die Heimat abberufen worden. Damals hätte es eine merkwürdige Begebenheit gegeben, die der Sohn des Majors kurz vor dessen Tod vor zehn Jahren erfahren habe. Es habe wohl etwas mit Gott zu tun.

Der Kommissar stellte den Tee ab. Seine Hand hatte zu zittern begonnen, und die Tasse schepperte verräterisch auf dem Unterteller. Er war aufgeregt wie jedes Mal, wenn er dem Kern eines Verbrechens näher kam. Er versuchte sich zu beruhigen, indem er sich einredete, dass sicherlich wieder mal nichts an der Sache dran war.

Der Major habe an einer Strahlenkrankheit gelitten, fuhr die Frau fort, da er als Funker ungeschützten Kontakt mit allerlei unsichtbarer und vor allem krankmachender Strahlung hatte. Sein Sohn hatte ihm auf dem Sterbebett die Beichte abgenommen. Dabei hatte der Major damals gesagt, dass er einmal in seinem Leben Gott gespielt habe. Der Sohn, der sich keinen Reim darauf machen konnte, hatte wohl noch mehr aus dem Todgeweihten herauszubekommen versucht. Der Vater erklärte, er habe ein totes Kind zum Leben erweckt, indem er ein gesundes Kind in die Hölle schickte. Welche Hölle?, hatte der Sohn wissen wollen. Unsere russische Hölle, habe der Vater angeblich geantwortet. Sie schwieg kurz.

Der Major ist vor etwa zehn Jahren verstorben, fuhr sie fort. Und der Sohn hat dem Ganzen nur wenig Bedeutung beigemessen, da er annehmen musste, dass sein Vater halluzinierte. Er hatte es beinahe schon vergessen. Bis zu ebenjenem Zeitpunkt, als er uns im Fernsehen sah. Also hat er versucht, mehr über den Aufenthalt seines Vaters in Deutschland in Erfahrung zu bringen.

Und?

Der Kommissar hatte bis jetzt den ersten Bissen zurückgehalten.

Die Frau schaute ihren Mann an. Der nickte wieder.

Der junge Mann ist tot, sagte sie bekümmert. Er ist von

einem Betrunkenen an einer Bushaltestelle überfahren worden. In Rostow am Don.

Nein, sagte Alvart.

Die beiden schauten ihn an und nickten nun im Duett.

Doch! Wir haben diese Geschichte von der Redakteurin, die hat uns eine E-Mail geschickt: Sie sei in großer Sorge und wisse auch nicht, was sie tun solle. Vielleicht ist ja alles nur ein Zufall, sagte der Mann, vielleicht aber auch nicht. Nur nach allem, was wir erlebt haben, glauben wir eigentlich nicht mehr an Zufälle.

Der Kommissar hielt den Kuchen zwischen Daumen und Zeigefinger gedrückt. Es fehlte etwas in der Geschichte, dachte er. Das Mädchen!

Hat es eventuell einen Hinweis auf die Person gegeben, die der Major meinte, als er Gott spielte?

Die beiden schüttelten synchron die Köpfe. Nichts. Sie schwiegen und lauschten dem Westminstergong der Standuhr im Flur. Viermal vier melodiöse Schläge plus vier satte Kracher am Ende. Sechzehn Uhr. Der Mann stand auf und brachte einen dicken Brief. Aufgegeben irgendwo im Ural, wie er sagte.

Das ist der Brief eines Unteroffiziers, der in Karl-Marx-Stadt gedient hat. Er hat uns im TV gesehen und fühlt mit uns, wie er schreibt. Er sei mit seiner Tochter, die genauso alt ist, wie unsere Tochter jetzt sein müsste, zum Arzt gegangen und habe einen Vaterschaftsnachweis erbracht. Der liegt in Kopie bei. Er wünscht uns viel Kraft bei der weiteren Suche. Ein Dutzend solcher Briefe wartet auch noch bei der Redakteurin, aber sie will uns damit verschonen. Sie habe einen befreundeten Journalisten, dessen Namen sie uns aus Gründen seiner und unserer Sicherheit nicht nennen könne, nach Rostow geschickt, um die Umstände des Unfalls zu recherchieren. Da sei aber nur wenig zu machen, hätte der geschrieben. Das Protokoll des Unfalls sei eindeutig geschönt. Der Unfallverursacher angeblich auf dem Weg in ein Straflager.

Der Kommissar biss nun endlich in die Eierschecke. Er lobte den zarten Eischaum und spülte mit einem Schluck Tee nach.

Man kann uns jedenfalls nicht nachsagen, dass wir nicht alles versucht hätten.

Nein, das nun ganz bestimmt nicht, pflichtete Alvart ihm bei. Die Russen sind einfach ziemlich stur. Nach wie vor. Und Ihnen bleibt die Hoffnung, dass es Ihrer Tochter gut geht, versuchte der Kommissar zu trösten.

Ja, sagte die Frau, das haben Sie schön gesagt.

Nach einer Pause stieß sie ihren Ehemann sanft mit dem Finger an. Der nickte Alvart zu und räusperte sich, bevor er sprach:

Es gibt da noch eine Sache, zu der wir gerne Ihren Rat einholen möchten.

Alvart war ganz Ohr.

Die Redakteurin hat uns aufgefordert, in Rostow Anzeige gegen Unbekannt zu stellen, um so eine Ermittlung anzustoßen, die dem Unfall auf den Grund geht. Wir würden dafür aber nach Rostow fahren müssen, um unser Anliegen vor Ort zu vertreten. Wir haben aber nicht den Eindruck, dass das etwas bringen könnte. Im Gegenteil. Irgendetwas sagt uns, dass man uns nur an den Don locken will. Unter einem Vorwand. Nachdem ich in Moskau schon so ein ungutes Gefühl wegen unserer Sicherheit hatte, haben wir uns geschworen, nie wieder einen Fuß nach Russland zu setzen. Die Bedrohung da in Moskau fühlte sich an wie eine permanente Beschattung. So ein untrügliches Wissen, verfolgt zu werden. Verstehen Sie? Beweisen können wir natürlich nichts.

Der Kommissar hatte genug gehört. Er erklärte den beiden, dass sie sich keine Sorgen machen sollten. Sie hätten absolut richtig entschieden. Er habe ebenfalls den Eindruck, eine Anzeige würde zu viel Staub aufwirbeln und obendrein auf einer doch sehr vagen Behauptung fußen. Er notierte sich den Namen des Majors und die Mailadresse der Moskauer Redakteurin.

## Blatt 54

Wie immer, wenn Alvart ihnen einen Rat gab oder sie in ihrem Handeln bestätigte, war das Ehepaar erleichtert. Sie hatten ein Leben lang immense Anstrengungen unternommen, um das Schicksal ihrer Tochter aufzuklären. Vergeblich. Als sie vor zwanzig Jahren aus ihrer Heimatstadt Görlitz weggezogen waren, dachten sie, sie könnten die Geschichte hinter sich lassen. Aber sie würden bis an ihre Lebensende suchen, wusste der Kommissar genau.

Und nochmals druckste der gute alte Mann herum, als müsse er dem Kommissar eine Sache beichten, die ihn so beschämte, dass er sie kaum über die Lippen brachte. Seine Frau rieb die Daumen auf den kleinen Fäusten und nickte dazu.

Es muss sein!

Der Mann sprach ruhig über ein Angebot von dem Millionenmann aus dem Fernsehen oder besser von dessen Anwalt, Dr. Schertzinger, aus Berlin. Der wolle ihre Lebensgeschichte kaufen und mit der Kamera dabei sein, wenn Rose gefunden würde. Den Beitrag wollten sie dann möglichst live auf ihrem Stella TV zeigen. Der Millionenmann habe ihnen beiden angeboten, sie ins Studio einzuladen, um über Rose zu reden. Seine Popularität im In- und Ausland, so habe er versichert, würde ihnen garantiert helfen, und er sei guter Hoffnung, Rose zu finden.

Der Mann schwieg, denn nun war es raus.

Alvart wusste, dass dies eine echte Chance war, aber er ahnte auch, was damit verbunden sein würde.

Fünfzigtausend Euro!, gestand die Frau heftig ausatmend.

Der Kommissar nickte. Die beiden Alten klebten an seinen Lippen, als er sprach.

Das ist eine gute Summe, die können Sie sicher brauchen bei der weiteren Suche.

Erleichtert schaute der Mann ihn an.

Sie meinen also, wir sollten es machen, Herr Kommissar?

Alvart überlegte, was er an ihrer Stelle täte. Er kam zum Schluss, dass er das Geld nehmen würde. Alles andere wäre Augenwischerei. Ja, sagte er darum und machte die beiden damit sehr glücklich. Weniger des Geldes wegen, vielmehr, weil sie mit ihrer Entscheidung nicht mehr so allein dastanden. Der Millionenmann, dachte er, dieser Aasgeier.

Der Kommissar stand auf und reichte den beiden die Hand. Der Mann fragte, ob es Neuigkeiten in seinem aktuellen Fall gäbe. Sie hätten es in der Zeitung verfolgt.

Alvart schüttelte den Kopf.

Nichts! Es ist wirklich verhext, wie sich die Geschichte wiederholt.

Die arme Mutter, sagte die Frau, die arme Familie. Aber zum Glück ist es nicht ihr einziges Kind.

Ja, sagte Alvart, das ist ein Glück.

Auf dem Minsker Flughafen wurde Alvart von den Beamten der Zollbehörden herablassend beäugt, aber man ließ ihn ohne viel Hickhack passieren. Gleich das erste große Plakat wies darauf hin, dass man gut beraten sei, Kondome zu benutzen. Auf einem silbernen Tablett wurden blasse Gummihütchen gereicht, und ein Apfel essender, kerngesund wirkender Mann um die fünfzig nahm sie strahlend entgegen. Vielleicht war Alvart genau in dem Alter, das die Beamten annehmen ließ, er wäre hier im Land zu hundert Prozent auf Triebbefriedigung aus, um jenes im Westen im Überfluss vorhandene Geld in arme Weißrussinnen zu investieren.

Der Kommissar kannte die Klientel. Er hatte einen ganzen Schwung Klassenkameraden, die nie aus ihrem Heimattal herausgekommen waren. Obwohl sie dabei mehr oder weniger arbeitslos geblieben waren, schafften sie es regelmäßig, ihr kümmerliches Einkommen über die Grenze nach Dubi zu bringen, um, wie sie es nannten, mal ordentlich die Schalmeikästen zu öffnen. Selbst ein, zwei Flüge nach Minsk oder in die Dom. Rep. pro Jahr kämen sie billiger, als sich auf eine Wünsche keifende Alte in Deutschland einzulassen.

Die Tschechen hatten ihre liebe Not mit den unzähligen am Straßenstrich ausgesetzten Kindern, für die der tschechische Steuerzahler aufkommen musste, da sie in den Heimen des Landes untergebracht werden mussten. Die Kinder vom längsten Straßenstrich Europas. Weggeworfen für die Fleischtheke des globalen Adoptionskarussells.

Wenn Alvart daran dachte, dass, während er einem vermissten Kind nachspürte, zur gleichen Zeit ungewollte Babys auf der Straße ausgesetzt wurden, zweifelte er an der Sinnhaftigkeit seines Lebens. Und als er sich eingestehen musste, dass er mittels dieser Verbrechen seinen Lebensunterhalt verdiente, kam ihm die kalte Kotze hoch. Verdammte Menschengemeinschaft! Das Verbrechen schafft Arbeitsplätze. In der ganzen Welt!

Der Kommissar hatte sich für das Vorgehen bei seinen Befragungen im Kinderheim eine Doppelstrategie zurechtgelegt und hoffte, mit seinen rudimentären Russischkenntnissen durchzukommen. Er wollte sich bei der Leiterin des

Heimes, Raisa Lermentowa, nach den Kindern erkundigen, die während des Schulaustauschs in Deutschland gewesen waren, und sie auch gleich vor Ort in Augenschein nehmen. Das war Plan A. Im Falle eines Scheiterns wollte er, an die Recherchen von Professor Friebes dubiosen Partnern anknüpfend, nach diesem jungen Arzt fragen.

Drei Tage hatte er sich gegeben, um die Sache in Weißrussland abzuklären. Drei Tage Sonderurlaub. Aber das war es wert. Denn es gab durchaus Aussicht auf Erfolg, und es wurmte ihn gewaltig, dass sie mit ihren bisherigen Recherchen nicht weitergekommen waren. Die Haltung der weißrussischen Behörden hielt er dabei schlichtweg für inakzeptabel. Er konnte verstehen, dass sie sich vom Westen schlecht behandelt fühlten, konnte verstehen, dass man sich emanzipieren wollte, aber auf Kosten entführter Kinder?

Noch zu Hause hatte Alvart sich eine genaue Busverbindung rausgesucht, die er aber auf den Anzeigen des Busbahnhofs nicht wiederfand. Überhaupt war alles in kyrillischer Schrift angegeben, und es dauerte ewig, bis er die Zielorte mit den Namen auf der Landkarte seines dünnen Reiseführers abgeglichen hatte. Schließlich gab er es auf und nahm ein Taxi.

Alvart fragte den Fahrer nach dem Zielort. Der war immerhin bekannt, und bevor der Kommissar einstieg, handelte er auch noch den Fahrpreis aus. Den fand er dann auch unglaublich niedrig und sich selbst sagenhaft clever. (Frau Lermentowa sagte ihm später, dass er immer noch das Vierfache des üblichen Tarifs berappt hatte.) Die Fahrt durch die Stadt und aus ihr heraus genoss er als erstes wirkliches Urlaubserlebnis.

Und hier, in der selbst gewählten Einsamkeit des Reisenden, kam er auf die elementaren Fragen seines Daseins. Schon immer hatte er am schnöden Zusammenleben in einer Ehe gezweifelt. Aber er hatte nie die Kraft gehabt, sich den gesellschaftlichen Zwängen zu entziehen. Die Alten hatten es ihm vorgelebt, er hatte alles nachgemacht. Aus einem herrlichen Flirt war eine große Liebe und später ein Bund für Leben geworden. Daraus waren zwei Kinder entstanden, ebenfalls geliebt.

Die Zwänge hatten zugenommen, die Zweifel auch, aber der Lebensmotor ratterte. Zu Anfang noch alles im grünen Bereich. Irgendwann aber nur noch Maloche. Fast zehn Jahre wartete er, dass die Kinder endlich erwachsen wurden. Als sie schließlich ihrer Wege gingen, fehlten sie dann doch wieder. All die Jahre wurde er älter. All die vielen Jahre blieb er mit seiner Frau zusammen, weil er nichts mehr fürchtete als den Streit ums Sorgerecht. All die vielen, vielen Jahre hielt er an der Beziehung zu seiner Frau fest, da er sich einbildete, sie zu brauchen, und manchmal, ja manchmal hatte er auch das Gefühl, sie tatsächlich noch zu mögen. Alvart hatte sich an die Ehe gewöhnt. Sein Leben als Mann aber ging den Bach runter. Oder wenn er sich ganz viel Zurückhaltung in der Beurteilung seines Daseinszustands auferlegte, ging es nicht den Bach runter, sondern entwickelte sich weiter (alles wurde besser, nichts wurde gut). Am Ende war er ein hofierter Kriminalist geworden in einem Leben, das ihn wenig interessierte.

Erst wenn er diese Tretmühle für kurze Zeit verließ, sich den Luxus einer kleinen Reise gönnte, Distanz zwischen sich und sein Alltagsleben brachte, immer erst dann gewahrte er mit dem Schauer der klaren Erkenntnis, dass er *allein* und ohne Hilfe auf dieser Welt war. Er spürte Grenzen, die selbst die symbiotischste Beziehung hatte. Aber er fühlte sich gleichzeitig für Momente frei und schwerelos. Er atmete auf, dachte zügellos zurück in die Vergangenheit. Er erinnerte sich an den Flirt mit seiner Frau, als sie sich zum ersten Mal begegnet waren. Die Treue zu ihr kam ihm vor wie das Restwissen aus ruinösen Fragmenten einer niedergebrannten Bibliothek.

Während er sah, dass die Stadt Minsk langsam in niedrigere Vororte überging, wünschte er sich, wieder flirten zu können. Er vermisste die Gefahren beim Kennenlernen des Fremden, jenes Risiko, das ihm als der Kern aller Fortpflanzung erschien. Eine Frau trifft einen Mann. Menschen treffen Menschen. Es ist um sie geschehen.

## Blatt 55

Die Orientierungslosigkeit war so gegenwärtig in dieser Gesellschaft. Das spürte Alvart als verbeamteter Verteidiger der Werte (welcher eigentlich?) am allermeisten. Die Menschen hatten es satt, nach dem Sinn ihres Handelns zu suchen, denn ihre Illusionen waren mit immer größerem Wissen komplett abhandengekommen. Was sollten die Bürger denn noch alles wissen, um ihr Leben nicht mehr auf die Reihe zu kriegen? Die Sehnsucht nach Orientierung war die Hoffnung, zu erfahren, was ihnen morgen geschehen würde.

Aber im Prinzip war alles schon geschehen und ausdiskutiert: Polkappenschmelze, soziale Marktwirtschaft, Sorgerechtsgesetzgebung, Religionskriege, Tierethik, Feindesliebe, Sozialismus – aus allen Rohren feuert die Erkenntnis Wahrheiten auf die schlichten Seelen, und irgendwann geht man dann einfach zur Tagesordnung über: Essen, Trinken, Schlafen. Wir wissen alles. Wir können alles. Aber es geschieht nichts, das uns zufriedenstellen kann, dachte Alvart. Und nach Kant und Marx ist eigentlich nichts Substanzielles mehr dazugekommen für unsere Gemeinschaft. Und genutzt hat's auch nichts.

Das Taxi nahm die nagelneue Autobahnabfahrt in einen grünen Vorort von Minsk. Oder war es schon ein Dorf vor den Toren der Stadt? Die Vegetation erinnerte ihn an die niedrigen Wäldchen hinter den Dünen der Ostsee, besonders gekennzeichnet durch stattliche Eschen. Typisch russische Birkenwäldchen streiften seinen Blick ebenso wie vielfarbige Holzhütten, denen er durchaus zutraute, dass sie ihren Bewohnern schon dreihundert Jahre unverändert Wärme und Trost spendeten. Über Pisten, die sich wie Brote vom rechten zum linken Fahrbahnrand wölbten, arbeitete sich der Taxifahrer zielstrebig der gesuchten Adresse entgegen. Alvart genoss das an ihm vorbeifliegende weißrussische Leben. Kinder mit großen rosa Schleifen im Haar wurden in einen Van gehoben, auf einem Bolzplatz mit schiefen Holztoren grasten Ziegen, zwei Teenager küssten sich in einem Bushäuschen aus Beton.

Und dann hielt der Wagen vor einem schmucklosen Haus (einer Loschwitzer Stadtvilla gleich), das, um einige hässliche Anbauten erweitert, auf einem weitläufigen Grundstück stand. Kinder waren nicht zu sehen, aber man ahnte ihre Anwesenheit ob einiger unverkennbarer Details: ein Ball in der Einfahrt, Kinderkleidung auf der Wäscheleine, bunte Bilder in den Fensterscheiben. Der Fahrer fragte etwas, das Alvart nicht verstand, aber freundlich verneinte, da er glaubte, der Mann biete an, auf ihn zu warten.

Der Kommissar stieg aus, ließ sich den Koffer reichen und wartete, bis der Wagen verschwunden war. Die Ruhe des Ortes schien ihm untypisch für ein Kinderheim. Aber vielleicht waren sie einfach nur nicht zu Hause. Er ging zur Tür. Eine Klingel suchte er vergeblich. Er rüttelte am Knauf, aber es regte sich nichts. Er setzte sich auf die Stufen und streckte die Beine aus. Es gefiel ihm, zu warten, denn es verschaffte ihm weitere Zeit zum Nachdenken.

Dass der sagenhafte Kommissar Alvart mich gesucht und in unserem Schlehdorfer Landhaus gefunden hat, erfüllt mich mit Stolz. Durch Zufall (der Revolver) haben sich unsere Wege gekreuzt. Er hat *mich* aufgesucht, *meine* Arbeit gelobt und *mir* alles Gute gewünscht. Die Finte, die er angewandt hat, um mich an der Tür zu erwischen, regt meine Phantasie an und stachelt mich auf, weiter zu erfinden. Ich habe neue Hoffnung und will mich bei einem Spaziergang unseres bisherigen Fortschritts hier in Schlehdorf vergewissern, um danach mit ganzer Kraft die nächsten Schritte einzuleiten.

Gerade habe ich den Schlüssel aus der rauen Landhaustür gezogen und will ihn am vereinbarten Ort versenken (noch immer hoffe ich auf eine Rückkehr von M.), als das Telefon klingelt. Ich versuche, es zu ignorieren, doch dann merke ich, dass der Anruf ganz eindeutig mir gilt. Ich werde gerufen. Angerufen. Kein Entrinnen, denke ich. Nicht hier, nicht jetzt, einfach niemals. Ich könnte gehen, mir die Erde rennend an die Sohlen heften, Land gewinnen. Doch ich zögere. Wenn mich jemand erreichen will, wird ihm das früher oder später sowieso gelingen.

Ich schließe also wieder auf und nehme den Hörer ab. Es ist meine Mutter.

Hallo, sage ich.

Sie fragt, ob ich es sei.

Ich sage, ich glaube ja.

Ohne Pause fährt sie fort.

Mein Vater ist dein …, höre ich. Unvorsichtig habe ich zu nah an der Hörmuschel (tolles Wort) geatmet. Dadurch habe ich nichts verstanden.

Was hast du gesagt? Mama?

Es bleibt still im Hörer.

Mama, ich hab dich gerade nicht verstanden.

Sie schweigt weiter. Sie scheint mal wieder kein Ziel zu haben und jede Menge Zeit, es zu erreichen.

Mama, die Briefe deiner Mutter sind so gemein, wie konnte sie nur so ungerecht zu dir sein?

Jetzt höre ich sie sagen, das habe sie verdient. Verstehe ich nicht, denke ich.

Aber warum? Was hast du getan, dass sie so an dich schreibt?

Ich habe mich versündigt, höre ich, und ich bitte sie, mit dem Käse aufzuhören. Augenblicklich. Sie habe noch nie von Sünde gesprochen und solle das auch in Zukunft nicht tun. Das sei Vokabular aus der Steinzeit.

*Mein Vater ist dein Vater*, höre ich.

Was?

Erst denke ich, sie will mir etwas abgeben, um mir das Leben zu erleichtern. Ihren Vater mit mir teilen. Doch dann fährt es mich kalt an. Verfluchte Unschuld, warum kannst du nicht brutaler lachen? Ich höre auf zu atmen. Meine Mutter legt auf.

(Ein unleserlicher Absatz beendet Blatt 55; darunter eine sehr feine Bleistiftzeichnung, die mit wenigen Strichen ein männliches Gesicht zeigt; daneben in mehrfacher Ausführung skizziert ein Blütenzweig. – Anm. d. Hrsg.)

## Blatt 56

Sitze seit dem Morgen (oder Abend) antriebslos am Tisch und zähle die Blüten, die von den Stängeln der Forsythie auf die saubere Tischplatte fallen. Welk und braun, fast kein Gelb mehr. Die Holzoberfläche habe ich mehrfach abgewischt. War nicht nötig, tat aber gut. Schwarz glänzt die Maserung. Mein Kopf sinkt herunter. Die Blüten vor meinen Augen bewegen sich leicht von meinem Atem. Sie erscheinen künstlich groß, so nah.

Ich höre das Marderpärchen im Dachstuhl rumoren. Ich kenne ihre Laufwege genau. Küche – Stube – Bad, immer im Dreieck. Dann treffen sie über mir wieder zusammen. Fallen übereinander her, verbeißen und begatten sich oder reißen sich das Fressen aus dem Maul. Küche – Stube – Bad. Immer dieselben Wege. Hin und her. Ob sie die gleiche Raumeinteilung vornehmen wie wir? Vorratskammer, Nest, Wasch- und Putzecke? Die Geräusche ihres Tierlebens werden zur unbestreitbaren Realität in meinem Kopf.

Stelle mir vor, einen Marder im Schädel zu haben. Ich kenne seine Laufwege. Immer im Kreis. Seine Nasenspitze berührt das Schwanzende. Je schneller, desto höher, wie ein Motorradartist in der Kugel. Der Marder schaut aus meinen Augen und scheißt in meinen Hals. Sein Kot fällt durch mich hindurch auf die Straße vor meine Füße. Meine Laufwege werden markiert, denke ich und fühle, dass mir jemand auf den Fersen ist. Man kann mich anhand der Kotspur aufspüren, mir folgen, wissen, wo ich bin. Wo kein Kot ist, lass dich nieder!

Eine Blüte fällt von ihrem Sitz am Stängel. Sie streift im Fallen meine Stirn. Der Drall lässt sie rotieren. Sie kullert gegen die Vase. Sveta, denke ich traurig, sie wird nicht mehr sein, wenn ich nicht mehr bin. Ich versuche aufzustehen. Was ist das, was in uns ...?

Richtiges Fallen hatte ich schon früh als Kind trainieren müssen. Zeitweise mit Sturzhelm unterwegs, der mich vor Verletzungen schützen sollte, fiel ich oft und unpassend hin. Der Tag, an dem ich es in den Griff bekam, war der Tag, an dem meine Mutter (adoptiv) mir erklärte, dass die Indianer Indianer heißen, weil ihr Entdecker sie für Inder hielt. Ich hätte sitzen bleiben sollen, denke ich gefallen, kurz bevor ich ohnmächtig werde.

(Spuren von Nasenbluten unterbrechen diesen Absatz. Eventuell ist die Blutmenge an einer Stelle in der Mitte des Blattes auf eine Ohnmacht des Autors zurückzuführen. Oder er hat sich beim Bluten zugeschaut. Die Tropfen führen dann zum Rand von Blatt 56. – Anm. d. Hrsg.)

Ihre Haut ist wächsern. Ihre Lippen stülpen sich wulstig über meinen Mund. Wer ist das? Wer schlägt mir auf die Brust. Höre ich etwas? ---

Hallo? Herr Stadt?

Wieder die Lippen. Pressen Luft in meinen Kopf. Zum Fürchten, diese Zähne auf meinen Zähnen. Unangenehm. ---

Die Postfrau. Schon wieder? Sie schlägt mich. Schöne Augen. Muss husten. Sacke zurück. Geschmack im Mund. ---

Hiergeblieben!, ruft sie.

Wer ist das noch mal? Ach ja, die Postfrau, zum tausendsten Mal. Kann mir doch keiner erzählen, dass die nur wegen der Post hier ist. Die geile Mieze. Wie die Brüste sich hervortun. Nimmt gleich die Gelegenheit wahr, mir ihre tranige Weiblichkeit aufzupfropfen. Wollen wir doch mal sehen, was sie taugt, was? Lasse mich nur ungern zum Jagen tragen. ---

Habe zugeschlagen, denke ich. Habe es aber gar nicht als gewollt vermerkt. Höre nur die Zähnchen übers Parkett hoppeln. Klickerdieklickerdieklickerdieklack. ---

Endlich bekomme ich wieder richtig Luft, richte mich auf. Sehe in ihrem Blick, dass ich schnell sein muss. Bin schnell.

Wenn man frühmorgens mit Blut an den Fingern aufwacht, muss das nicht gleich das Schlimmste bedeuten. Aber man sollte sich immer bewusst sein, dass die Dämonen kein Hirngespinst sind. Nein! Sie sind! Zumal an einem Ort wie diesem, an dem man sie gelegentlich zu Tisch bittet.

Ich stehe auf und sehe die Frau auf dem Teppich. Ihre Haut ist blaufleckig, die Haare noch genauso, wie sie am Morgen von ihr gelegt wurden. Ich stoße sie mit der Fußspitze an. Sie rührt sich nicht. Ich drehe sie vom Bauch auf den Rücken, was sehr schwer ist und erst im dritten Anlauf gelingt. Mich wundert, dass sie nicht geblutet hat. Nicht mal eine Spur von Blut. Nirgends.

Im Bad wasche ich mir die Hände. Das Wasser färbt sich rosa. Nasenbluten, denke ich. Habe ich getrunken? Um mich zu vergewissern, gehe ich in die Küche. Ich habe mir ein System einfallen lassen. Ich zeichne die ausgetrunkenen Weinflaschen mit einem Edding am Boden ab und kann dadurch die neu hinzugekommenen leeren Flaschen am Morgen zählen. Eindeutig. Ich habe getrunken.

Dass die Postfrau wirklich tot ist, bemerke ich schon am Geruch. Pogostemon, denke ich und überlege, was zu tun ist. Ruhig gehe ich zum Telefon und verständige meine Polizei. Ob das die Wahrheit sei, fragt mich der Landpolizist.

Die Wahrheit? Was soll das denn nun schon wieder sein?, frage ich zurück.

Er rät mir, mich in einer Stunde wieder zu melden. Bis dahin soll ich dreimal ums Haus spazieren und mir klar darüber werden, ob das, was ich ihm da eben geschildert habe, auch wirklich stattgefunden hat. Er glaube mir zum jetzigen Zeitpunkt kein Wort und werde sich den Sonntag nicht durch mich versauen lassen.

Das war fast ein wenig zu erwarten, denke ich und beschließe, die Frau in ihren Wagen zu setzen, da mir der Gestank unangenehm in die Nase steigt. Pogostemon in seiner bestialischsten Form: Patschuli. Ekelhaft, denke ich, während ich sie die Treppe des Verhaus herunterschleife und ihre Fersen auf den Holzstufen einen hohlen Ton erzeugen.

Mücken setzen sich auf meine Stirn. Der Gedanke, sie könnten vorher in die kalte Postfrauenhaut eingedrungen sein, schüttelt mich. Es sirrt gefährlich. Ich lege die Frau ab und wische mir mehrfach über den Kopf. Mittagszeit ist keine Mückenzeit, denke ich und habe eine Idee. Versenken!

Dafür rangiere ich den Wagen um, die Anhöhe hoch, so dass er mit der Schnauze auf den Weiher zeigt. Mit etwas Glück und Schwung nimmt er den Steg und segelt in die Mitte. Dann weiß ich auch endlich, wie tief der Tümpel ist. Ich wuchte die Frau über die stoppelige Wiese, hieve sie auf den Fahrersitz, lasse alle vier Fenster runter und löse die Handbremse. Ich haste raus, aber der Wagen bewegt sich kein Stück.

Auf der Rückbank stehen Geranien. Rote! Ich schiebe den Caddy an. Er rollt los, erst langsam, dann immer schneller, als würde er von einem ängstlichen Fahrer gelenkt. Nimmt die Grasbüschel mit polternden Sprüngen. Der Postfrauenschädel pendelt zwischen Lenkrad und Kopfstütze. Ein Airbag knallt auf. Das Geräusch schreckt einen Kormoran hoch. Den hab ich hier noch nie gesehen.

Die Buchstaben auf dem Nummernschild fallen mir ins Auge. Sie sind kyrillisch und entfernen sich mit dem Wagen. Je kleiner sie werden, desto klarer wird: Es ist das Nummernschild des Kippers von neulich früh. Russen? Bulgaren? Ukrainer? Russen! Sie dürfen mich nicht unbewaffnet finden, denke ich und schaue mich um. Der Horizont fräst sich in den Himmel.

Ich habe nur Worte.

## Blatt 57

Mit großer Wucht schlagen die Vorderreifen auf den Steg. Der knickt sanft nachgebend ein, während sich der Wagen komplett auf die Holzbohlen schiebt und dort schwankend stehen bleibt. Die Bretter des Stegs lösen sich ächzend mit dem gelben Wagen vom Ufer, der nun wie auf einem Trapperfloß in den Weiher treibt. Die Schwäne flüchten aus ihrem Schilfversteck. Sie gehen patschend übers Wasser und heben kraftvoll ab. Schwanenjagd, kommt mir in den Sinn. Zu dieser Tradition muss ich unbedingt recherchieren.

Erst zischt es leise, dann kracht es. Der Steg ist unter der Hinterachse zerbrochen. Das Auto kippt und taucht mit dem Heck ein. Es sinkt ab. Das Holz des Steges treibt auseinander. Luftblasen schäumen auf und zerplatzen. Langsam bewegt sich der Caddy zurück in die Horizontale. Zu drei Vierteln unter Wasser, sieht man vom Wagen nur noch das Dach, die Holme und die Silhouette des Postfrauenkopfs. Der Airbag mergelt ihn in den Nacken.

Luft entweicht zischend durch die Fenster. Das Auto verschwindet komplett. Ich wechsle die Positionen, renne ein Stück den Hügel hinauf, erklimme eine Esche, versuche, den Wagen zu sehen, aber er ist schon zu tief gesunken.

Warum war Frau Runge eigentlich noch mal hier? Die Post! Ich hätte nach der Post schauen sollen, denke ich erschrocken. Hoffentlich war der Brief nicht noch im Wagen! Zügig laufe ich zum Haus.

Der Briefkasten ist leer. Verdammt! Im Esszimmer liegt die Vase zerbrochen neben dem Tisch. Die welken Forsythienstängel knicke ich, damit sie in den Eimer passen. *Schön trennen!* steht über der Müllstation. Beim Fegen finde ich ihre abgebrochenen Zähne. Sie unterscheiden sich kaum von den Splittern des Porzellans.

Wusst ich's doch! Auf der Kommode liegt ein Brief. Am Kuvert erkenne ich: Mutter! Er ist leichter als die anderen. Sorgfältig reißend ziehe ich den Brieföffner am Falz entlang. Durchs Fenster fällt Licht auf ihre wunderschön gestellte Schrift.

*Lieber Johann. Mein kleiner, großer Junge! Ich möchte dir auf deine Frage antworten, die dich so sehr bewegt. Der Mann (Mann = M.), den du suchst, ist mir aus dem Gedächtnis gelöscht und somit nicht mehr vorhanden. Deshalb, nur deshalb kann ich dir nicht sagen, wer M. ist. Ich bin froh darüber, dass ich ihn irgendwann vergessen habe. Es gäbe mich schon lange nicht mehr, wenn M. noch in meinem Kopf säße. Tut er aber nicht. Wunderbar, denn ich lebe! Ich lebe? Das ist wiederum nur halb wunderbar … Arbeite nur schön fleißig, damit aus dir noch was werden wird. Deine dich sehr liebende Mutter*

Mein Blick schweift über den Weiher. Im Augenwinkel hatte ich einen Schwan wahrgenommen, doch jetzt wird mir bewusst: Es ist ein Airbag. Einsam schwimmt der weiße Ballon in der Mitte auf dem Wasser. Mist! Ich werfe den Brief auf die Fensterbank. Rase aus dem Haus, schüttle einbeinig hüpfend meine Klamotten ab und renne, mit dem Brieföffner bewaffnet, zum Ufer.

Tatsächlich. Ein Airbag. Matschig schmiert der pflanzliche Untergrund an Fußsohle und Zehen. Es ist schweinekalt, stelle ich verkrampfend fest. Anders als vom Ufer aus vermutet, geht es recht schnell sehr steil abwärts. Ich schwimme in die Kälte hinein. Mit jedem Zug spüre ich meinen Körper unter der Haut. Die wachsende Kraft, die intakten Muskeln. Erfrischend, heiter, herrlich. Das Schwimmen tut wahnsinnig gut, und ich frage mich, warum wir das bis jetzt nie getan haben. Den Airbag ziehe ich zu mir heran und versuche ihn mit dem Brieföffner zu zerstechen. Es geht nicht, ich rutsche ab, schneide mich leicht am Handrücken. Auf der Stelle schwimmend, stoße ich meinen Körper mit einem Fußschlag in die Höhe und ramme die Spitze mit aller Wucht in eine Naht. Es klappt. Ein kleines Loch lässt Blasen entweichen. Ich presse den Airbag fest an mich. Es dauert eine Weile, bis er so leer ist, dass er langsam sinkt.

Die Wasseroberfläche glitzert in der Sonne. Ich schaue zum Haus. Alles ruhig. Ich drehe mich auf den Rücken und lasse mich treiben. Die Wolken. Umrandet von Eschen. Wasserläufer. Frösche. Das trockne Rascheln des Schilfs. Und dann muss ich schmerzlich den Grund erfahren, weshalb wir hier nie schwimmen waren: die Schwäne! Sie kommen zurück!

Während sich das Weibchen direkt zu ihrem Nest begibt, landet ihr stattlicher Gatte mit breiten Flügelschlägen direkt auf mir. Das feindliche Zischen verrät seine Absicht. Ich versuche zum Ufer zu schwimmen, er schneidet mir den Weg ab. Ich tauche weg. Doch sein Schnabel ist pfeilschnell unter Wasser, wo er viel besser sehen kann als ich. Beim Auftauchen kracht mir der Schwan eine seiner mächtigen Schwingen an den Hinterkopf. Ich höre das kurze Klicken der Platzwunde.

Das macht mich zornig. Schmerzen spüre ich nicht. Ich bekomme eine Flosse zu greifen. Er entreißt sie mir, hinterlässt drei rote Kratzer an meinem Unterarm und schlägt mir die Schwingen von beiden Seiten gegen die Schultern. Federn umschließen peitschend meinen Kopf. Als sie ihn wieder freigeben, schießt sein Schnabel auf mein Auge zu. Er hat sich weit aufgerichtet, steht jetzt hoch über mir. Nicht in die Augen, denke ich panisch und tauche ab, weiche ihm aus. Schlage schwimmend einen Haken. Das lehmige Wasser ist scharf. Es brennt in den Augen. Ich sehe Blut in kleinen Wolken über mir. Mein Knie kracht an Eisen. Jetzt spüre ich Schmerz. Luft entweicht aus meinem Mund. Das Knie. Der Caddy! Ich greife nach dem Holm, berühre mit den Füßen das Dach des Postautos, ziehe mich in die Hocke, stoße mich ab und schieße an die Wasseroberfläche, wo mich der Schwan mit Schnabelschlägen empfängt. Er beißt mir wütend in den Arm, doch ich kann ihn greifen und ramme den Brieföffner in seinen Leib. Dort, wo der Hals aus ihm hervortritt. Die Klinge dringt ein. Schrammt über Knorpel und durch Fleisch. Verschwindet komplett in dem Vogel. Ich hab ihn erwischt, denn ich spüre sofort das Nachlassen seiner Kraft. Der Biss wird locker. Sein Schnabel rutscht von meinem Arm. Der Schwan zittert, verliert die Orientierung. Ich ziehe das Viech unter Wasser. Ist gar nicht so schwer, denke ich. Im Schilf sehe ich den Kopf des Weibchens.

## Blatt 58

Sveta öffnete das Türfenster und fand den fremden Herrn auf den Stufen sitzend, wie sie selbst dereinst von ihrem Erlöser gefunden worden war. Von ihrer Chefin zur absoluten Vorsicht ermahnt, sprach sie ihn durch das kleine Geviert an. Der Fremde trat einen Schritt zurück, damit sie ihn besser sehen könne, und begrüßte sie in gebrochenem Russisch. Als sie die Herkunft des Mannes vernahm, erschrak sie sehr. Was könnte ein Kommissar aus Dresden anderes wollen, als sie zu überführen? Sie bedauere, stammelte sie, dass niemand zu Hause sei und die Kinder zurzeit auf einem Ausflug. Sie dürfe auch niemandem die Tür öffnen.

Alvart dachte nach. Was hatte er groß erwartet? Soeben hatte sich das kleine Fenster wieder geschlossen. Er entschied sich zu bleiben. Ging zum Spielplatz und setzte sich auf eine aus einem alten Panzerkettenglied gefertigte Schaukel. Er schlang die Arme um die Drahtseile und pendelte leicht vor und zurück. Die bauen hier eigene Kartoffeln an, dachte er erstaunt, das muss man sich mal vorstellen.

Die Luft war klar. Vögel jagten sich über den flachen Büschen. Er hatte der jungen Frau den Namen Raisa Lermentowa genannt, und sie hatte ihn gekannt. Somit war wenigstens gesichert, dass er am richtigen Ort wartete. Er hatte große Lust, das Gelände zu erkunden, wollte aber auch nicht unhöflich wirken und in den Verdacht geraten, herumzuschnüffeln. Er begnügte sich damit, einfach alles aus seiner schaukelnden Warte in Augenschein zu nehmen.

Ihm fiel auf, dass alle Geräte des Spielplatzes aus einem zerlegten Panzer gefertigt waren. Er sah weitere Kettenglieder als Wippensitze, ganz simpel aufs Kanonenrohr geschweißt, sah einen Iglu daraus zusammengefügt. Er lachte über einen riesigen Fliegenpilz, der aus der Hälfte des Panzerturms geschnitten war. Darunter standen zwei Bänkchen aus alten Kanistern, denen der Pilz Schatten und Schutz vor Regen bot. Vorn in der Rabatte sah er Studentenblumen aus den umgelegten Rädern blühen und den Rumpf des Panzers zu zwei Dritteln als Bude in die Erde gegraben. Alvart war sich sicher, dass mit Geduld, Schmiere und technischem Geschick der Panzer wieder zusammengesetzt werden könnte, bis hin zu seiner vollständigen Funktionstüchtigkeit. Der Gedanke, dass man in Weißrussland aus Militärfahrzeugen Kinderspielplätze baute, erheiterte ihn. Die Finte, dass man sie auch ebenso schnell wieder einsatzbereit bekäme, belustigte ihn nur noch mehr.

Schon von Weitem hörte er die Kinder. Erst vereinzelt Schreie, ein Lachen, ein Rufen. Doch dann immer deutlicher und auch verortbar. Sie schienen langsam aus dem Wald zu kommen. Immer näher, bis er die ersten Mäntel und Mützen zwischen den Stämmen leuchten sah. Er rührte sich nicht. Die Stimmen wurden lauter, doch dann verstummten sie abrupt. Jetzt haben sie mich gesehen, dachte er. Als das Eingangstor quietschte, verließ er die Schaukel.

Er erkannte Frau Lermentowa sofort, ging auf sie zu und stellte sich in seinem charmanten Russisch vor. Die Heimleiterin bat die Kinder, sich getreu den gewohnten Gepflogenheiten zu benehmen und auf das Abendessen vorzubereiten.

Alvart versuchte, ihnen in die Gesichter zu schauen, aber sie verschwanden im Haus wie Tropfen in einer Pfütze. Man hörte sie nicht mehr, man sah sie nicht mehr. Sie waren eins geworden mit ihrer Umgebung. Er solle Grüße ausrichten vom Schulleiter ihrer Partnerschule in Dresden, sagte er, was Raisa Lermentowa mit einem interessierten Nicken quittierte. Die Erwähnung dieser Verbindung schien Alvart die Eintrittskarte zu sein, und tatsächlich bat die Leiterin ihn nun ins Heim.

In dem kleinen Aufenthaltsraum, der für die Gäste des Hauses bestimmt war, roch es nach einer Mischung aus Laubsägearbeit und Bohnerwachs. Der Kommissar wartete an einem quadratischen Tisch auf einem der vier Stühle. Auf dem durchgetretenen Dielenboden lag das Papier eines Schokoladenkonfekts. Alvart drehte es leicht mit der Schuhspitze, um es genauer anschauen zu können. Ein kleines Mädchen mit Kopftuch lächelte rotwangig den Betrachter an. Die Augen etwas zu groß, vermittelte es den zufriedenen Eindruck eines satten Lebens in einer guten Kindheit. Er hatte dieses Konfekt einst auf einem Parteilehrjahr in Dessau gegessen, wo es die russischen Delegierten verschenkten. Er erinnerte sich an die Erklärung des russischen Delegationsleiters, dass die Fabrik Roter Oktober einst als Schokoladenfabrik Nr. 1 von einem Deutschen gegründet worden war, einzig zum Zweck, den Zaren zu beliefern. Den Zaren beliefern, murmelte Alvart und dachte an Putin.

Die junge Frau, die sich ihm jetzt als Svetlana vorstellte, brachte einen Kaffee und verschwand wieder in der Küche, wobei Alvart das Gefühl nicht loswurde, er werde von ihr durch die Zimmerwände hindurch belauert. Sie hatte das Konfektpapier mit einem Lächeln vom Boden geklaubt und in der Faust zerknüllt. Alvart trank den Kaffee und konnte sich nicht erinnern, je solch einen Genuss empfunden zu haben, auch wenn er nicht wusste, ob es wirklich am Getränk oder nur an seinem Verlangen danach lag.

Unweigerlich dachte er an die Zeit vor dem Fall der Mauer. Er als junger Kriminalist. Rose W., das verschwundene Mädchen in Görlitz, sein großer Fall. Rose. Alles schien so klar, als ein weiteres Kind gefunden wurde. Es lag auf der Hand, wie die Täter vorgegangen waren, nur was sie bewegt hatte, wusste man nicht. Die Indizienlage war erdrückend. Die Lösung eine Frage des Zugriffs – doch nichts geschah. Alles war sauber in die oberen Ebenen durchgestellt – aber nichts passierte. Er telefonierte und besprach und vertrat – vergebens. Es rührte sich einfach nichts!

Die Sowjets blockten, ließen nichts durchgehen. Die Ermittlungen waren beendet, noch ehe sie richtig ins Rollen gekommen waren. Alvart wurde mehrfach vor Augen geführt, dass er als leitender Ermittler im Dienste der gemeinsamen *Sache* der Bruderstaaten stand.

Wenn er es ehrlich betrachtete, hatte er sich nie von dieser Niederlage erholt. Und falls wirklich jede Biographie ein katastrophales Ereignis barg, so war der Fall Rose W. sein ganz persönliches. Für alle diplomatischen Zwänge und politischen Erwägungen, die den Fall beeinflusst haben mochten, hatte er durchaus Verständnis. Aber es blieb ein Unrecht. Welche *Sache* ist so groß, dass Menschen dafür geopfert, Rechte verwehrt, Kinder von ihren Eltern getrennt werden? Am Ende verhalf nichts dem Recht zum Durchbruch, und er, Kommissar Alvart, trug dafür die Verantwortung. Recht haben und Recht kriegen, die alte Leier.

Und wie ist es heute? Alvart war sich nicht sicher. Vor der Wende wäre zumindest seine Recherchereise undenkbar gewesen. Ins Ausland? Unerkannt? Undenkbar! Heute konnte er das, doch was würde es nützen? Er sah sich seine Hände auf dem Tisch ablegen. Gefaltet. Wie zum Gebet, obwohl nur wartend. Wieder spürte er dieses Unbehagen, stellvertretend zu leben. Immer wenn er an Rose dachte, blieb das Gefühl des Versagens. Er fühlte sich dann in der neuen Welt, dem Westen, noch immer nicht angekommen. Denn er hatte in der alten, vertrauten Welt eine Rechnung offen, die zu begleichen es zu spät war.

Lange hatte Alvart gedacht, dass dieser allgemeine Ost-West-Quark für seine Startschwierigkeiten verantwortlich war, hatte ferner gehofft, dass sich dieser Konflikt in absehbarer Zeit würde auflösen lassen. Nun waren über zwanzig Jahre vergangen. Geändert hatte sich lediglich der Zeitgeist, nicht aber der tiefe Graben, den die Geschichte hinterlassen hatte. Man beharrte auf seinen Positionen. Zu stur ist die Erinnerung, dachte Alvart. Zu kompromisslos die eigene Erfahrung. Zu hartnäckig das Wissen. Man sitzt es einfach aus! Es wird auf die nächste, unbelastete Generation gewartet.

Alvart hatte plötzlich das vernichtende Gefühl, einer Generation anzugehören, die ausgesessen worden war. Und er spürte, dass er daran einen entscheidenden Anteil hatte.

(Auf der Rückseite von Blatt 58 ist mittig ein Schokoladenkonfektpapier abgepaust. Es zeigt ein frohes, russisches Mädchen mit Kopftuch. Daneben steht in kyrillischen Buchstaben: *Roter Oktober* und *Konfekt*.)

## Blatt 59

*Für das Leben lernen wir.* Ich höre noch heute die Trompeten einleitend hupen. Alle haben wir es gesungen. Alle zusammen. Alle gleich. *Lernen macht* (tütelü) *natürlich Spaß* (tütelü), *weil man dabei die bunte Welt entdeckt! Und* (tütelü) *weil du* (tütelü) *dabei auch merkst, was alles in dir steckt!* Für das Leben würden wir lernen. Das haben mir Lehrer, Eltern (adoptiv) und Erzieher immer eindringlich nahegelegt. Aber ich konnte es trotzdem nicht begreifen. Es fehlt mir eine Übersetzung für den Begriff *Leben.* Zu ungenau. Zu weit weg. Welches Leben?

Da liegt er nun. Dieser riesige Vogel Schwan. Auf der stählernen Anrichte unserer Landhausküche. Barock und wie gemalt. Eigentlich standesgemäß. Ich sehe das tote Tier und höre mich in der Gemäldegalerie Alte Meister zu Dresden referieren. Die gelangweilten Gesichter meiner Mitschüler schauen mir mit pubertärer Müdigkeit und angeborener Renitenz entgegen. Bei den Stillleben bekommen sie Hunger, und den Zinsgroschen hätten sie auf keinen Fall entrichtet. *Stillleben mit der Hündin und ihren Jungen, dem Koch und der Köchin*, erinnere ich mich an den Titel des Gemäldes, über das ich fürs Leben lernend referierte. Nichts im Titel deutet auf die Ursache meines Interesses. Eine Küche (oder vielmehr Speisekammer), in der eine Hündin ihre Welpen abschleckt und ein Koch im Hintergrund die Köchin. Doch zentral in der Mitte, umgeben von aufgebrochenem Wildschwein, gelynchtem Fasan, zu Tode gejagtem Kranich und umgekrempeltem Hasen liegt ein Schwan. Weiß und tot. Der Hals hängt bis auf den Boden. Ein Männchen, wenn ich mich nicht täusche. Das Referat hatte ich gehalten, um der mündlichen Prüfung zu entgehen, und staunte selber über den gewaltigen Speiseplan, zu dem diese Zutaten zählten. So was hatte es im Leben meiner Eltern (adoptiv) nie gegeben. Gelernt habe ich fürs Leben, dass es dieses Leben aber irgendwo geben muss. Mit Schwanenbraten.

Meine Hände sind blutig. Déjà-vu. Blut an den Fingern muss nicht gleich das Schlimmste bedeuten. Ich schaue auf den Teppich. Habe ich das schon mal erlebt? Reinige mir die Hände mit Spülmittel. Die Platzwunde am Hinterkopf blutet nicht mehr. Ich habe blaue Flecke an den Oberarmen und eine heftige Beule über der Schläfe. Im kleinen Küchenspiegel zähle ich zudem vier Mückenstiche. Ich trockne mir die Hände gründlich am blau karierten Wischtuch ab. Schreiben muss ich, denke ich dabei, einfach weiterschreiben, bemesse aber im Geist bereits die Größe des Vogels. Er wird in den Ofen passen. Meine Premiere: Schwanenbraten.

In der Bibliothek finde ich den Band *Geflügel Wildbret* mit einem ausführlichen Kapitel zum Schwan. Die Zubereitungsmöglichkeiten werden von dem kurzen Abriss *Der Schwan als Lebensmittel* flankiert – vom Verfasser (ein Koch!) höchstselbst recherchiert: Hundertfünfundzwanzig Schwäne brauchte König Henry III. schon 1251 für ein einziges Weihnachtsbankett. Hundertfünfundzwanzig Stück! Besser ein Schurke sein, als nur dafür zu gelten! Der Verfasser zitiert Shakespeare als Entschuldigung. Der Schwan wurde auch von Bojaren gejagt, lese ich. Zu Zarenzeiten. Mit Pfeil und Bogen. Ich erinnere mich: *Andrej Rubljow* – der begeisternde Film! Die Fürsten zu Pferde, Schlachten austragend und zwischendurch eine Schwanenjagd. Früher hat es den Schwan in großer Zahl gegeben, lese ich, in ganz Europa. Ausgerottet war er nach dem Krieg, weil man ihn verspeiste, wo und vor allem wenn man ihn zu fassen bekam. Als Notration. Aber er sei sehr schwierig in der Zubereitung. Ein Schwan sollte jung sein, empfiehlt der Koch, das Fleisch zart.

Wir essen bedenkenlos Hühner, also warum nicht auch Schwäne? Der Verfasser der Kochfibel ist absolut sicher, der Reformator hat gepatzt: Luthers offenbar nicht ganz korrekte Wiedergabe von שלך (shâlâk) mit dem deutschen Wort Schwan im 3. Buch Mose, Kapitel 11.17 in der Aufzählung der unreinen, also nicht zum Verzehr bestimmten Tiere, tut dem Vogel (k)einen Gefallen. Denn modern wird diese Stelle mit Kormoran, Sturzpelikan oder Fischeule übertragen. Unrein also. In Süddeutschland darf er noch heute gejagt werden, steht da als Licht am Ende des Tunnels für alle Schwanenjagdfreunde. Und das Lied aus der *Carmina Burana* leitet die Rezepte ein. Der Verfasser scheint begeistert. Der gebratene Schwan kann singen, lese ich und denke, das wäre schön:

*Olim lacus colueram,*
*olim pulcher extiteram,*
*dum cycnus ego fueram.*
*(Einst hatte ich Seen (freier: Gewässer) bewohnt,*
*einst hatte ich mich als Schöner gezeigt,*
*solange ich noch ein Schwan gewesen war.)*

*[Refrain:]*
*Miser! Miser!*
*Modo niger*
*et ustus fortiter!*

*((Ich) Armer! (Ich) Armer!*
*Nur (noch) schwarz*
*und stark verbrannt (bin ich)!)*

Anmerkungen des Verfassers: *Extiteram* könne auch als *ich war aufgetaucht* übersetzt werden, was ja bei einem Wasservogel durchaus Sinn ergäbe, wobei die Verbindung mit *pulcher (ich war als Schöner aufgetaucht*) dann etwas seltsam anmute und im Falle dieser Deutung eher frei zu übertragen sei: *Einst tauchte ich, schön wie ich war, aus dem Wasser auf.* Im Text von Orff erscheine der Schwan als *cignus*, was an der Aussprache wenig ändere, aber den Blick dafür verstelle, dass es sich um ein griechisches Fremdwort im Lateinischen handelt.

Ein Schwan besingt sich selbst, während er verspeist wird – wohl bekomm's, geneigter Kochfreund! Ich blättere weiter und finde zwischen Gemälden und Rezepten, Fotos und Zeichnungen auch eine Abbildung meines Frans-Snyders-Stilllebens. Schwarz-weiß und wenig attraktiv harrt es zwischen Schwanenkleinsuppe, Gefülltem Jungschwan und Gebackener Schwanenflosse. Aber ich hatte recht: Es ist ein Männchen auf dem Gemälde.

Am Abend meines Referats, erinnere ich mich jetzt, hatten wir alle aus der *Aktuellen Kamera* von der Entführung eines kleinen Mädchens erfahren: Rose W. an der Landeskrone bei Görlitz. Unvorstellbarer Vorgang! Die Republik begann zu bröckeln. Das Leben hielt den Atem an.

Blatt 60

Bremsen quietschen vor dem Haus. Die Polizei! Schon schlägt es hart und fordernd an die Tür. Ich öffne mit dem Buch in der Hand. Begrüße meinen Polizisten und frage, was ihn so erregt. Er habe mit dem Mann von Roswitha, äh, der Postbotin Runge telefoniert. Sie sei gestern Abend nicht nach Hause gekommen. Er prüft mich mit einem üblen Blick. Die Augen schmal, verschnauft er angespannt.

Was ist denn mit Ihnen passiert?, fragt er.

Die Kampfspuren sind zweifelsohne fest auf meinen Körper geschrieben.

Ein Schwan hat mich angegriffen. Kein Witz! Heute Vormittag. Ich bin Ihrem Rat folgend vors Haus gegangen. Da kam mir die Idee, mich im Wasser des Weihers zu erfrischen. Dabei hat mich dann das Tier attackiert.

Der Polizist scheint überfordert.

Ich habe mich nur mit Mühe in Sicherheit bringen können. Ehrlich!, bekräftige ich beinahe empört.

Die Hand des Polizisten weicht unmerklich zur Pistole an seiner Seite. Er denkt nach. Mücken sirren unterm Dach des Verhaus. Er glaubt mir nicht, hat zudem diese schlimme Ahnung Roswitha betreffend! Er schaut hinter mich, durch den Spalt der angelehnten Tür. Ich lasse ihn ins Haus.

Roswitha? Rufend eilt er durch die Zimmer. Roswitha? Er steigt die Treppe hoch, während ich auf den warmen Holzstufen Platz nehme. Roswitha? Ich schaue auf den Weiher. Roswitha? Die Schwänin schwimmt in die Mitte. Spürt sie den Tod in ihrem Teich? Ihre Bewegungen sind ruhig. Rein und vollkommen. Roswitha? Ihr Kopf wendet sich von rechts nach links. Sie sucht den Gefährten. Sie tut mir leid. Nun muss sie sich einen neuen suchen. Roswitha? Aber das mit den Jungen dieses Jahr wird sie wohl abschreiben müssen.

Sie ist ja gar nicht hier, ruft der Polizist.

Ich entschuldige mich für meinen Anruf vom Morgen. Zu viel Weißer Burgunder gemischt mit Blaufränkischem. Dass es mir aufrichtig leidtue, höre ich mich ins Haus zurückrufen.

Heilandsack, schallt es erstaunt zurück.

Er wird den Braten entdeckt haben. Er kommt wieder zu mir raus.

Sie haben den Schwan getötet?

Ich zucke die Schultern.

War verdammt knapp, sage ich. Er oder ich. Der hätte nicht gezögert, mich zu versenken.

Ja, meint mein Polizist, mit Schwänen ist nicht zu spaßen. Aber das muss ich natürlich melden!

Ich nicke.

Und warum haben Sie mir dann heute Morgen so eine Geschichte aufgetischt?

Ich weiß es nicht, sage ich und entschuldige mich erneut. Versöhnlich biete ich einen Erklärungsversuch an: Es gibt Momente, in denen ich etwas sehe, was für andere nicht existiert. Und da ich es formuliere, erhält es Eingang in die Welt.

Künstler!

Der Landpolizist schüttelt den Kopf und spuckt aus. Sauer tritt er zu seinem Wagen, ruft die Zentrale und teilt mit: Die Runge Roswitha ist nicht hier. Er habe sich überzeugt.

Im gesamten Haus. Der Caddy auch nicht. Der Typ (er meint mich) stinke wie ein Weinfass, fasele Blech und lache sich auch noch ins Fäustchen. Er hätte gute Lust, mir eins auf die Zwölf zu zimmern, aber das löse nicht ihr Problem: Wo ist Roswitha? Ohne einen weiteren Kommentar steigt er ein. Durchs offene Fenster nimmt er mich aufs Korn.

Warum tun Sie so was?

Ich stehe auf und schleiche lauernd auf ihn zu.

Wie meinen Sie das: warum?, frage ich leise.

Er startet und rast los. Steinchen springen von den durchdrehenden Rädern in meine Richtung. Einer trifft mich böse am Schienbein.

Drecksau, rufe ich.

(Mehrere feine Skizzen des Schwans, Stillleben-Imitate, einzelne Federn darunter comicartige Bildfolgen, die mit wenigen Strichen die Stufen des Kampfes mit dem Schwan verdeutlichen. – Anm. d. Hrsg.)

## Blatt 61

Raisa Lermentowa betrat den kleinen Aufenthaltsraum. Ihre Hände kreisten umeinander wie balgende Frettchen, um die Hautcreme zu verteilen. Sie setzte sich zu Kommissar Alvart und erklärte, sie habe nur zwanzig Minuten Zeit, sich seinem Anliegen zu widmen.

Er fasste sich kurz und schilderte den Fall. In Deutschland und eben genau im Zeitraum ihres letzten Besuchs sei ein kleines Mädchen aufgefunden worden, von dem anzunehmen sei, dass es aus den Ländern der ehemaligen Sowjetunion stamme. Tage zuvor sei ein anderes Kind spurlos verschwunden, und er habe Indizien, die ihn bis hierher in dieses Heim geführt hätten.

Die Heimleiterin hob eine Augenbraue. Das konnte sie wahnsinnig gut. Sie hob die Augenbraue, sagte aber nichts. Sie schaute ihm lediglich in die Seele. Alvart fühlte sich aufgefordert und erklärte, dass er hergekommen sei, um diese Möglichkeit auszuschließen. Er würde gern alle Kinder, die mit auf der Reise waren, anschauen, wenn das möglich sei. Er habe keinerlei Legitimierung, jedoch der Mutter des entführten Mädchens in die Hand versprochen, jedem Hinweis nachzugehen.

Auch Raisa Lermentowa spürte die Anwesenheit Svetas, obwohl die mehrere Zimmer und Stockwerke entfernt in der Mansarde ihrer Enttarnung entgegensah. Sofort war Raisa alles klar. Alles. Die ruhige Art des Ermittlers gefiel ihr. Nicht so ein Deutscher, wie er im Buche stand. Sie erkundigte sich, wie alt denn das Mädchen sei, das da ausgesetzt wurde.

Man sei sich nicht ganz sicher, antwortet der Kommissar. Aber ungefähr ein Jahr.

Raisa nickt nachdenklich. Fast alle Kinder der Reisegruppe seien über fünf Jahre alt gewesen. Das Jüngste knapp vier. Sie halte es für keine gute Idee, sie ihm vorzuführen, wolle es aber tun, wenn er darauf bestehe.

Alvart schüttelte den Kopf. Das ist dann wohl wirklich nicht nötig, erklärte er. Das Mädchen, das man gefunden hat, war schwer erkrankt, als man es aussetzte. Blutkrebs. Der ist mittlerweile aber erfolgreich behandelt.

Die Wimpern der Leiterin schlugen doppelt. Der Kommissar wusste: Er war am Ziel! Er hatte es gesehen, ganz genau. Er lag richtig und musste den ganzen Laden nun nur noch auf den Kopf stellen, um zu finden, wonach er suchte.

Raisa bedauerte das Kind.

Ich kann mir nicht vorstellen, wer so etwas tut. Aber die Welt ist, wie sie ist.

Alvart nickte. Tiefer würde er nicht vordringen können, nicht in seiner Position. Nicht im Urlaub.

Welche Indizien haben Sie denn sonst noch bis zu uns geführt?, fragte die Heimleiterin jetzt interessiert.

Der Kommissar griff in die Manteltasche und legte die Kopie des Fotos auf den Tisch.

Ein junger Arzt, soviel ich weiß, der eine – sagen wir – ungewöhnliche Beziehung zu Kindern gehabt haben soll.

Raisa nahm das Foto. Ihre Augen füllten sich mit Tränen. Sie führte eine Hand zum Mund und räusperte sich, um sich dann schnell zu entschuldigen. Ihre Stimme klang nun leiser, wärmer, zielgerichteter.

Maxim, hauchte sie.

Ja, Maxim Plejagin. Alvart nickte. Kennen Sie ihn gut?

Die Heimleiterin hatte sich wieder im Griff.

Kannte! Ja, ich habe ihn gut gekannt. Er ist tot.

Alvart fror es.

Tot? Das habe ich nicht gewusst.

Ja, tot! Sie schaute zur Seite. Ich habe nie einen fleißigeren und selbstloseren Menschen getroffen als Maxim. Daran besteht überhaupt kein Zweifel.

Alvart rekapitulierte in der Sekunde. Er versuchte sich vorzustellen, Frau Lermentowa könnte ihn belügen. Er verwarf den Gedanken und versuchte weiter an der Theorie des Missbrauchs festzuhalten, aber das ergab alles keinen Sinn. Nicht mit dieser Frau. Er hatte sich geirrt. Er musste sich einfach geirrt haben. Friebe und seine Russen hatten ihn fehlgeleitet, hatten ihn verwirrt. Es musste eine andere Lösung geben. Hier im Haus. Könnte Frau Lermentowa es vielleicht nur nicht bemerkt haben, was Plejagin im Verborgenen tat? Das war schwer zu glauben. Trotzdem unternahm er einen letzten Versuch. Auch auf die Gefahr hin, die Heimleiterin zu kränken.

Können Sie sich vorstellen, dass Herr Plejagin …

Nein, fiel sie ihm ins Wort. Herr Plejagin ist wegen seiner Sexualität in diesem Land schwer verleumdet und gepeinigt worden. Infolgedessen wurde er Opfer grausamer Verstümmelungen im Gefängnis, an denen er dann verstarb. Das ist alles. Er ist ein tadelloser Arzt und Freund gewesen.

Alvart versuchte sie zu besänftigen. Er äußerte sein Bedauern und dachte gleichzeitig intensiv darüber nach, was er wohl falsch machte? Warum kamen die einfachsten Mechanismen der Wahrheit nicht in Gang? Welcher Teufel brachte hier die Details durcheinander? Es gab in diesen Mauern eine Lösung für seinen Fall, so viel war sicher (der doppelte Wimpernschlag!). Aber es musste einen gewichtigen Grund geben, dass Raisa Lermentowa diese nicht preisgab. Eine Frau wie sie. Schützte sie sich? Oder wen sonst? Svetlana? Alvart hatte in Bezug auf Svetlana eine Ahnung, würde sie aber nicht zu fassen kriegen. Nicht jetzt. Nicht hier. Im Heim stieß er an seine Grenzen. Null Unterstützung bei so viel gutem Stolz. Und Plejagin? Hing sein Tod am Ende mit Friebes Recherchen zusammen?

Ich werde jetzt gehen, sagte Alvart, ich danke Ihnen für die freundlichen Auskünfte.

Raisa begleitete ihren Gast vor die Tür. Die Heimleiterin achtete peinlich genau darauf, dass er nicht vom Weg abkam, und schloss sogar die Gartenpforte hinter ihm. Ölen muss ich die mal wieder, dachte sie dabei.

Alvart hörte das Quietschen auch. In einiger Entfernung zum Heim ging er fürs Schuhbandbinden in die Hocke und drehte sich noch mal um. Das Gebäude hatte plötzlich etwas Monströses. Vielleicht, weil er es von unten betrachtete oder wegen des veränderten Lichts. Es hob sich dunkel vom Himmel ab und wurde von knorrigen Bäumen umtanzt. Fakt war, dass er ohne Marie nach Hause fuhr. Gut. Aber wenigstens wusste er jetzt, dass sie mit den Ermittlungen richtiglagen. Ein Verbrechen aus Menschlichkeit. Vielleicht. Ehrliche Verbrecher, dachte er. Sie spüren die Beschränkung ihres Lebens, finden sich aber nicht ab. Mit dem Tod.

Immer im November wollte er sein Leben ändern. Wenn zur gesundheitlichen Misere auch noch das feuchte Wetter kam. Das Jahr über schaute er staunend dem eigenen Verfall zu, aber in der dunkelsten Jahreszeit packte es ihn. Regelmäßig. Jetzt hatte er sich aufgerafft! Nicht, dass er sein Leben umgekrempelt hätte, aber er merkte deutlich: Er hatte sich bewegt. Er hatte etwas getan, das er nicht hätte tun müssen. Hatte, seinem Gefühl gehorchend, einen Schritt gemacht. Das brachte ihn ganz sicher auch im aktuellen Fall weiter. Ja! Aber es hatte vor allem sein Leben bewegt. Jetzt kehrte er heim. Obwohl nur achtundvierzig Stunden unterwegs gewesen, kehrte er heim. Und das war die eigentliche Neuigkeit: Er freute sich darauf. Denn heimgekehrt war er seit Jahren nicht mehr.

Blatt 62

Alvart lauschte der Durchsage des Kopiloten. Sie näherten sich dem Zielort, wo gute Sicht herrsche. Seit er im Flieger saß, rechnete er. Damit lenkte er sich ab und tat gleichzeitig etwas für sein Gehirn (der Hausarzt hatte Alarm geschlagen). Er war früher mit seinen beiden Kindern (ein Mädchen, ein Knabe) an Wochentagen im Schnitt eineinhalb Stunden zusammen gewesen. Schlafen nicht mit eingerechnet, denn das galt ihm als *nicht gesehene* Lebenszeit. Meistens *sah* er seine Kinder zu den Mahlzeiten, als sie ganz klein waren noch etwas häufiger, später aus beruflichen Gründen etwas seltener. Eineinhalb Stunden täglich! Das ergab 6,25 Prozent des Tages. Sechs Prozent Netto-Lebenszeit war er mit seinen Kindern zusammen gewesen. Damals! Die letzten fünf Jahre hatte er seinen Sohn Wanja, der in Japan lebte, lediglich an den Weihnachtstagen gesehen. Drei Tage von dreihundertfünfundsechzig Tagen im Jahr. Schaltjahre nicht eingerechnet. Weniger als ein Prozent! Am Ende blieb ihm nur die Behauptung, dass es auf tatsächliche Begegnungen nicht ankomme und die spirituelle Verbindung groß sei. Trotzdem wusste er, dass er mit den Pförtnern seiner Dienststelle häufiger zusammentraf als mit seinen Kindern. Was für eine Verschwendung! Ohne den Pförtnern zu nahe treten zu wollen.

Nachdem ich den Schwan lange genug in seiner ganzen unnahbaren Schönheit betrachtet habe, schneide ich ihm Füße, Flügel und Kopf ab und brühe mit kochendem Wasser die Federn aus der Haut. Ich rupfe gründlich, sicher eine knappe Stunde. Schwer ist er, merke ich, als ich ihn auf das große Brett hebe. Ich entscheide, ihn vor dem Braten zu tranchieren, um die Einzelteile in Buttermilch einzulegen. So kenne ich es vom Wild. Da der Koch in meinem Buch über eine starke Moddernote klagt, halte ich es für wichtig, dem so entgegenzuwirken. Und M. hat vor seinem Verschwinden Buttermilch in rauen Mengen gebunkert. Er wolle damit seine Leber waschen, wie er mir erklärte. Eine Frischzellenkur gegen die Trunksucht: jeden Morgen einen Liter. Da er aber kaum mehr hier in Schlehdorf aufschlagen wird, verbrauche ich die Milch wohl besser, bevor sie ungenießbar wird.

Die Reste des Schwans trage ich an der Feuerstelle zusammen und verbrenne sie unter kleinen Holzscheiten. Im Ofen lasse ich die Fleischstücke auf einem Obst- und Gemüsebett schmoren und bestreiche sie in regelmäßigen Abständen mit einem Gemisch aus Ahornsirup und Wacholder. Dass der Vogel derart viel Fett haben würde, hätte ich nie gedacht. Der Sud, der sich am Boden sammelt, schmeckt so vorzüglich, dass ich noch einige Fettlappen mehr über der bereits dunkel gebräunten Haut auslege. Langsam trieft es daran herab.

Herz und Niere sind als Erstes gar und schmecken, dass mir fast die Sinne schwinden. Ich sitze am Tisch, kaue die zarten Innereien und merke, wie mir der Magen alle Energie entzieht. Ich werde schwach. Muss mich kurz an die Tischplatte klammern. Innehalten. Sterne in den Augen. Der Kreislauf. Ich trinke einen Chardonnay. Das Ziehen in den Zähnen lässt nach. Jetzt habe ich Appetit auf mehr. Ich wage aufzustehen und trete wieder vor den Ofen. Durch das Sichtfenster betrachte ich die Schwanenbrust und denke, dass sie so weit ist.

Schon beim Anstechen löst sich das Fleisch vom Knochen. Es schmeckt phantastisch. Süß und herzhaft. Ein wenig nach Nuss, ein wenig nach Salmiak. Aber gerade so, dass es nicht stört. Die Haut ist dunkelbraun und knusprig, vom Zucker des Sirups karamellisiert. Großartig! Nach der Brust picke ich ein paar Karotten vom Blech und mache eine schöpferische Pause. Ich schaue nach dem Feuer und lege eine Handvoll Scheite nach.

Während des Essens habe ich beschlossen, die Zelte abzubrechen. Die Tage in Schlehdorf neigen sich unweigerlich ihrem Ende zu. Das meiste ist geschafft. Das Wesentliche im Kopf. Das Verschwinden des Mädchens Marie gelöst. Also kann ich den großen Schlachtplan Stück für Stück von der Wand abtragen. Unsere Tafel verschwindet. Ich mache zwei Haufen. Notizen und Fotos. Der Rest kommt ins Feuer. Nichts Überflüssiges soll bleiben. Es lodert herrlich. Die Briefe meiner Mutter verschließe ich im Innenfach der Reisetasche. Ich überfliege ein paar Zeilen erneut. Sie sind mir fremd. Fremder als je zuvor. Sie hat mich weit an sich herangelassen. Aber sie hat sich mir nicht endgültig mitgeteilt. Das ist schade.

Und jetzt die Keulen! Die Schwanenkeulen. So zart, dass die Sprache aufhört. Ich hebe sie an, packe vorsichtig mit den Lippen zu. Das Fleisch fällt fast vom Knochen. Mir fehlen die Worte. Wie kann das sein? Dass es das noch gibt! Ein Ende der Beschreibbarkeit!

Während sich die Säfte des Schwans in der Pfanne unter ihm sammeln, zieht ein Schleier guter Küche durch die Räume. Hüllt alles ein, was war. Das ist mir das Allerliebste, wenn es in einem Haus gut riecht. Wenn sich ein perfektes

Mahl ankündigt und die Geschicklichkeit des Kochs (oder der Köchin) dem Gast das Verweilen leicht macht.

Habe eine Weile gedöst. Habe gewartet, allein mit der Frage, ob es sich zu warten lohnt. Muss eingeschlafen sein, denn erst im Morgengrauen werde ich wach. Ich fühle mich gewappnet, gestärkt, gestählt. Die klare Frische nutze ich für einen kurzen Rundgang ums Haus. Ein Verabschiedungsritual, das ich oft und an vielen Orten praktiziert habe. Allein. Unvergesslich. Eingebrannt.

Alle Spuren sind beseitigt. Der Müll geleert. Die restlichen Flaschen in einer Kiste verstaut. Unsere Notizen sind im Wagen. Ein Flugzeug markiert den Himmel mit einem weißen Strich. Ich hinterlasse eine freundliche Stimmung im Haus.

(Wegskizze. Stichpunkte eines Routenplaners. Schlehdorf – Dresden. Es ist auffällig, dass J.S. wenig befahrene, kleine bis sehr kleine Straßen bevorzugt. – Anm. d. Hrsg.)

Blatt 63

Innen. / Abend. Dagmar sitzt in der Badewanne. Wie jeden Donnerstag hat sie Wasser eingelassen für sich und ihren Sohn. Seit jeher hat Jonas panische Angst vor Wasser und allem, was spritzt. Holger hat ihn ein paarmal abduschen wollen. Aber das endete regelmäßig mit mordsmäßigem Zank. Jonas schrie, Holger schmiss den Duschkopf in die Wanne und stürmte mit einem Blick an Dagmar vorbei, der ihr die ganze Schuld gab. Ihre Erziehung. Ihre Hätschelei. Ihr Unvermögen. Jonas' Weigerung war das Ergebnis ihres mangelnden Selbstbewusstseins. Sie ließ einfach alles durchgehen, da sie zu schwach war, Nein zu sagen.

Die einfachste Möglichkeit, den Jungen zu waschen, ist also noch immer das gemeinsame Vollbad. Dagmar hebt Jonas zu sich in die Wanne. Er hat sich selbst entkleidet, steht im Wasser und zieht sich den Schniepel lang. Schon beim Hochheben hat er ihr an die feuchten Brüste gefasst.

Nippel, sagt er jetzt, und die richten sich trotz der Wärme auch gleich auf.

Dagmar kichert, Jonas kichert. Sie seifen sich gegenseitig ein. Dabei macht er alles nach, was sie ihm vormacht. Sie wäscht seinen Rücken. Er wäscht ihren Rücken. Sie seift seine Arme ein. Er seift ihre Arme ein. Sie krault ihm die Brust und er krault ihr die Brüste. Manchmal tauschen sie auch. Dann macht Jonas vor und sie macht nach. Er beginnt immer mit Shampoo auf ihren Schamhaaren und bringt sie zum Schäumen. Aber heute hat sie vorgemacht. Zum Schluss zieht sie seine Vorhaut zurück.

Sehr gut, sagt sie, alles in Ordnung. Und wie in letzter Zeit des Öfteren, bekommt er eine Erektion. Das erleichtert ihr das Reinigen.

Jonas' Blick verharrt auf seinen Händen, mit denen er ihre Brüste wiegt.

Dagmar verharrt dagegen in Gedanken. Sie weiß es von einem Freund: Holger hat eine Neue! Am Telefon kennengelernt. Angeblich! Die Frau hat sich verwählt. Und er hat sogleich ihre Stimme gelobt und sie in ein Gespräch gezogen. Er kann ja auch charmant sein. Stell dir vor! Die Frau stimmt kichernd einem Treffen zu. Das Gespräch mit der Unbekannten lässt ihn übermütig werden. Als Treffpunkt schlägt er eine Kaminsauna in Pieschen vor. Stell dir das doch bloß mal vor! Er hat sie in die Sauna eingeladen, und sie hat zugestimmt.

Dagmar musste lächeln während des Berichts. Ja, ja, das sieht ihm ähnlich, sagte sie zu dem Freund, als kratze sie es nicht.

Innen. / Tag. Nachdem Dagmar Jonas in die Kita gebracht hat, geht sie einen Kaffee trinken. Sie raucht jetzt auch wieder. Das tut ihr gut, weil es einfach guttut. Sie spielt mit dem Gedanken, sich an Holger zu rächen. Aber es ist ihr unmöglich, herauszufinden, was ihn am meisten verletzen könnte. In einem Anfall von Selbsthass will sie sich und Jonas umbringen, um ihm zu zeigen: Er hat keine Macht mehr über sie und ihre Zukunft!

Innen. / Abend. (Traum.) Sie bringt Jonas ins Bett und gibt ihm was zu trinken, das ihn ruhig einschlafen lässt. Dann legt sie sich zu ihm und schluckt denselben Trank. Die Vorstellung, mit ihrem Sohn für immer einzuschlafen, bereitet ihr ein wohliges Gefühl. Sie denkt dabei auch an die blaugeblümte Bettwäsche ihrer Großmutter, die sie vorher aufgezogen hat. Eine sehr weiche, sehr alte, schon beinah mürbe Leinenbettwäsche, die, oft und viel gewaschen, von unzähligen Begegnungen des gesamten letzten Jahrhunderts berichten könnte.

Dagmar hatte ihren Plan schon so weit vorbereitet, dass die Bezüge griffbereit auf der Schlafzimmerkommode lagen. Sie konnte sie sehen, wann immer sie zu Bett ging. Doch dann der Gedanke: Ist das für Holger wirklich eine Strafe oder vielmehr nur Erleichterung? Er stünde als Opfer da. Könnte sich als gebrochener Mann inszenieren und so noch seinen Nutzen daraus ziehen. Nein. Das darf auf keinen Fall passieren!

Innen. / Tag. Im Café schnappt Dagmar den Blick eines jungen Mannes auf, der einfach den Tag zu verplempern scheint. Als Alibi hat er ein Buch (*Der kommende Aufstand*) unberührt vor sich liegen. Er starrt sie an, ohne Scham und erst recht ohne es verhindern zu können. Sie nippt an ihrem Kaffee und fühlt wie nebenbei ihre Attraktivität. Die Nebensächlichkeiten ihres Lebens werden plötzlich zur Hauptsache. Einfach nur, weil sie vormittags in einem Café sitzt. Sie ist wieder auf der Jagd. Das ist angenehm. Das ist neu.

Und der Jungspund von gegenüber könnte ihr durchaus gefallen. So ein Frischling mit Raureif auf dem Rücken, denkt sie lächelnd, und da weiß sie plötzlich, dass, je jünger ihr nächster Kerl wäre, die Klinge in Holgers Herz umso tiefer stäche. Dagmar lacht, und der Junge bezieht es tatsächlich auf sich. Mit einem Hirn ausschließlich bestehend aus Samensträngen kann er gar nichts anderes, als sich ins Zentrum einer prickelnden Affäre zu setzen. Sie wird es mit ihm nicht tun. Nicht jetzt. Vorerst genügt ihr zu wissen: Die Welt ist bereit. Sie legt einen Schein auf den Tisch und geht. Dabei streift sie ihn mit einem Blick, der ihn verrückt machen muss.

Innen. / Außen. / Vormittag. Am Tag, an dem Dagmar sich fest entschlossen hat, mit einem anderen Mann zu schlafen, an dem sie sich durchgerungen hat, auf die Stimmen in ihrem Kopf und die Stimmung in ihrem Umfeld zu pfeifen, an diesem Tag scheint die Sonne. Heute! Sie raucht ihre erste Zigarette, bringt die Verlängerung der Krankschreibung zum Briefkasten und geht in ihr Café.

Der junge Mann lässt auf sich warten. Er kommt verspätet, abgehetzt und ungewaschen, wie ihr scheint. Sie glaubt, er schwänzt die Uni für sie, bildet sich ein, dass er alles verdränge, vergesse, vernachlässige, nur um sie zu sehen. Sie nippt an ihrem Kaffee, steht auf und setzt sich an seinen Tisch.

Wo wohnst du?

Bei meiner Mutter, antwortet er keck.

Dagmar wird beinahe schwindlig. Er bläst den Rauch auf seine Knie. Die Freiheit schätzt du erst, wenn du sie nicht mehr hast. Das ewige Mantra ihrer trostlosen Zeitgenossen. Sie war gefangen darin, und es ist, als ob ihr ein neues Leben begänne.

Gehen wir in ein Hotel?

Der Junge ist blass, nur seine Ohren glühen wie der Kamm eines Hahns.

Das kann ich mir nicht leisten, sagt er.

Sie steht auf, zahlt die Getränke und hält ihm die Tür auf.

Innen. / Mittag. Dagmar wirft den schweren Zimmerschlüssel auf den Nachtschrank. Der Junge folgt ihr artig und schließt behutsam die Tür. Sie beugt sich übers Bett, um den Titel des Bildes zu lesen, das einen mäandernden Sonnenaufgang über Äckern und Waldsaum zeigt. *Schlehdorfer Impressionen*, buchstabiert sie und merkt, wie seine Hände ihre Brüste anheben. Er steht neben ihr und fasst sie an, als wolle er einen Reifen wechseln. Mit Elan, aber vollkommen hilfebedürftig.

Es tut ihr gut, ihn kurz so tasten zu lassen. Seine Augen sind aufgerissen, sein Körper zittert. Es bereitet ihr große Freude zu herrschen. Die Unsicherheit des Jungen erregt sie. Doch sie hält sich zurück, um ihn entscheiden zu lassen. Er will erst mal nur an meine Brust, denkt Dagmar. Soll er doch! Soll er doch sehen, wie er sie herausbekommt. Gekonnt macht er's! Er weiß schon wie, trotz seiner Aufregung, das merkt sie sofort.

Er hat einen riesigen Ständer, das fühlt sie durch die Hose. Fühlt auch, wie ihr der Schlüpfer warm wird. Er betrachtet ihre Brust und freut sich wie ein Kind. Das ist ja süß, sie zieht ihn zu sich, öffnet ihm das weiße Hemd, den Pullunder trägt er kurz als Turban. Seine Gürtelschnalle scheppert, und dann ist er draußen. Groß, groß. Dagmar merkt, wie er ihr geschickt, geschickt mit den Füßen die Hosen runterstreift, wie sich seine Finger durch ihre Scham krallen, wie er rankert und leckt und wuselt.

Keine Sekunde denkt sie an Verhütung, als sie sich auf ihn setzt und ihn sich langsam in den Bauch schiebt. Er starrt sie an, als hätte seine letzte Stunde geschlagen. Die Ohren sind noch röter auf dem weißen Laken. Er ist so still dabei, so angenehm ruhig. Für einen Moment scheint er einer Überdosis zu erliegen.

Zum Glück ist er auch Raucher. Sie liegen halb entkleidet

auf dem Bett und rauchen. Dagmar kippt das Nichtraucherschild mit ausgestrecktem Fuß um.

Schöne Beine hast du, sagt der Kleine.

Einen ganzen Kopf größer ist er als sie.

Danke, das ist lieb.

Ja, gibt er zu, er liebe sie!

## Blatt 64

Anne hatte sich prächtig entwickelt. Sie sprach ein paar erste Worte Deutsch und konnte auf präzise Fragen absolut präzise Zwei-Wort-Antworten geben. Sie hatte die Operation nicht nur gut überstanden, sondern lag mit allen Werten über dem Vergleichsdurchschnitt der Krebsmedizin. Da ihre Herkunft aber nach wie vor ungeklärt war, konnte man sie aus juristischen Gründen noch nicht in eine Adoptivfamilie geben, obwohl es seit Silkes Spendenaufruf viele Bewerbungen gegeben hatte.

So kam sie in eine Pflegefamilie, die am Stadtrand im alten Gut Gamig zur Miete wohnte und schon mehrere Kinder aufgenommen hatte. Der Eindruck, dass es sich hierbei um die Erschleichung staatlicher Sozialleistungen handelte, war nicht von der Hand zu weisen. Ein Kind kostete ja nicht nur, nein, es brachte auch Geld ein. Aber bisher hatte es keine verfolgbaren Klagen geben. Die Kinder waren gut genährt und erschienen stets gekämmt in Kita und Schule.

Der Ton in dieser neuen Umgebung war für Annes Ohren rauer. Die Pflegemutter musste aufpassen, nicht ganz mit ihrem Sessel zu verwachsen denn sie bewegte sich bei enormer Leibesfülle fast nur noch mit den Armen. Eine Mischung aus Arnikatinktur und Frittenbude lag in der Luft.

Anne hatte ihr eigenes kleines Zimmer und außer mit der

einzigen leiblichen Tochter der Familie keinen Stress. Die allerdings steckte so tief in der Pubertät, dass alle Mitbewohner versuchten, ihr besser aus dem Weg zu gehen. Sie schien bei der Geburt zu viel Sauerstoff bekommen zu haben. Ihre meterlangen Haare (seit dem vierten Geburtstag nicht mehr geschnitten) hatte sie zu einem Leuchtturm aufgesteckt. Eine *Hallo-das-bin-ich-Frisur*, wie der dünne Vater zu sagen pflegte. Sie schrie laut, heulte oft, konnte aber in der Küche anpacken, was der Mutter das Wichtigste war.

Anne stand der neuen Situation zurückhaltend gegenüber. Sie staunte viel. Sie sprach wenig. Etliche andere Pflegekinder waren ihr als Leidensgenossen willkommen. Sie verstanden sich mit Blicken und versuchten, nicht anzuecken. Da Anne die Jüngste war, hatte sie das wenigste auszustehen. Sie ging gern mit auf die Reise nach Jerusalem und sah von allen am schnellsten, beim Ich-sehe-was-das-du-nicht-siehst. Die Tage verliefen ruhig.

Am besten verstand sie sich mit dem neunjährigen Carlo, der sich liebevoll um sie kümmerte. Er hatte eine Menge erlebt in seinen jungen Jahren und sich im letzten Monat den Aktenvermerk *unbeschulbar* eingefangen. Die Pflegemutter paukte mit ihm nun also Mathe und Deutsch am Computer, und Anne schaute mit großen Augen und aus sicherer Entfernung zu. Sie verhielt sich absolut still und lauschte den Anweisungen, die Carlo mit großer Geschwindigkeit ausführte.

Er begleitete sie auch zu den Untersuchungen, die sie nach wie vor im St.-Joseph-Stift zu absolvieren hatte. Die Blicke der Nonnen waren immer etwas misstrauisch, wenn die beiden, von einem Fahrdienst gebracht, im Krankenhaus aufliefen. Aber Carlo konnte mit seiner Schlagfertigkeit ganz schnell jeden Verdacht zerstreuen, und Anne freute sich immer sehr, Schwester Silke wiederzusehen.

Bei ihrer letzten Untersuchung aber stand gegenüber vom Krankenhaus eine Frau. Sie hatte sich leicht verdeckt hinter einen Baumstamm an der Straße gedrückt und konnte von dort aus den Eingang und die Bewegungen davor sehr gut beobachten. Anne hatte sie nur flüchtig im Vorbeifahren wahrgenommen. Seit Neuestem durfte sie vorn auf dem Beifahrersitz mitfahren, in eine Sitzschale geschnallt. Es schien ihr, als ob sie die Frau schon einmal gesehen hatte.

Als der Fahrer das Auto in die Lücke rangierte, sah sie die Frau erneut und fing unvermittelt an zu singen. Carlo fragte sie, was das denn für ein Lied sei. Anne schaute ihn an. Könnte sie schon mehr sprechen, würde sie ihm vieles sagen. Konnte sie aber nicht. Sie hatte ein ihr bekanntes Gesicht wiedergesehen. Mehr wusste sie nicht. Schwester Silke erwartete sie bereits am Eingang. Sie war telefonisch vorgewarnt und nahm den Kindertransport höchstselbst in Empfang.

Seit dem flüchtigen Blick auf die Frau war in Anne ein Aufruhr ausgebrochen. Sie konnte sich auf nichts mehr konzentrieren. Wie ferngesteuert lief sie, den Anweisungen folgend, durch die Gänge des Krankenhauses, hatte aber schon nach kurzer Zeit alles wieder vergessen, was da gerade mit ihr geschah. Sie blickte aus dem Fenster, doch die Frau war verschwunden.

Carlo merkte, dass in seiner kleinen Freundin etwas vorging, hatte aber zunächst keine Erklärung für ihre geistige Abwesenheit. Waisenkinder müssen alles doppelt prüfen, dachte er. Das war in der Not ein großes Plus. Denn dann zeigte sich ihnen die Welt klarer. Die Pläne, die es zu schmieden galt, ergaben sich von selbst. Doch sie mussten auf der Hut sein, wenn es darum ging, Gefühle zu unterscheiden. Zu viel Mitleid konnte fast unbemerkt zu behaupteter Nähe mutieren, die nichts wert ist. Aber wenn sie das Gefühl der Nähe zweifelsfrei identifiziert hatten, mussten sie auch sehr schnell zuschlagen können.

Der Aufruhr ihrer Gefühle machte Anne sehr zu schaffen. Sie stand in der Mitte des begrünten Krankenhaushofes und schaute in die Wolken. Der Himmel, so schien ihr, war überall derselbe. Er sah zwar nie gleich aus, aber in seiner Weitläufigkeit beruhigte er ihre Sehnsucht nach Geborgenheit. Sie wusste schon jetzt sehr genau zwischen Nähe und Wärme zu unterscheiden. Viele Dinge, Menschen, Ereignisse waren angenehm warm temperiert, aber ihr keineswegs nah. Nähe verspürte sie nur in den seltensten Fällen. Vielleicht wenn sie die Stimme von Schwester Silke hörte, sie aber noch nicht sehen konnte, oder wenn ihr beim Essen der Geschmack eines Bissens ein vertrautes Gefühl wachrief. Der kurz aufgeschnappte Blick dieser Frau aber bedeutete Nähe. Im besten Sinne. Das wusste sie genau. Das fühlte sie genau. Ganz genau.

Am Abend dieses abschließenden Krankenhausbesuches empfand sie ihre Welt als wacklig. Sie aß nichts, ging still auf ihr Zimmer, setzte sich ans Fenster und betrachtete so lange den Himmel, bis der sich mit Sternen füllte. Obwohl das Essen außerhalb der Küchenzeiten für die Kinder untersagt war, brachte ihr Carlo einen Kanten Brot und ein Stück von der Sandlänge hoch. Den Schokoladenüberzug hatte er auf dem Weg zu ihr schon angeknabbert, aber sie freute sich dennoch sehr. Er versteckte den Teller unter dem Schrank und ging mit den Worten, auch er würde seine Mutter wiedererkennen.

Erst war Anne die Bedeutung dieses Orakelspruchs nicht klar, dann wusste sie plötzlich, woher sie die Frau kannte.

Es war jenes Gesicht, das sie zuletzt im Spielzeugladen gesehen hatte. Anne war sicher, dass es sich um genau so eine Person handelte, die andere Kinder Mama, Mamiiii, Maminka oder Mutter nannten. Lange hatte sie versucht, das Gesicht ihrer Mama nicht zu vergessen. Ihr Bemühen war allerdings immer schwieriger geworden, je länger sie im St.-Joseph-Stift lebte. Bis sie eines Tages keine Erinnerung mehr daran hatte. Nun war das Gesicht also wieder da und ganz in der Nähe.

Als es im Haus leise geworden war, schlich sie auf den Hof hinaus, legte sich, in ihre Bettdecke gehüllt, auf die Holzbank neben der Pumpe und schaute in den Himmel. Sie wollte vermeiden, dass ihre Mama, wenn sie sie holen wollte, sie erst suchen musste. Dass sie zu ihr kommen würde, stand für Anne felsenfest.

Blatt 65

Innen. / Tag.

Gidje Mama?

Dagmar wird vor ein Mädchen gestellt, das sie nicht wiedererkennt.

Gidje Mama?

Dagmars Augen füllen sich mit Tränen. Es ist tatsächlich ihre Stimme, die sie noch nie hat sprechen hören, die in einer fremden Sprache wie das Gebrabbel klingt, das sie so oft im Halbschlaf aus dem Körbchen gehört hat, als ihre kleine Marie nicht schlafen konnte. Ihre kleine Marie, die jetzt schon laufen kann. Dagmar hockt sich vor die Kleine, die sich vor ihr ängstigt und suchend im Raum umschaut. Sie atmen sich an. Sie sagen nichts. Dagmar hält ihre Hand geöffnet. Das Mädchen möchte sie nehmen, traut sich jedoch nicht.

Dagmar hat einen Anruf von der Kinderärztin bekommen. Eine Sprechstundenhilfe habe Marie am Morgen vor der Praxis stehend aufgefunden und mit hineingenommen. Es handelt sich um die Praxis der ehemaligen Kinderärztin von Marie, die seinerzeit die Hauptuntersuchungen 1 bis 3 durchgeführt hat. Sie hatten sogar eine Vermisstenanzeige mit Bild im Warteraum hängen. Die Stimme der Frau hat sich vor Aufregung und Freude überschlagen. Dagmar ist zum Auto gegangen. Träumend hat sie wahrgenommen, wie schön das Frühjahr in die Stadt hineinscheint. Das Auto ist die bekannten Wege von allein gefahren, in die richtigen Straßen abgebogen und hat sie zuverlässig vor der Praxis abgesetzt.

Sie streicht dem Mädchen über den Kopf. Die Haare! So voll. So dick. Sie traut sich nicht, ihre Tochter zu umarmen.

Gidje Mama?, wiederholt ihr Mädchen. Furchtloser schon und irritiert von Dagmars Tränen. Die Mama schaut hinauf in das Gesicht der Kinderärztin. Hört sanft gesprochene Worte: Polizei, unfassbar, Wunder.

Eigentlich hat sie sich wieder an ihren Beruf wagen wollen, hat für die nächsten Wochen eine erste behutsame Wiedereingliederung in ihrer Arbeitsstelle erreicht, wollte mit dem Jahrestag der Entführung einen Strich ziehen unter die Depression. Sie denkt an ihren jungen Geliebten, seine unverstellte Zuneigung, den offenen Blick, seine wimpernumrahmten Augen. Sie ist nicht sicher, ob sie dem zaghaften Gefühl von Liebe, das sich ihrer langsam bemächtigt, trauen soll.

Kommissar Alvart, den Dagmar schon seit Monaten nicht mehr gesehen hat, öffnet die Tür. Er bemerkt gleich, dass sich etwas Unfassbares ereignet hat. Er will die Situation nicht komplizierter machen, als sie ist, aber er muss ein paar Fragen loswerden.

Dagmar führt Marie an einen Kindertisch, wo sie sich brav hinsetzt, während der Kommissar die Ärztin vernimmt. Er lässt sich den Ort der Auffindung zeigen und die weiteren Details schildern. Marie macht einen gepflegten, kerngesunden Eindruck. Natürlich ist die Kleine verunsichert. Man muss alle Dinge, die jetzt anstehen, ihrem Wohlergehen unterordnen. Dagmar spürt, dass Alvart dafür ihre Mitarbeit braucht. Maries Sachen sollen untersucht, ihre äußerliche Inaugenscheinnahme muss vertieft werden. Das Mädchen sollte schon bald befragt werden, aber sie scheint nur Russisch zu sprechen. Dagmar zieht ihrer Tochter die Jacke aus und gibt sie an einen Beamten weiter, der sie in eine große Tüte steckt. Marie sitzt dabei artig an ihrem Kindertisch.

Während immer mehr Menschen hinzukommen und mit ihren Anoraks und Uniformen geschäftig rascheln, legt Marie dann doch Schutz suchend ihre Hand in Dagmars. Denn sie hat etwas an der Frau gerochen, das ihr ein Gefühl der Sicherheit gibt, dessen tiefere Herkunft sie nicht entschlüsseln kann. Dagmar hält sie fest. Sie ist ganz nah.

Marie war also wieder da! Der letzte Beweis war zwar noch nicht erbracht, und auf die zustimmende Auskunft einer Mutter durfte Alvart sich nicht verlassen, aber es schien doch alles sehr sicher. Ein DNA-Abgleich war beantragt. Alvarts Assistent musste die laufenden Geschäfte vom Schreibtisch fegen und ihm alle Details zum Fall Marie F. präsentieren. Die Auffindung des Mädchens war mysteriös. Aber das passte ins Bild.

Nachdem der Kommissar aus Weißrussland zurück war, hatte er alle Erkenntnisse in seinem Herzen verschlossen und war zur üblichen kriminalistischen Schutzbehauptung für solche Fälle übergegangen: Nur die Zukunft könne eine Lösung mit sich bringen, und vielleicht erleichtere ja irgendwann irgendjemand sein Herz, wenn nur genügend Zeit vergangen war. Seitdem war viel Zeit vergangen. Es hatte sich nichts bewegt. Nur die Kinder wuchsen unaufhaltsam. Der Zeitpunkt der Entführung jährte sich.

Nachdem Alvart sich überzeugt hatte, dass es sich tatsächlich um die kleine Marie handelte, ging er mit seinem Assistenten noch einmal alle Fakten durch. Da das Kind unversehrt und in einem sogenannten Topzustand zurückgekehrt war, schlossen sie ein Gewaltverbrechen aus. Marie war einfach wieder da. Die Mutter hatte sie wiedererkannt, die Kinderärztin war vor Ort. Es hätte nicht besser laufen können für die Kleine. Dass man sie vor der Kinderarztpraxis ausgesetzt hatte, ließ auf einen verantwortungsvollen Umgang, ja sogar Sorge schließen.

Die Befragung von Zeugen führte nicht weiter. Jemand hatte einen grünen Transporter gesehen. Die Recherche ergab jedoch, dass es sich um eine Routinefahrt des Blumenhändlers gehandelt hatte. Ein Zeuge wollte das Kind schon drei Straßen weiter allein auf dem Fußweg gesehen haben. Der stellte sich jedoch als Wichtigtuer heraus. Letzten Endes war ein Kind vor einer Kinderarztpraxis ja auch nichts Ungewöhnliches.

Interessant wurde es einen Tag später, als Alvart die Auskunft über einen gewissen Johann Stadt bekam. Es hatte einen Schusswaffengebrauch in einem Kaff namens Schlehdorf gegeben, und die Ballistiker hatten das abgefeuerte Projektil einer Waffe zugeordnet, die Alvart schon kurz nach der Wende auf die interne Fahndungsliste gesetzt hatte. *Putins Revolver*, wie sie unter Kollegen genannt wurde, war abgefeuert worden. Sie hatte zwar keinen Schaden angerichtet, aber dass sie überhaupt zum Einsatz gekommen war, glich einer Sensation. Ebenjener Johann Stadt hatte sich bei der Beweisaufnahme auffällig benommen. Die Vernehmung war von einem zuverlässigen Dorfsheriff geführt worden, dessen Aussagen Alvart dennoch überprüfen wollte, da er alles, was in diesem seinem großen Fall zutage gefördert wurde, zu seiner persönlichen Angelegenheit erklärt hatte. Er war sofort losgefahren.

## Blatt 66

Alvart hatte diesen spontanen Trip nach Schlehdorf unternommen, um den Aussagen Johann Stadts auf den Grund zu gehen. Der Mann stellte sich allerdings als ein verrannter Phantast heraus, lediglich mit derselben Materie befasst. Es hatte etwas Unwirkliches über dem Treffen gelegen. Johann Stadt hatte viele, viele Informationen zu Alvarts großem Landeskronen-Fall zusammengetragen, um, wie er meinte, diese Riesensauerei zu verfilmen.

Der erfahrene Kommissar hatte bald gemerkt, wie sehr Johann Stadts Persönlichkeit vom Alkohol angegangen war, dass seine Schlüsse in der Sache durchaus interessant (im Sinne einer Verfilmung des Ganzen), ansonsten aber untauglich für ihn und seinen kriminalistischen Wissensdrang waren. Darüber hinaus hatte Alvart nicht den Eindruck gehabt, dass der Mann wirklich nach einer Lösung für den Fall der kleinen Rose suchte, sondern vielmehr der Beschädigung seiner eigenen Persönlichkeit (durch das Fehlen eines Vaters) auf den Grund zu gehen trachtete. Stadt nutzte hierfür das Schicksal von Roses Familie lediglich als eine Art Stellvertreterfall. Ein gar nicht mal schlechter Ansatz im filmischen Sinn, wie er fand, aber eben überhaupt nicht hilfreich für Alvart.

Auch die Erklärungen für das Auftauchen von Putins Revolver blieben vage. Der Regisseur M., dessen Filme Alvart nicht kannte, ja von denen er noch nicht einmal gehört hatte, sollte ihn angeblich illegal erworben haben. Der Kommissar musste den Aussagen Johann Stadts mangels einer plausiblen Alternative glauben und beschränkte sich auf das, was auch der Dorfsheriff zu Protokoll genommen hatte: So lange sich dieser M. nicht meldete, so lange gab es auch keine Chance, die Geschehnisse zweifelsfrei zu rekonstruieren.

Auf dem Rückweg aber hatte Alvart dann eine Idee, die das Auftauchen Maries in einen gänzlich neuen Zusammenhang brachte. Er erinnerte sich, auf einem der unzähligen Notizzettel, die er beim Durchforsten der beeindruckenden Wandzeitung entziffert hatte, das Wort MEDIZIN gelesen zu haben. *Medizin als Metapher. Medizin als Heilungsmittel. Medizin als auslösendes Moment.* Medizin, brummte der Kommissar, während er an Marie, an Rose, an Grit und an Anne dachte. Medizin.

Einer inneren Stimme folgend, die er regelmäßig bei längeren, in leichtem Dämmerzustand absolvierten Autofahrten vernahm, kam Alvart der Gedanke, doch einfach noch mal bei seinem Schulleiter anzurufen. Er wählte die Nummer der Schule und wurde durchgestellt. Er fragte ihn nach dem Befinden und erfuhr relativ schnell, dass gerade wieder die Weißrussen zu Besuch gewesen waren, dass sie am heutigen Abend nach Minsk zurückfliegen würden und dass der Aufenthalt der Freunde einmal mehr ein rundum gelungener und zu aller Zufriedenheit gelaufener war. Der Kommissar schlug heftig mit der Faust aufs Lenkrad. Noch von der Autobahn aus beauftragte er seinen Assistenten, sofort herauszufinden, wo das kleine russische Mädchen, das von der Leukämie so erfolgreich geheilt worden war, nun lebte. Anne! Er gab die übermittelten Daten an sein Navi weiter und machte sich umgehend auf den Weg zum Gut Gamig am Rand der Stadt.

Alvart parkte auf dem Hof neben einer Pumpe. Davor stand eine Bank, auf der eine Bettdecke lag. Dies wunderte ihn, da es nieselte. Er ging zu der Decke und hob sie an. Es lag niemand darunter. Infolge des Regens war sie schwer und kalt. Sie tropfte. Er trug sie unter ein kleines Vordach, das sich über dem Eingang des Haupthauses wölbte. Er klingelte. Eine junge Frau mit einem Turm aus Haaren öffnete. Ohne Aufforderung erklärte sie, dass ihre Mutter beim Arzt sei und ihr Vater bei den Schafen. Der Kommissar stellte sich vor und erkundigte sich nach Anne, die ja seit Kurzem in der Pflegefamilie wohne. Die junge Frau verstummte. Sie zuckte die Achseln und erklärte, keine Auskünfte über die Pflegekinder geben zu dürfen.

Da lugte ein etwa zehnjähriger Junge um die Ecke und rief, die Anne sei weg. Alvart atmete tief ein und verschaffte sich gegen den Protest der jungen Frau Zutritt zum Haus. Der Junge nannte ihm seinen Namen. Carlo. Er habe Anne vor drei Tagen zum Krankenhaus begleitet. Alles sei einwandfrei gewesen. Vor dem St.-Joseph-Stift habe sie dann plötzlich zu singen begonnen. Nur Silben, aber kein deutsches Lied. Und am Abend sei sie komisch gewesen und morgens nicht mehr da. Ehrlich gesagt glaube er, dass sie heimlich von ihren Eltern abgeholt wurde.

Das Mädchen schaltete sich ein und beschwor Alvart, nichts auf das Gequatsche zu geben. Pflegekinder hofften immer, eines Tages selbst von ihren Eltern geholt zu werden. Sie wüssten aber ganz genau (hier hob sie die Stimme in Richtung Carlo), dass dies nur Wünsche seien, die sie in der Nacht nicht schlafen ließen. Stattdessen sollten sie froh sein, es so gut getroffen zu haben, hier bei ihnen auf dem Gut.

Alvart nutzte die erste Chance, das plappernde Mädchen zu unterbrechen. Er wollte Annes Zimmer sehen und wissen, wo und wie er die Eltern der Pflegekinder erreichen konnte. Mittlerweile hatte sich eine ganze Reihe von ihnen eingefunden. Sie folgten dem Trupp neugierig ins obere Stockwerk. Der Kommissar betrat den kleinen Verschlag mit Fenster, Schrank und Bett. Die Kinderköpfe säumten den Türrahmen, alle wollten sehen, was er tat. Carlo zog den Teller unter dem Schrank hervor. Der Brotkanten war weg, und in der Sandlänge tummelten sich Ameisen. Eigentlich dürfe niemand auf dem Zimmer essen. Aber er habe es Anne gebracht, weil sie an dem Abend dann so ruhig war und auch nichts habe essen wollen.

Die Wohnungstür schlug ins Schloss. Die junge Frau mit dem Haarturm schleuderte das Deckbett, das Alvart ihr an der Tür überreicht hatte, in hohem Bogen an die gekachelte Wand der gegenüberliegenden Waschküche.

Mein Vater, sagte sie, und alle Kinder verkrümelten sich in ihre Zimmer.

Alvart ging zurück zur Küche, in die man direkt vom Hof eintrat. Der Vater schaute ihn an wie einen Eindringling. Der Kommissar stellte sich vor und fragte, wo das Pflegekind Anne sei. Bei der Frage sackte der Mann innerlich zusammen. Er schlug zweimal mit den Händen an seine Beckenknochen, bevor es ihm entfuhr: Weg!

Alvart ließ sich kurz zusammenfassen, dass sie das Mädchen schon seit zwei Tagen vermissten, es überall gesucht hätten und nun nicht mehr weiterwüssten. Sie hätten sich ohnehin bei der Polizei melden wollen.

Dass diese Familie die längste Zeit Kinder zur Pflege gehabt hatte, wusste Alvart ganz sicher. Das Verschwinden eines zwei Jahre alten Mädchens zu verheimlichen, war unverzeihlich. Man werde nichts überstürzen, aber so gehe es nicht. Er telefonierte mit seinem Assistenten, der Jugendamt und

Bereitschaftspolizei verständigen sollte. Man müsse die Gegend um Gamig weitläufig absuchen und habe dafür, wenn's hochkäme, bis zum Abend noch ein bis zwei Stunden Licht.

Alvart selbst aber wartete das Eintreffen der Kollegen nicht ab. Er war sich absolut sicher, dass Anne nicht mehr hier auf dem Gut war. Er schwang sich in sein Auto und rief erneut beim Schulleiter an. Da er ihn nicht mehr erreichte, ließ er sich mit der Hotline des Flughafens in Klotzsche verbinden. Die Maschine nach Minsk über Warschau stehe zum Abflug bereit, erfuhr er. Zurzeit laufe der Check-in, der sich aber noch hinzöge, da es eine Komplikation mit einer Raubkatze gegeben habe.

(Laut Originalnummerierung fehlen an dieser Stelle die Blätter 67 & 68. Blätter, die sich wahrscheinlich auf die wahre Identität des Mädchens Rose W. beziehen. In der Hoffnung, dass sie wieder auftauchen, fahre ich als Herausgeber mit Blatt 69 fort.)

## Blatt 69

Von Schlehdorf war ich aufgebrochen. In meiner Heimatstadt bin ich angekommen. Dazwischen Stunden ohne Erinnerung. Und eine überraschende Begegnung mit Frau Rose W. (sic!). Es gibt keine Zukunft und keine Vergangenheit. Die Luft ist eine feste Masse. Das Atmen fällt unendlich schwer. Als ich vor dem Haus meiner Mutter ankomme, sehe ich einen Krankenwagen im Wendekreis der Sackgasse. Das ist kein ungewöhnlicher Anblick. Die alte Schumann konnte schon lange nicht mehr laufen und rief oft verwirrt um Hilfe. Den Leihwagen stelle ich ungünstig ab, ohne zu ahnen, dass ich ihn nicht mehr wegfahren werde. Der Summer der Haustür brummt unentwegt. Entweder ist die Klingelanlage defekt oder jemand mit dem Finger auf dem Türöffner eingeschlafen. Es ist immer eine ruhige Gegend gewesen, in der ich mit meiner Mutter lebe. Vielleicht ein Lohn für die Turbulenzen, die uns beide zusammengeführt haben.

Ich setze mich auf die Treppe und höre zwei Männer über die Größe einer Badewanne reden. Es ist die Wanne in der Küche meiner Mutter. Ich kenne sie gut. Sie ist riesig und teilt das Zimmer in einen vorderen und einen hinteren Bereich.

Mutter hat sich einen langen Tisch zum Ausklappen zimmern lassen, den sie über das Monstrum schwingen kann. So wird aus dem Bad eine Bar. Im Handumdrehen. Diese Badewanne ist sicher schon hundert Jahre alt. Eine Wanne mit Geschichte. Eine Wanne mit geschwungenen Beinen.

Seit Jahren habe ich meine Wohnung neben der meiner Mutter. Es ist allein unsere Etage. Wand an Wand. Ich ignoriere die Männer im Treppenhaus. Erkundige mich nicht. Ich schleiche vorbei an den Topfpflanzen von Frau Schumann, öffne meine Wohnungstür und schließe sie hinter mir. Leise und ganz im Dunkeln taste ich mich zum Schuhhocker vor. Ich weiß: Mama hat Schluss gemacht.

Die Badewanne ist ja riesig, stellt ein neu hinzugekommener Malteser fest.

Ja, denke ich bedrückt. Als liege es an der Größe der Wanne, dass Mama nicht mehr ist. Ich höre, wie sie sich immer und immer wieder über Mutters Badewanne wundern. Die sei ja echt immens und man fände solche Wannen heutzutage nirgendwo mehr. Freistehend, mit geschwungenen Eisenfüßen, aus Guss. Einer tritt mit der Schuhspitze dagegen.

Bevor die rosten, bricht der Dritte Weltkrieg aus.

Da sei Gott vor!

Die Luft ist schlecht in meiner Wohnung. Mutter hat nicht gelüftet, aber sie war hier. Hat die Memoiren von Hector Pascal zurückgebracht und sie auf einem Stapel Briefe abgelegt. Alte Briefe an sie, für mich. Ich lehne mich an die Tapete. Die Wände dünn wie Filinchen. Dielenknarren, Schritte, dumpfe Stimmen. Mama. Was hast du getan? Ich fühle mich vergiftet. Vergiftet von der mörderischen Entscheidung der mir so nahestehenden Person. Ein Lachen wie über einen schlechten Witz dringt durch die Wand. Jemand ruft jemanden. Es dauert.

Was dauert?

*R. a. 29.8.71 Hannelore! Was sollte das bedeuten? Daß Du uns nur so viel Kummer machen mußt. Vati war gst. vorgela-*

*den, weil es eine Beschwerde von seiten Deiner Schule gab. Ich dachte, es ist das Beste, alles zu sagen. Sie wollen Dich jedenfalls nicht mehr im Internat behalten. Ich weiß ja nicht mehr, wo das noch enden soll. Tante Martha hat auch schon gefragt, und Vati hat gesagt, Du seist gestorben. Hagen hat ihm ins Gewissen geredet. Aber Du weißt selbst, wie Vati ist. Und was Du gemacht hast. Konntest Du denn wirklich, wirklich nicht besser aufpassen? Komm bitte nicht nach Hause! Vielleicht ist der Vati nächste Woche in Dresden. Er muss ja zum Mühlenbau und könnte in der KJS vorbeifahren. Aber er will Dich nicht besuchen. Das hat er schon gesagt. Zu Frau Reuter. Mit mir spricht er ja weniger. Ich hab Dich nicht aufgeklärt. Das werfe ich mir nun auch vor. Aber wie kann man nur so unartig sein!*

Der Brief liegt oben auf dem Stapel. Es scheint mir, als habe die Mutter meiner Mutter sich schreibend die Schuld von der Seele laden wollen. Dieser Fluch gewordene Vorwurf. Diese Fleisch gewordene Abart, die das Leben meiner Mutter zerstört hat, und meins gleich mit. Ich habe sie nicht gekannt, meine Großmutter. *Unartig! Wie kann man nur so unartig sein!* In mir rast der Atem.

Es ist still geworden nebenan. Ich gehe zum Balkon. Darauf ist eine Wand, die meinen vom Balkon meiner Mutter trennt. Die Wand ist eine Vorratskammer. Sie teilt unsere Wohnungen wie eine Schleuse. Erdacht und gebaut vor der Erfindung des Kühlschranks. Ungenutzt heute. Man kann hindurchtreten. Das habe ich oft getan.

Auch jetzt trete ich hindurch, wende mich zum Fenster und schaue hinein. Niemand mehr da. Ich bahne mir den Weg durchs Schlafzimmer. Wieso sperrt hier eigentlich keiner ab? Was muss geschehen, damit man seine Ruhe mit den

Toten hat? Die Briefe an der Brust, betrete ich die Küche, die oft ein Bad war und manchmal eine Bar, aber immer ein Zuhause. Das einzige, das diesen Namen verdient.

Die Hose meiner Mutter liegt vor der Badewanne. So, wie sie aus den Hosenbeinen gestiegen ist, ragt der Jeansstoff in die Höhe. Meine Mutter war keine unpraktische Frau. Sie wusste, wie man einen Haushalt führt. Aber sie war mit einer grundsoliden Faulheit gesegnet, die sie beinah alle Dinge des täglichen Lebens auf halber Strecke beenden ließ. Die Milch stand immer draußen (hab ich vergessen!). Das Bett war selten gemacht (brauch ich am Abend eh wieder!). Gefegt wurde nur, wenn Besuch kam (wir hatten so gut wie keinen). Nur keinen Handgriff zu viel und schon gleich gar nicht umsonst. Mich störte diese zur Schau gestellte Lässigkeit. Ich liebe die Sachen an ihrem Ort. Ob ich das von meinem Vater habe?

Mein Vater ist ihr Vater. Das Geheimnis unserer Leben. Was ist der Plural von Dasein? Unser Dasein ist unser gemeinsames Schicksal. Mutter ist tot. Und mein Vater gleich mit gestorben. Ich fühle mich betrogen. Erleichtert. Furchtlos, fristlos, fruchtlos. *There is a crack in everything. That's how the light gets in.* Die Schumann hört unverschämt laut Musik. Dieses krankmachende Weichei Cohen. Als habe Wind in meinen Kopf Einkehr gefunden. Ich falle.

Der Wasserfleck an der Küchendecke hat noch immer den Umriss von Island. Ich kenne ihn seit dreißig Jahren. Dort war ich nie. Warum sehe ich ihn jetzt?

Ich liege auf dem Rücken. Das ist der ganze Grund. ---

Ich bin ausgerutscht. Gefallen. Es krachte gewaltig. ---

Frau Schumann barmt durch die Wohnungstür. Stellt dumme Fragen. Ich bin der Sohn, denke ich. ---

Nein, ich brauche keinen Beistand, träume ich. Ich bin erwachsen, weiß ich, dumme Kuh. ---

Seltsame Worte, beflissenes Getuschel, ahnungsvolle Vorkehrungen. Lassen Sie mich vorbei, höre ich mich flüstern. Niemand ist da. ---

Allein ---

## Blatt 70

Jetzt fassen sie mich und heben mich langsam aus der Wanne. Nass ist man um einiges schwerer, selbst ohne Kleidung. Ich möchte ihnen zu verstehen geben, es geht nicht um mich. Doch sie lassen sich nicht stören von meinen Blicken. Sie schlagen mir auf die Brust, halten mir einen Gestank vor die Nase, rufen besorgt in mein Ohr. Ich kann mich nicht bewegen. Die Müdigkeit ist in mich eingedrungen, wie Blut in ein heißes Wannenbad.

Meine Mutter spaziert herein. Sie hockt sich hin und fährt mir über den nassen Scheitel. Sie ist weder bestürzt noch erleichtert. Sie ist fatal nüchtern und nimmt in Kauf, was mit mir geschieht. Gefasst und dem Geschehen gegenüber aufgeschlossen. Ich will das nicht. Ich möchte, dass sie ehrlicher ist. Ich möchte, dass sie genauer ist. Ich möchte, dass sie mir nicht über den Kopf fährt. Niemand außer mir möchte, was ich möchte. Ich höre meine Mutter sagen:

Hätte ich es dir nur nicht gesagt!

Ich muss arbeiten, denke ich einschlafend. Ich sehe meine Welt. Sehe alle meine Menschen. Höre alle meine Stimmen. Sie lösen die Bilder und Geräusche der leidlosen Mutter ab. Ich bin weg. Möchte weg sein. Werde weg gewesen sein. Und drüben, wo mir meine Blumen blühen, werde ich aufstehen und weiterdenken können. Leicht und ohne die

Gesetze. Unschuldig, geheilt. Ich beschließe aufzuschreiben, was ich weiß. Was ich wissen werde.

Als Alvart endlich den Flughafen erreicht hatte, begab er sich ohne Umwege vom leeren Check-in-Schalter zur Abfertigung. Er sah die Gruppe aus Weißrussland, sah Raisa Lermentowa streng die Tickets in die Höhe halten. Er sah die kleinen und großen Kinder, die sie mit bunten Rucksäcken auf den Rücken umstanden, sich an sie drängten und mit den Erwachsenen der Sicherheitskontrolle entgegenrückten.

Und er sah Svetlana mit einem Kind auf dem Arm.

Alvart war sicher, dass er den Fall jetzt zum Abschluss bringen würde. Aber er war ganz und gar unsicher geworden, ob dieser Abschluss auch einen Sinn ergab. Marie ist wieder da! Dieser Satz geisterte ihm immer wieder durch den Kopf, Sein Assistent hatte es ein WUNDER genannt. Ja, so hatte sich der Fall gewendet. Gelöst.

Nun ging Alvart ruhig an den Glasscheiben der Sicherheitsschleusen vorbei und versuchte, einen Blick auf das Kind in Svetas Armen zu werfen. In diesem Augenblick drehte sie sich zu ihm um. Sie sah seinen Blick, fasste die Kleine fester und erstarrte in der Umarmung. Anne, dachte Alvart. Da ist sie. Wir sind am Ziel.

Es wunderte ihn, dass er nichts tat. Sveta schaute traurig und ertappt, aber voller Hoffnung. Das kleine Mädchen wandte nun auch den Kopf in seine Richtung. Und sie tat, was Kinder zu tun pflegen, wenn sie sich langweilen. Sie kniff ihrer Mutter hart in die Nase. Dududu, schob sie noch mit ausgestrecktem Zeigefinger hinterher und lachte über ihre kleine Frechheit. Sveta zog die Kinderhand aus ihrem Gesicht und schaute erneut zu Alvart. Sie rechnete nicht mehr mit Rettung. Sie wusste, es war zu Ende.

Unkonzentriert lauschte Alvart einer Durchsage. Er sah Sveta, die nun schon sanft in Richtung der Ablagen gedrängt wurde. Es war ihm unmöglich, einzugreifen. Er hatte keine Kraft, dem Gesetz zu seinem Recht zu verhelfen. Er konnte es nicht. Er spielte Gott in einer für ihn gottlosen Welt.

Er ging und fühlte sich seit langer Zeit mal wieder nützlich. Er trat aus dem Flughafengebäude zu seinem Wagen, der quer und regelwidrig geparkt dastand. Alvart sah eine Linde mit ersten Blüten und spürte den süßen Duft in der Luft. Heiter, dachte er. Heiter und gut und schön und wunderbar. Er lachte und pfiff und frohlockte und schüttelte über alles den Kopf. Und er dachte, das wär doch endlich mal wieder etwas, das er unbedingt seiner Frau erzählen müsste.

## Nachwort

Als ich Johann Stadt im November vorigen Jahres in der geschlossenen Psychiatrie aufsuchte, erschien er mir angeschlagen. Ein Schulfreund war er für mich. Ich erkannte ihn auch nach fünfzehn Jahren schon auf hundert Meter Entfernung wieder. Hocherfreut über meinen Besuch, erzählte er mir seine Erlebnisse so gut er sich an sie erinnerte, und versicherte mir, er habe nicht geglaubt, das Rätsel seiner Geburt je lösen zu können. Er war zwar zur *Unterbringung* verurteilt, hatte aber Hoffnung, seinen Lebensradius irgendwann wieder erweitern zu können.

Johanns Schilderungen überschlugen und widersprachen sich. Aber sie ergeben ein merkwürdig einheitliches Bild, so man sie im Nachhinein zusammensetzt. Er war sich sicher, dass vieles von dem, was er erlebt hat, von Mächten gesteuert wurde, die einem normalen Menschen überirdisch vorkämen, in Wirklichkeit aber der Logik einer im Verborgenen handelnden Vereinigung folgten.

Er zeigte mir Einstiche in seinen Armbeugen, die man ihm angeblich im Schlaf in einem Landhaus zugefügt hatte. Barbiturate! Opiate! Kaffee mit Kompott! Es habe zu viele Ungereimtheiten gegeben. Aber er habe begonnen, ALLES aufzuschreiben, wie er mir euphorisch versicherte. Seit einer Woche hatte er einen eigenen Spind, in dem er Stift und Zettel aufbewahrte, um Blatt für Blatt alles niederzuschreiben.

Um ganz ehrlich zu sein, war der Besuch bei Johann eine echte Herausforderung für mich. Er kam mir zerstört vor, aber in seiner Zuversicht die Zukunft betreffend (er lerne jetzt auch Russisch) so herzzerreißend ehrlich, dass ich mich beherrschen musste, nicht loszuflennen.

Am engsten war ich mit Johann in der neunten, zehnten Klasse befreundet, als er noch glaubte, ganz normale Eltern zu haben. Später, als er die Wahrheit von seiner Adoptivmutter erfuhr, änderte sich sein Gemüt. Ich hörte irgendwann, dass er seine leibliche Mutter aufgespürt hatte, und traf ihn wenig später, als er gerade eine Ausbildung zum Krankenpfleger abbrechen wollte.

Als ich seine leibliche Mutter zum ersten Mal sah, begegnete sie mir sehr freundlich. Johann hatte sich gut im Griff, aber ihn hat die Abwesenheit seines leiblichen Vaters sehr bedrückt. Dass es am Ende eine solche Wahrheit sein würde, hätte ich nicht für möglich gehalten. Seine Mutter hat ihm und auch mir gegenüber immer von einem gewissen M. gesprochen. Ein Buchstabe, der den Vater von Johann bezeichnete, ohne dass sie je seinen Namen gebrauchen musste. Sie liebte Johann sehr, nahm das Geheimnis seines Vaters aber mit ins Grab.

Wie ich später erfuhr, fand Johann seine Mutter eines Morgens leblos in ihrem Bett. Das war der Auslöser für seine leichte Persönlichkeitsspaltung, so der behandelnde Arzt. Er hatte bis zuletzt für beide Wohnungen Miete gezahlt und die Zimmer der Mutter unverändert gelassen.

Sein Arzt beschrieb mir auch, wie besessen Johann herauszufinden suchte, wer sein leiblicher Vater war. Dass er, als er die Wahrheit endlich kannte, anfing, die Geschichte der getauschten Kinder der Landeskrone als Anlass zu nehmen, sich erzählend selbst zu therapieren, empfand der Arzt als hilfreich. Aber Johann habe sich zunehmend in diesem Stoff verbarrikadiert. Am Ende wollte er die Untat – koste es, was es wolle – lückenlos aufklären. Da er jetzt tot ist, kann ich nur erahnen, wie nah er Herrn Putin wirklich gekommen ist.

Dass Johann anfing, Geschichte(n) zu schreiben, war aber eine logische Folge seines unbändigen Mitteilungsbedürfnisses. Einmal im Fluss, konnte er stundenlang die unglaublichsten Begebenheiten erfinden, von deren Wahrheit ein jeder Mensch, der sie hörte, sofort überzeugt war. Es ging sogar so weit, dass man meinen konnte, bestimmte Dinge ereigneten sich, eben weil Johann sie erfunden hatte. Das ist natürlich Unsinn, aber Sie sollten dabei gewesen sein!

Vom Prozess gegen den *Post-Mörder von Schlehdorf* habe ich aus der Zeitung erfahren. Mein Bild von Johann stimmt aber mit dem Bild in der Presse nicht überein. Ich habe ihm das bei meinem Besuch auch gesagt, und er versprach, das Bild von sich für mich zu erneuern. Johann nahm sich fest vor, alles aufzuschreiben. Und ich machte ihm Mut.

Sein Arzt wollte alles wissen, worüber ich mit seinem *Interessantesten* gesprochen hatte, und wir pflegten eine angeregte Konsultation. Johann sei kein Mörder, versicherte mir der Arzt. Das Phänomen der Selbstbezichtigung kenne er aus seinen langen Jahren als Anstaltsarzt sehr gut. Johann verschanze sich hinter dem Geständnis, da er vor etwas Angst habe bzw. weil er einen geschützten Raum suche, um in Ruhe seine Recherchen fortzuführen. Neben einem durchaus vorhandenen Alkoholismus sei der Autor Johann Stadt nach Meinung seines Ärzteteams völlig gesund. Es sei nur eine Frage der Zeit, wann sie ihn entlassen würden.

Dass es seinerzeit überhaupt zu einem Prozess gekommen war, hängt mit einem ungeklärten Fall zusammen, den Johann sehr genau studiert haben muss. Eine Postfrau war getötet worden. Man hat die Leiche nie gefunden. Nur ihren Wagen in einem See. Nichts war gestohlen. Es war lediglich verhindert worden, dass ein Brief seinen Empfänger fand. Angeblich ein Schreiben aus Rostow, aber das Sortierzentrum in Frankfurt am Main hat nur lückenhafte Aufzeichnungen darüber. Johann hat wohl die Indizien der Presse entnommen und die Leerstellen ziemlich überzeugend ausgefüllt. Daher die Anklage. Aber es wurde doch schnell klar, dass er das eine oder andere frei erfunden hat. Im Haus gab es keinerlei Blutspuren und in seinem Auto auch nicht. Man kam zu dem Schluss, ihn vor sich selbst schützen zu müssen, und brachte ihn also hierher.

Der Arzt war der Ansicht, dass auch Johann sich damit selber schützen wollte, weil er den Ort für sicher hielt. Und das sei er wohl auch, schloss der Mediziner lachend seinen kleinen Vortrag. Ich habe damals nur verstanden, dass Johann unschuldig und an einer großen Sache dran war. Sein Arzt versprach mir, mich auf dem Laufenden zu halten. Ich schied mit einer Mischung aus Pflichtgefühl und Trauer, konnte mich aber nicht durchringen, Johann ein weiteres Mal zu besuchen. Das bereue ich heute.

Ein Vierteljahr später bekam ich eine Mappe zugeschickt. Siebzig sehr eng vorder- und rückseitig beschriebene, karierte Blätter, DIN A4 (zwei Blätter fehlen). Teilweise mit Skizzen versehen. Es sind die Aufzeichnungen dieses schmalen Buchs. Nach der Lektüre wusste ich, dass ich all das der Öffentlichkeit zugänglich machen musste. Zu diesem Zeitpunkt ahnte ich noch nicht, was für eine Odyssee es werden und welcher Gefahr ich mich und meine Familie damit aussetzen würde.

Da mir vieles noch unklar erschien und ich mich mit Johann über die eine oder andere Sache unterhalten wollte (auch gab es Passagen, die sehr unrein geschrieben waren), versuchte ich über den Arzt ein Treffen mit Johann zu verabreden. Das aber war nicht mehr möglich, da er bereits tot war.

Sie haben ihn erwischt! – das waren die ängstlichen Worte des Mediziners am Telefon. Er vermutete, Johann sei ein strahlendes Gift verabreicht worden. Von zwei Herren aus Rostow, bei einem Verhör. Polonium, flüsterte er, im Tee! Die Herren hätten sich als Mitarbeiter der russischen Justiz einwandfrei ausgewiesen. Sie interessierten sich für Johann wegen seiner Behauptung, er kenne die Entführer eines deutschen Mädchens namens Rose. Der Arzt sprach so leise, dass ich den Hörer ans Ohr pressen musste. Als ich alarmiert nachfragte, wurde die Verbindung plötzlich unterbrochen.

Um Genaueres zu erfahren, begab ich mich umgehend zur Klinik. Aber der Arzt ließ sich in der Folgezeit radikal verleugnen. Es war zu spüren, dass man ihn unter Druck setzte und er von einer großen, unbestimmbaren Angst getrieben war (als Neurologe!). Es ist wirklich schwer zu sagen, was Johann noch alles wusste und mit in die Flammen des Krematoriumsfeuers genommen hat.

Fest steht: Er war einem politischen Skandal der finstersten Sorte auf der Spur. Und er konnte nun nicht mehr selbst darüber Auskunft geben. So begann ich, seine Recherchen weiterzuführen.

Mehrfach habe ich versucht herauszufinden, wer diese beiden Herren aus Rostow waren, und habe nichts, aber auch gar nichts erreicht. Dass sie sich mit Johann getroffen haben, ist unstrittig und von Zeugen belegt. Dass sie Russisch sprachen, stimmt ebenfalls. Die Legenden, mit denen sie sich den Zugang verschafften, sind allerdings falsch. Im Auswärtigen Amt fühlt man sich bis heute nicht zuständig, und bei den Botschaften der ehemaligen Sowjetstaaten hat mich nach den ersten Kontaktaufnahmen der Mut verlassen. Ich habe eine Internetpetition zur Wiederaufnahme des Falls geschaltet, die nach drei Stunden nachweislich von Hackern aus dem Ural unter Beschuss genommen und unbrauchbar gemacht wurde.

Während meiner Recherchen traf ich auch einen alten, lebhaft-witzigen Kommissar, Herrn Alvart, der mir viele der von Johann zusammengetragenen Details bestätigte. Er selbst ist schon seit zehn Jahren im verdienten Ruhestand. Er habe sich während der Ermittlungen zum Fall Landeskrone permanent unter Druck gesetzt gefühlt und ihn dann endgültig abgeschlossen, als aus der Asservatenkammer des Landgerichts Dresden eine Faustfeuerwaffe spurlos verschwand, die der Schlüssel zu einer neuerlichen Beweisaufnahme gewesen wäre. Woher Johann von der Waffe wusste, war ihm schleierhaft. Auch fühlte er sich zu alt für eine weitere Runde Versteckspiel mit dem Tod.

Johanns Schicksal vor Augen, riet mir Alvart von der Veröffentlichung der siebzig Blätter ab. Er riet mir dies mit vorgetäuschter Sorge, hinter der ich seine stille Freude raushörte, da er wohl ahnte, ich würde die Aufzeichnungen sicher trotzdem herausbringen und damit auch etwas Licht auf sein Leben und seine unbelohnte Arbeit mehrerer Jahrzehnte werfen. Jedenfalls wünschte er mir viel Glück.

Um mir einen Überblick über die Örtlichkeiten in Schlehdorf zu verschaffen, war ich vor einem halben Jahr in der

Uckermark. Leider fand ich von dem in Johanns Blättern beschriebenen Landhaus nur noch die Grundmauern vor. Es ist in einer kalten Winternacht, in der sich keine Gäste im Haus befanden, aus ungeklärten Gründen komplett niedergebrannt. Hoch versichert und tief angezündet!, munkelten die Dorfbewohner und wiesen mit ausgestreckten Zeigefingern auf das Management von *Brittas Landhäuser*. Nach der Lektüre von Johanns Blättern habe ich allerdings eine andere Vermutung für die Ursache des Brandes, aber keine Beweise. Die Gebäudeversicherung der Hausvermietung interessiert sich nur dafür, und wenn sich erst die Versicherungen interessieren, besteht Hoffnung, dass auch etwas ermittelt wird. Im Übrigen schwamm auf dem Teich vor der Ruine zu meiner größten Freude ein Schwanenpaar mit fünf (!) Jungschwänen im Schlepptau.

Die Veröffentlichung der unvollendeten Aufzeichnungen Johann Stadts ist mir ein Bedürfnis, auch wenn mir meine Frau in echter Sorge (wegen der Kinder) ebenfalls davon abgeraten hat. Ich kann mir nur wünschen, die Dinge klären sich weiter auf, und hoffe, dass Johann seinen Frieden findet und die Eltern der kleinen Rose Kunde von ihrem Kind erhalten.

t. w. im Oktober 2014

Dank an: Hendrik Felber, Brigitte Maria Mayer, Donata Rigg, Kristin Schulz, Claudia Grimm (& Tamara!), Andrea Hanna Hünniger, Elisabeth Ruge, Andreas Paschedag, Georg M. Oswald und vor allem Tinka (the brightest light in the darkest night)




Umschlaggestaltung: ZERO Werbeagentur, München
Typografie: Birgit Thiel, Berlin
Gesetzt aus der Melior und der Centenial von Fagott, Ffm
Druck & Bindung: CPI books GmbH, Leck
Printed in Germany
ISBN 978-3-8270-1263-0

www.berlinverlag.de

cordula.schmitt@
ekkw.de